Grimsey
Húsavík
Akureyri
Vopnafjörður
Möðrudalur
Eskifjörður
Vatnajökull
Höfn
Skaftafell
Kirkjubæjarklaustur

W0381914

ARNALDUR INDRIÐASON

Zerbrochene Stille

Weitere Titel des Autors:

Die Kommissar-Erlendur-Reihe:
1. Menschensöhne
2. Todesrosen
3. Nordermoor
4. Todeshauch
5. Engelsstimme
6. Kältezone
7. Frostnacht
8. Kälteschlaf
9. Frevelopfer
10. Abgründe
11. Eiseskälte

Duell
Nacht über Reykjavík
Schattenwege
Tage der Schuld

Die Flóvent-Thorsson-Reihe:
Der Reisende
Graue Nächte

Thriller:
Gletschergrab
Tödliche Intrige
Codex Regius

Die Konráð-Reihe:
Verborgen im Gletscher
Das Mädchen an der Brücke
Tiefe Schluchten
Wand des Schweigens
Das dunkle Versteck

Historischer Roman:
Der König und der Uhrmacher

Titel in der Regel auch als Hörbuch erhältlich

A R N A L D U R

INDRIÐASON

ZERBROCHENE STILLE

ISLAND KRIMI

Übersetzung aus dem Isländischen von Freyja Melsted

Lübbe

NACHHALTIG PRODUZIERT

Die Bastei Lübbe AG verfolgt eine nachhaltige Buchproduktion. Wir verwenden Papiere aus nachhaltiger Forstwirtschaft und stellen unsere Bücher in Deutschland und Europa (EU) her. Mit den Druckereien arbeiten wir kontinuierlich an einer positiven Ökobilanz.

FSC www.fsc.org
MIX
Papier | Fördert gute Waldnutzung
FSC® C014496

Titel der isländischen Originalausgabe:
»Sæluríkið«

Für die Originalausgabe:
Copyright © 2023 by Arnaldur Indriðason
Published in the German language by arrangement with
Reykjavik Literary Agency, Iceland, www.rla.is

Für die deutschsprachige Ausgabe:
Copyright © 2024 by
Bastei Lübbe AG, Schanzenstraße 6–20, 51063 Köln

Vervielfältigungen dieses Werkes für das
Text- und Data-Mining bleiben vorbehalten.

Textredaktion: Anja Lademacher, Bonn
Umschlaggestaltung: Jeannine Schmelzer und
Guter Punkt, München | www.guter-punkt.de
Umschlagmotiv: © AdobeStock: Zacon Studio
Satz: hanseatenSatz-bremen, Bremen
Gesetzt aus der DTL Documenta ST
Druck und Verarbeitung: GGP Media GmbH, Pößneck

Printed in Germany
ISBN 978-3-7577-0086-7

5 4 3 2 1

Sie finden uns im Internet unter luebbe.de
Bitte beachten Sie auch: lesejury.de

Eins

Der Motor des Lada starb ein weiteres Mal ab, und sie schoben ihn das letzte Stück zur Laderampe des russischen Trawlers. Er war nicht mehr durch die Hauptuntersuchung gekommen, und die Reparatur eines so alten, ausgedienten Wagens wäre sehr kostspielig geworden. Also hatten sie ihn vor ein paar Monaten abgemeldet und diese letzte Fahrt ohne Kennzeichen riskiert. Bis dahin hatte er vor ihrem Wohnblock gestanden, die senfgelbe Lackierung war bereits matt und verblasst, und Rostflecken überzogen die Karosserie wie Herpesbläschen. Beim Einsteigen trat man die verrostete Bodenplatte auf der Fahrerseite jedes Mal fast durch.

Mühevoll bewegten sie die Schrottkarre die letzten Meter bis zur Laderampe, wo sie erst einmal verschnaufen mussten. Es war bereits dunkel, und der riesige Trawler türmte sich vor ihnen auf. Die Motoren dröhnten, das Schiff war zum Ablegen bereit. Sie standen im Licht der Scheinwerfer, und zwei Seeleute beugten sich über die Reling und riefen ihnen etwas auf Russisch zu, das sie nicht verstanden. Wahrscheinlich, um sie zu vertreiben.

Sie hatten keine Ahnung, wie diese Geschäfte abliefen, und als sich sonst niemand um sie zu kümmern schien, betraten sie die Laderampe. Plötzlich tauchten die beiden Russen wieder auf, versperrten ihnen den Weg und schickten sie fort. Sie lächelten, deuteten auf den Lada und erklärten in gebrochenem Englisch ihr Anliegen, aber die Russen zeigten kein Interesse und befahlen ihnen erneut, sich zu verziehen, diesmal ziemlich unmissverständlich.

Wieder erklang das Grummeln der Motoren. Sie waren zu spät. Die Russen waren bereit abzulegen.

»Selling car!«, rief die Frau, immer noch von der Laderampe aus. »Very cheap.«

»You can have it«, fügte der Mann hinzu.

»No, no, go away! No car!«, hörten sie einen der Russen rufen.

»Go, go away!«, schrie der andere.

Sie sahen einander enttäuscht an. In der Zeitung hatten sie gelesen, dass viele Isländer mit alten Ladas zum Hafen fuhren, um sie den Russen zu verkaufen. Und dass die Russen sogar in der Stadt nach den Karren Ausschau hielten. Offenbar gab es in Russland einen Markt dafür. Sie hatten gehört, dass die Seeleute oft eigene Ladas besaßen und sich auf diesem Weg brauchbare Ersatzteile aus den isländischen Autos beschafften, um den Rest dann irgendwo auf dem Weg ins gelobte Land über Bord zu werfen. Manche Wagen bekamen aber auch ein Leben nach dem Tod und landeten im Osten schnell wieder auf der Straße, als wären sie nie diese fahruntauglichen Schrottkarren aus dem finsteren Island gewesen.

Plötzlich bemerkten die beiden auf dem Deck einen anderen Lada, er war blau und fast vollständig von einem dicken dreckigen Segeltuch bedeckt, nur das Heck war zu erkennen. Nicht weit davon entfernt schienen sich ein paar Russen heftig zu streiten, bevor sie plötzlich verschwanden. Die Frau stieß ihren Mann mit dem Ellbogen an, um ihn darauf aufmerksam zu machen, aber der bekam von dem Getümmel nichts mit.

»Mist«, sagte er und ging rückwärts von der Laderampe hinunter. »Wahrscheinlich wollen sie keinen weiteren Lada.«

Die Frau sah noch einmal genauer hin und bemerkte, wie einer der Russen das Auto vollständig bedeckte.

»Was jetzt?«, fragte sie.

»Am besten machen wir uns aus dem Staub.«

»Und lassen den Lada einfach hier stehen?«

In dem Moment tauchte ein wütender Mann vor ihnen auf, wahrscheinlich der Kapitän des Schiffs. Er beschimpfte sie und scheuchte sie zurück zum Kai. Danach ging er auf die beiden Seeleute los, die ihnen den Weg versperrt hatten. Sie wehrten sich, doch das brachte den Mann vollständig zur Weißglut, er schrie sie weiter an und jagte sie schließlich unter Deck.

Der Trawler schien abfahrtbereit. Der Schiffsführer brüllte irgendwelche Anweisungen, ein Seemann machte eilig das Schiff los, dann wurde die Laderampe eingeholt. Die Motoren brummten, und der Trawler bewegte sich langsam aufs Meer hinaus.

Sie blickten ihm verwundert hinterher und machten sich auf den Weg zur nächsten Bushaltestelle. Mit dem Lada konnten sie vorerst nichts weiter anfangen, es war schon schwer genug gewesen, ihn zum Hafen zu bringen. Sie konnten sich nicht vorstellen, wie sie damit wieder nach Hause fahren sollten, also ließen sie ihn in seinem maroden Zustand auf dem Kai zurück.

Das war zu Beginn des Winters, und während sie in

der Nähe der alten Heringsfabrik beim Hafen von Reykjavík auf den Bus warteten, fiel der erste Schnee.

»Was hat den Kerl bloß geritten?«, fragte der Mann. »Ob das der Kapitän war?«

»Ich dachte, er geht gleich auf dich los. Der ist ja völlig durchgedreht.«

»Russen …!«

»Sie haben sich richtig geprügelt«, sagte sie und betrachtete die Schneeflocken, die in der Windstille zu Boden schwebten. Sie versuchte, ein paar davon mit der Hand einzufangen, während in der Ferne der Bus um die Ecke bog.

»Geprügelt?«, fragte er.

»Sah jedenfalls danach aus«, antwortete sie. »Auf diesen Schiffen wird bestimmt viel gesoffen. Alles ertrinkt im Wodka. Es wirkte jedenfalls wie eine große Schlägerei.«

»Keine Ahnung, hab ich nicht mitbekommen.«

»Irgendetwas müssen wir mit dem Lada machen«, sagte sie.

»Lass uns morgen darüber nachdenken.«

»Vielleicht kann er da stehen bleiben, bis der nächste Trawler anlegt«, sagte sie, als sie in den Bus stiegen.

»Ja, ich weiß nicht, ob ich Lust habe, mich damit herumzuschlagen, vielleicht sollten wir es einfach lassen«, sagte ihr Mann entmutigt und warf einen Blick zum Hafen hinüber. »Wahrscheinlich wäre es am besten, die Karre einfach zu verschrotten.«

Zwei

Er hatte den ganzen Nachmittag auf den Pisten verbracht, war aber ins Hotel zurückgekehrt, bevor es an der Bar laut wurde. Dort bestellte er eine Tasse Kakao mit einem Schuss Inländer-Rum, setzte sich draußen unters Fenster und beobachtete die Skifahrer. Die Schneeverhältnisse und das Wetter waren traumhaft, er hatte den Tag auf den Pisten genossen, auch wenn er einmal gestürzt war und sich den Kopf angeschlagen hatte. Das schob er aufs Alter. Hatte gedacht, er könnte immer noch Skifahren wie ein Teenager, und bezahlte jetzt den Preis für seinen Übermut. Der Ort war voller Skiurlauber, und obwohl er seit vielen Jahren hierher nach Österreich kam, hatte er ihn noch nie so voll erlebt.

Die ersten Tage des Urlaubs waren angenehm und sorgenfrei gewesen, bis er vorgestern einen Anruf erhalten hatte, es ging um Pétur von der Wäscherei. Dessen Auto war vor einer Weile fahrerlos auf Seltjarnarnes gefunden worden, und seitdem hatte niemand mehr von ihm gehört. Er fragte sich, ob es etwas mit ihren Machenschaften zu tun hatte und ob er die Polizei vielleicht über ihre Taten und die möglichen Folgen informieren sollte. So oder so hatte er beschlossen, seine Abreise vorzuziehen. Das würde sein letzter Tag in Österreich sein.

Das verlassene Auto ging ihm nicht aus dem Kopf. Er konnte sich nur schwer vorstellen, dass Pétur seinen Sohn nach allem, was passiert war, einfach so allein lassen würde. Der Tod von Ehefrau und Mutter war für sie beide sehr belastend gewesen, und sie hatten in der Trauer fest zusammengestanden. Pétur meinte, sie wären ohne einander nicht zurechtgekommen.

Er bestellte noch etwas zu trinken, und als der Barkeeper wieder gegangen war, kam eine Frau um die fünfzig auf ihn zu, sie wirkte sehr nett und fragte, ob sie sich zu ihm setzen dürfe. Die Bar hatte sich gefüllt, und es gab kaum noch freie Plätze. Er lud sie ein, sich an seinen Tisch zu setzen, und wie es typisch war für zwei, die sich nicht kannten, lächelten sie einander verlegen an, bevor sie im gleichen Moment zu sprechen begannen. Er fragte, ob sie zum Skifahren hier sei, und sie, ob er sich schon lange hier im Hotel aufhalte. Schon kurz darauf unterhielten sie sich angeregt auf Englisch, und er fand heraus, dass sie Witwe war, erzählte ihr, dass er nie geheiratet hatte, irgendwie sei das Leben vorbeigezogen und ihm die Gelegenheit dazu entgangen. Ein Beamter, sagte er. Aus Island. Allein unterwegs.

Er schätzte ihren Altersunterschied auf etwa zehn Jahre. Sie plauderten entspannt, und alles entwickelte sich sehr gut, bis er sich entschuldigte, um zur Toilette zu gehen. Als er zurückkam, war sie verschwunden. Er trank aus, und auf dem Weg zum Zimmer fragte er sich, ob er zu viel über sich selbst geredet und sie damit gelangweilt hatte. Im Aufzug wurde ihm ein wenig schwindlig, und er schob es auf den Sturz vorhin. Er würde sich erst einmal hinlegen, wenn er auf seinem Zimmer war.

Als ein Mitarbeiter des Skihotels am nächsten Tag zum Putzen kam, fand man ihn tot in seinem Bett. Er hatte einen Herzinfarkt erlitten.

Drei

Konráð ließ den Blick durch die Bowlinghalle schweifen, bevor er sich setzte und ein Bier bestellte.

Über der Bar hing ein Fernseher, und er verfolgte für eine Weile die Abendnachrichten. Es ging um das übliche Gezanke seiner Landsleute, ewige Streitereien wegen mehr oder weniger wichtiger Angelegenheiten, von denen müde Journalisten berichteten, indem sie allen, die etwas dazu zu sagen hatten, ein Mikrofon unter die Nase hielten. In den letzten Monaten hatten einige große wirtschaftliche und politische Skandale die Bevölkerung aufgerüttelt, doch jetzt schien vorerst Ruhe eingekehrt zu sein. Konráð musste schmunzeln, als der Nachrichtensprecher sich bei einer tragischen Meldung aus Nordisland verhaspelte: Sigríður Sigurðardóttir aus Siglufjörður sitzt seit sieben Tagen in ihrer Wohnung fest …

Der Barkeeper hatte genug davon und schaltete auf Fußball um.

Vor einigen Wochen hatten die Berichte über einen Leichenfund auf der Anhöhe Öskjuhlíð in Reykjavík ihnen allen eine Pause von den üblichen Streitereien beschert. Die Aufregung hatte sich mittlerweile wieder etwas gelegt, aber der Fall war eine Zeit lang immer unter den ersten Meldungen gewesen, schließlich ging es um Skafti Tímóteus Hallgrímsson, von dem man annahm, dass er in den Siebzigerjahren ermordet worden war.

Ein Mann war damals festgenommen worden, er hieß Natan, und nach langer Untersuchungshaft und unzähligen Verhören im Gefängnis in Síðumúli hatte er gestanden, Skafti auf der Landzunge Örfirisey umgebracht und die Leiche ins Meer geworfen zu haben. Die ersten Untersuchungen der Leiche von Öskjuhlíð deuteten jetzt allerdings darauf hin, dass Skafti nicht zwangsläufig ermordet worden war, sondern möglicherweise auch verunglückt sein könnte, vielleicht war er in eine tiefe Baugrube gestürzt, wie sie die britische Armee nach ihrer Stationierung zur Zeit des Zweiten Weltkriegs dort hinterlassen hatte. So oder so gab es berechtigte Zweifel an Natans Geständnis, das in der Untersuchungshaft und unter sehr speziellen Umständen zustande gekommen war. Nun allerdings wurde auch die damalige Vorgehensweise der Polizei und der Staatsanwaltschaft noch einmal ins Visier genommen, um zu klären, ob man seinerzeit mit gewaltsamen Methoden falsche Geständnisse erzwungen hatte. Natan war zur Höchststrafe verurteilt worden, die er im Gefängnis Litla-Hraun absaß. Der Leichenfund auf Öskjuhlíð konnte jedoch als Beweis seiner Unschuld angesehen werden.

Der Skafti-Fall hatte auch Polizei und Justiz erschüttert. Mindestens zwei offizielle Untersuchungen gab es, um zu klären, wie so etwas hatte passieren können, und die Hinterbliebenen des vermeintlichen Mörders, der mittlerweile verstorben war, forderten seine Rehabilitation und Schadensersatz. Die Medien wollten wissen, wer seinerzeit für den Fall verantwortlich gewesen war und warum es bei den Ermittlungen derartig schwerwiegende Fehler gegeben hatte.

Zwei Polizisten, die Konráð kannte, betraten die Bowlinghalle und richteten sich bei einer der Bahnen ein. Sie hatten lange Karrieren hinter sich und standen kurz vor der Pensionierung. Konráð würde ihnen gerne sagen, dass der Ruhestand kein Zuckerschlecken sei und sie so lange wie möglich weitermachen sollten. Dass es nur noch halb so viel Spaß machte, wenn alle Tage gleich wären.

Aber er war nicht gekommen, um betagten Polizisten Ratschläge fürs Leben zu geben. Er wollte Leó treffen, der früher in der Bowlingmannschaft der Polizei gewesen war und hier immer noch oft mit seinen ehemaligen Kollegen spielte.

Konráð ging zu ihnen und fragte, wie es so laufe, doch die beiden reagierten kaum. Auch Konráð hatte einmal für die Polizeimannschaft gespielt, kannte den Sport, hatte mit Leó und Rikki oft die Militärstation der US-Amerikaner in Keflavík besucht, um auf der Bahn dort zu spielen, bevor alles den Bach hinuntergegangen war.

»Habt ihr Leó gesehen?«, fragte Konráð.

Er warf einen Blick auf die blank polierten Bahnen. Es war nicht viel los, sie waren mehr oder weniger allein in der Halle.

»Was ist mit Leó?«, fragte einer der Polizisten, ein schwerfälliger Mann mit aufgedunsenem Gesicht, als hätte er zu viel fettes Fleisch gegessen. Konráð suchte den Blickkontakt, doch die Augen des Polizisten waren kaum zu erkennen.

»Er antwortet nicht auf meine Nachrichten«, sagte Konráð. »Ich wollte ihn treffen.«

»Wundert dich das?«, fragte der andere Polizist, der eine ähnliche Statur hatte wie der erste, einen dicken Bauch und lange, dicht behaarte Arme, perfekt fürs Bowling.

»Was willst du von ihm?«, fragte der mit dem aufgedunsenen Gesicht.

Das würde ich dir sagen, wenn es dich etwas anginge, dachte Konráð und hätte es beinahe laut gesagt. Etwas an dem Tonfall des Mannes nervte ihn.

»Ich habe schon lange nichts mehr von ihm gehört«, sagte er stattdessen. »Ich wollte wissen, wie es ihm geht.«

»Wegen der Sache mit Skafti?«, fragte der mit dem dicken Bauch.

»Gibt es da irgendwelche Neuigkeiten?«, fragte Konráð.

Die Männer sahen einander an.

»Warst du nicht auch in die Sache verwickelt?«

»Nein«, sagte Konráð. »Ich hatte nichts damit zu tun.«

»Aber ihr habt zu der Zeit eng zusammengearbeitet. Wart ihr nicht sogar befreundet?«

»Eng oder nicht. Wir haben zusammengearbeitet.«

»Du bist nicht der Einzige, der Leó sucht«, sagte der mit dem aufgedunsenen Gesicht. »Alle wollen mit Leó sprechen, da musst du dich schon hinten anstellen.«

»Wenn du uns jetzt bitte allein lassen würdest«, sagte der mit dem dicken Bauch, griff nach seiner Kugel und stopfte die dicken Finger in die drei Löcher, »wir versuchen, hier zu bowlen.«

Konráð sah die beiden abwechselnd an. Bei einer

richtigen Sportart würden sie es nicht weit bringen, aber Bowling war etwas anderes. Man konnte den ganzen Tag faul herumsitzen, Bier trinken und schlechte Burger essen und am Ende trotzdem als Sieger dastehen. Aber er verspürte keinen Drang, sie deswegen aufzuziehen.

»Na gut, wenn ihr von ihm hört …«

»Alles klar«, sagte der mit dem aufgedunsenen Gesicht, als wäre das eher unwahrscheinlich.

Auf dem Weg nach draußen sah Konráð, dass im Fernseher über der Bar wieder die Nachrichten liefen, die gerade zu Ende gingen. Als die wichtigsten Meldungen des Tages zusammengefasst wurden, sah er Aufnahmen vom See Hafravatn in der Nähe der Hauptstadt. Ein ausländischer Urlauber sei dort tot aufgefunden worden, die Todesursache noch nicht bekannt. Konráð hatte bereits online davon gelesen. Der Besitzer eines Sommerhauses war bei einem abendlichen Spaziergang am Ufer auf die Leiche gestoßen. In einem Onlinemedium hieß es, es gäbe keine Anzeichen für eine Straftat. So wurde es immer ausgedrückt. Derartige Meldungen gehörten beinahe zum Alltag, seit das Land zu einem Tourismusmagneten geworden war und sich die Einwohnerzahl in der Hochsaison jedes Jahr beinahe versiebenfachte. Meist wurde von Urlaubern berichtet, die bei Unfällen auf den maroden isländischen Straßen ums Leben kamen, sich verirrten oder im Hochland vor Erschöpfung starben, von Felsen stürzten, im Meer oder in Seen ertranken oder tot in Hotelzimmern aufgefunden wurden. Der freiwillige Rettungsdienst hatte noch nie so viel zu tun gehabt wie seit Beginn des Tourismusbooms.

Zum jetzigen Zeitpunkt könnten weder Name noch

Nationalität des Urlaubers bei Hafravatn bekannt gegeben werden. Auch eine dieser gängigen Formulierungen.

Was ihn zu dem See in der Nähe der Stadt geführt hatte, war ebenfalls noch nicht geklärt.

Vier

Konráð kletterte gerade auf seine ungelenke Art in den alten Jeep, als Marta ihn anrief. Er hatte sich schon länger nicht mit ihr unterhalten. Als eine der leitenden Ermittlerinnen bei der Kriminalpolizei Reykjavík hatte sie viel zu tun, das wusste er. Nach dem Leichenfund auf Öskjuhlíð hatte er versucht, sie zu erreichen, aber sie wollte nicht mit ihm über den Fall sprechen. Ging ihm eine Weile aus dem Weg, und als er sie konfrontierte, meinte sie, er sei zu stark in den Skafti-Fall verwickelt. Er versuchte noch, auf sie einzureden, aber sie blieb eisern und verabschiedete sich kühl.

Sie war nicht die Einzige, die dachte, dass Konráð mit dafür verantwortlich war, dass man einen Unschuldigen verhaftet hatte. Leó und er hatten in den Siebzigerjahren eng zusammengearbeitet, in der damals frisch gegründeten Kriminalabteilung der Polizei Reykjavík, wo nicht immer alles mit rechten Dingen zugegangen war. Immer wieder bekam Konráð Anrufe von Fremden, die ihm diese Machenschaften vorhielten, wenn er nicht schnell genug auflegte. Irgendwann zog er den Stecker des Festnetztelefons. Und nur wenige hatten seine Handynummer.

»Weißt du, wo Leó ist?«, fragte Konráð, als er ranging.

»Nein, keine Ahnung«, sagte Marta. »Er war neulich

mal hier, um über den Skafti-Fall zu sprechen, aber seitdem habe ich ihn nicht mehr gesehen. Hast du Kontakt zu ihm? Wir müssen mit ihm reden.«

»Nein, ich erreiche ihn nicht. Was hat er euch erzählt?«

»Nichts, was dich betrifft, Konráð. Ich rufe an, weil ich dir sagen wollte, dass sie in dem Fall deines Vaters keine weiteren Schritte einleiten wollen. Sie glauben dir, dass Gústaf vor seinem Tod gesagt haben soll, es sei deine Mutter gewesen, die Seppi vor dem Schlachthof erstochen hat. Sie sehen keinen Grund, das anzuzweifeln.«

»In Ordnung«, sagte Konráð. »Danke, dass du Bescheid sagst.«

»Ist doch bestimmt eine Erleichterung?«

»Ja, das ist eine gute Nachricht. Aber sag mal, was ist mit diesem Urlauber bei Hafravatn, ist das etwa …?«

»Ach, Konráð«, sagte Marta, die nicht vorhatte, sich in ein Gespräch verwickeln zu lassen, »man kann dir nichts erzählen, ohne dass du gleich anfängst herumzuschnüffeln!«

Konráð startete den Motor und fuhr vom Parkplatz der Bowlinghalle Richtung Breiðholt weiter, wo er vor einem Wohnblock anhielt. Er meinte, die richtige Adresse zu haben, und ließ den Blick zögerlich nach oben wandern. Er hatte die Frau viele Jahre lang nicht gesehen. Sie waren einmal gute Freunde gewesen, zwei befreundete Ehepaare. Hatten sich regelmäßig getroffen, die Wochenenden auf dem Land verbracht, Ausflüge gemacht und in versteckten Birkenwäldern gezeltet. Doch seither war viel Wasser ins Meer geflossen.

Er fand die richtige Wohnung und klingelte. Als sie

öffnete, fiel ihm sofort auf, dass sie sich mit dem Alter kaum verändert hatte. Ganz im Gegensatz zu ihm offenbar, denn sie erkannte ihn erst nicht.

»Moment ... Konráð? Bist du das?«, fragte sie verwundert.

»Hallo, Dóra, vielleicht hätte ich vorher anrufen sollen«, sagte er entschuldigend. »Ich wollte dich nicht erschrecken.«

»Was willst du hier?«

Er zögerte. Was wollte er eigentlich hier? Er wusste es selbst kaum.

»Ist ... geht es um Leó?«, fragte sie.

Konráð bejahte und erklärte, dass er dringend mit ihm sprechen müsse, er aber wie vom Erdboden verschluckt sei. Von Leós Freunden und Bekannten habe ihm auch niemand weiterhelfen können.

Sie bat ihn hinein, und er setzte sich etwas verlegen an den Esstisch. Hatte nicht vor, lange zu bleiben. Nach der Scheidung von Leó hatte Dóra wieder geheiratet. Ihr zweiter Mann war um einiges älter gewesen als sie, und vor etwa zwei Jahren hatte Konráð seinen Namen in den Traueranzeigen gesehen. Eigentlich hatte er sie anrufen und sein Beileid ausdrücken wollen, schließlich waren sie einmal enge Freunde gewesen, aber dann vergingen die Tage und Wochen, und er tat es nie. Sie war zu Ernas Beerdigung gekommen. Seitdem hatten sie nicht miteinander gesprochen.

»Wie geht es dir, Konráð?«, fragte sie.

»Ich klage nicht«, sagte er. »Der Ruhestand langweilt mich nur ein wenig. Ich habe gesehen, dass dein Mann verstorben ist. Mein Beileid.«

»Danke, er war schon sehr krank, also ... Soweit ich

in den Nachrichten gesehen habe, hätte es dich auch beinahe erwischt. Dieser Arzt, der dich angegriffen hat, der seine Nichte ermordet hat und aus Litla-Hraun ausgebüxt ist. Wie hieß er noch mal? Hat er nicht versucht, dich umzubringen?«

»Gústaf Antonsson, Anästhesist. Er ist bei mir in Árbær eingebrochen, hat mir Medikamente verabreicht, die mir beinahe den Rest gegeben hätten.«

»Aber du konntest ihn noch rechtzeitig aufhalten. Ist er dann bei dir zu Hause gestorben? Also, seinen Verletzungen erlegen?«

»Ja, es war Notwehr«, sagte Konráð, aber eigentlich wollte er nicht wirklich darüber reden. »Er war … für ihn kam jede Hilfe zu spät.«

Dóra bot ihm Kaffee an, aber er lehnte dankend ab, er könne nicht lange bleiben.

»Was willst du von Leó?«, fragte sie. »Geht es um den Skafti-Fall? Ich bekomme schon Anrufe von Journalisten, diese aufdringlichen Schnüffler. Ich weiß nicht, wo er ist. Wir haben seit Jahren nicht miteinander geredet. Hält er nicht einfach den Ball flach, bis das wieder vorbeigeht?«

»Bestimmt«, sagte Konráð.

»Warst du daran beteiligt?«, fragte sie direkt. »Hast du mit ihm zusammen einen Mann getäuscht und ins Gefängnis gebracht? Diesen Natan?«

Konráð schüttelte den Kopf.

»Ich war bei ein paar Verhören dabei. Aber ansonsten habe ich nichts getan. Außer, dass ich meine Bedenken geäußert habe, ob der Mann auch fair behandelt wird. Unser Kollege Rikki hat auch was gesagt, du erinnerst dich vielleicht noch an ihn. Leó hat aber nicht auf uns gehört, und wir haben keine weiteren Schritte unternommen. Seitdem habe ich viel darüber nachgedacht. Wir hätten mehr tun sollen.«

»Und jetzt wisst ihr, was passiert ist?«

»Ja.«

»Es war also vor allem Leó?«

»Irgendwie hat er es geschafft, Natan festzunageln. Ich weiß nicht, was es war. Er hat dieses Geständnis von ihm bekommen, und der eine oder andere Hinweis aus den Ermittlungen passte dazu. Die Richter fanden es plausibel. Erst viel später stellte sich heraus, dass die ganze Argumentation auf einer Lüge basierte.«

»Ja, es ist natürlich schlimm. Was der arme Mann alles durchmachen musste, obwohl er unschuldig war.«

»Hast du eine Idee, wo Leó stecken könnte?«, fragte Konráð. »Gibt es vielleicht irgendeinen Ort, an den er sich früher zurückgezogen hat? Hat er vielleicht Zugang zu einem Sommerhaus? Irgendwas?«

»Was willst du tun, wenn du ihn findest?«

»Mit ihm reden. Über den Fall. Über ein paar Dinge, die ich zwischen uns klarstellen will.«

»Du weißt, warum ich ihn letztendlich verlassen habe?«, sagte Dóra. »Warum wir uns getrennt haben?«

»Ich hatte eine Vermutung.«

»Wusstest du, was er alles getan hat?«

Konráð zögerte.

»Ich wusste so manches«, sagte er zögerlich.

»Es hat mir gereicht«, sagte Dóra. »Ich hätte ihn gleich verlassen sollen, aber er hat sich entschuldigt und versprochen, es würde nie wieder vorkommen. Viele Jahre später habe ich herausgefunden, dass er eine Affäre in der Stadt hatte und mich jahrelang betrogen hat. Ich glaube, alle außer mir wussten davon. So ist das doch meistens, nicht wahr?«

»Vermutlich«, sagte Konráð, der in der Hinsicht selbst nicht ganz unschuldig war.

»Er war unfassbar.«

Konráð zögerte.

»Weißt du … weißt du, ob eine von ihnen …«

»Deine Erna war?«

»Er hat es einmal angedeutet, ja, sogar direkt ausgesprochen. Er war wütend auf mich und … und ich hatte gehofft, dass er es vielleicht nur gesagt hat, um mich zu verletzen. Dass es nicht wirklich stimmte.«

»Da kann ich dir nicht weiterhelfen«, sagte Dóra. »Keine Ahnung, wer sie alle waren, ich weiß nur, dass er in seiner Freizeit wohl kaum etwas anderes gemacht hat.«

Konráðs Handy klingelte, und er entschuldigte sich, er müsse da kurz rangehen. Es war sein Anwalt, den er sich wegen der Ermittlungen im Mord an seinem Vater hatte suchen müssen.

»Sie haben beschlossen, dir zu glauben«, sagte der Anwalt, als Konráð ranging.

»Ja, das habe ich schon gehört.«

»Aber sie sagen, dass es deine Aussage stärken würde, wenn du diese Fotos vorlegen könntest, die angeblich den Kindesmissbrauch bezeugen. Von dem Mädchen im Tjörnin und den anderen Kindern.«

»Ja, ich weiß«, sagte Konráð, »es wäre gut, die Bilder zu finden.«

Sie verabschiedeten sich, und Konráð steckte das Handy wieder ein.

»Ist alles in Ordnung?«, fragte Dóra, als sie seinen müden Blick bemerkte.

»Ja, alles in bester Ordnung.«

Für eine Weile schwiegen sie.

»Leó hat in der Nacht einen Anruf bekommen«, sagte Dóra schließlich. »Ich erinnere mich noch gut daran.«

»In der Nacht?«

»In der Nacht von Skaftis Verschwinden. Ich bin rangegangen. Es war sein Onkel, er wollte mit Leó sprechen. Ich habe ihm gesagt, dass Leó schon schläft, aber Alfons wollte unbedingt mit ihm sprechen, also ist Leó aufgestanden, und nach dem Telefonat hat er sich angezogen und ist rausgegangen.«

»Um Alfons zu treffen? Seinen Onkel?«

»Klar.«

»Weißt du, warum?«

»Nein, keine Ahnung«, sagte Dóra. »Leó … er hat nie darüber gesprochen. Das Verhältnis zu seinen Onkeln war etwas speziell, wie du weißt. Ich habe ihn gefragt, was mitten in der Nacht so wichtig sei, und er meinte nur, ich solle mir keine Sorgen machen. Aber ich erinnere mich, dass es an dem Abend war, weil ich sauer auf ihn war. Ich hatte am nächsten Tag Geburtstag, und er hat gar nichts gesagt. Sonst hat er immer an meinen Geburtstag gedacht, aber in dem Jahr hat er ihn einfach vergessen.«

Fünf

Auf dem Begräbnis waren ungewöhnlich wenige Gäste. Soweit Konráð erkennen konnte, war nur der engste Familienkreis gekommen, und ein paar wenige aus der Baubranche. Sich selbst zählte er nicht als Gast, eigentlich war er gar nicht wirklich da. Er ging nicht in die Kirche, sondern blieb davor im Auto sitzen und beobachtete das Geschehen, in der Hoffnung, Leó zu sehen.

Von den Autos auf dem Parkplatz zu schließen, schien die Familie vor allem große schwarze Jeeps zu fahren. Konráð wusste, dass die Generation, die auf die Brüder gefolgt war, immer wieder in Konflikt mit dem Gesetz geriet, wegen Drogenschmuggel, Gewaltdelikten, Steuerhinterziehung und allerlei anderer Vergehen. Und auch die dritte Generation war nicht viel besser, der Enkel des einen saß wegen brutaler Körperverletzung hinter Gittern, er hatte ins Ausland fliehen wollen, war aber auf dem Weg zum Flughafen wegen Raserei angehalten worden. Konráð wusste nicht, ob er die Erlaubnis bekommen hatte, an der Beerdigung teilzunehmen.

In der Zeitung standen zwei Nachrufe, von Enkelkindern des Verstorbenen, wie Konráð annahm, die sich an die Familienausflüge ins Sommerhaus erinnerten und erzählten, was für ein wundervoller Großvater er gewesen sei. Ein wahrer Grillmeister, hieß es. Sonst hatte niemand einen Anlass gesehen, seiner zu gedenken.

Dennoch waren der Verstorbene und sein Bruder erfolgreiche Bauunternehmer und hatten, soweit Konráð das beurteilen konnte, einen ganz guten Ruf. Sie waren Leós Onkel väterlicherseits und immer im Doppelpack aufgetreten, bis einer von ihnen vor ein paar Tagen unter etwas peinlichen Umständen verstorben war. Er war Stammkunde einer Prostituierten gewesen, die einmal im Monat aus Budapest nach Reykjavík kam, um sich etwas dazuzuverdienen. Island habe sie gewählt, weil die Kunden, wie sie in gebrochenem Englisch erklärte, einigermaßen reinlich seien und eine Frau ihre Dienste hier legal anbieten dürfe. Das hätten die Rotstrümpfe und Feministinnen durchgesetzt, habe sie irgendwo gehört. Deshalb verbringe sie immer wieder ein, zwei Wochen am Stück in Island und fliege dann mit vollen Taschen zurück. Ihre Kunden finde sie übers Internet, die unterschiedlichsten Männer. Genauer wollte sie darauf nicht eingehen, denn viele ihrer Kunden hätten ihr eingeschärft, dass es in Island zwar legal sei, sich zu prostituieren, die Männer diese Dienste aber nicht kaufen dürften.

So hatte sie es den Polizisten erzählt, die auf ihren Notruf hin gekommen waren. Der Mann war sehr beleibt gewesen, kurzatmig und verschwitzt. Mitten im Akt habe er seltsam das Gesicht verzogen, sie hielt es für einen Orgasmus, aber vermutlich war es ein Schmerz in der Brust, denn danach hatte er das Bewusstsein verloren. Als sie den Ernst der Lage verstanden hatte, war sie von ihm heruntergeklettert, hatte mit einer wenig effektiven Herzmassage begonnen und Hilfe gerufen.

Das wusste Konráð von Marta, die selbst mit der

Sexarbeiterin gesprochen hatte, während sechs starke Polizisten die Leiche mit viel Mühe aus der Airbnb-Wohnung der Ungarin getragen hatten. In der Familie überraschte die Geschichte kaum jemanden. Der Mann hatte nicht gerade einen gesunden Lebensstil gepflegt, sich den ganzen Tag mit Fastfood vollgestopft, geraucht wie ein Schlot und viel zu viel getrunken. Als es noch legale Stripclubs gegeben hatte, war er dort Stammgast gewesen, hatte die Betreiber gut gekannt und sich sogar finanziell beteiligt.

Es war nie gelungen, den Brüdern etwas anzuhängen, aber früher hatte man sie oft wegen Drogenschmuggel, Dokumentenfälschung, Währungsspekulationen und Geldwäsche im Visier gehabt. Viele Gerüchte gingen um, zum Beispiel, dass es den beiden nur aufgrund dieser illegalen Machenschaften gelungen wäre, diese saftigen Gewinne einzustreichen, während der Rest der Branche in Schulden versank. Sie waren nicht nur verwandtschaftlich mit Leó verbunden, sondern pflegten auch eine enge freundschaftliche Beziehung, und Konráð wusste, dass Leó ihnen innerhalb der Polizei ein wichtiger Verbündeter gewesen war.

Die Tür der Fossvogskirkja ging auf, und acht Sargträger traten langsam mit dem schneeweißen Sarg aus der Kirche heraus und mussten dafür all ihre Kräfte zusammennehmen. Es war stark bewölkt, und der Nieselregen fiel auf ihre Gesichter. Der Sarg wurde in einen Leichenwagen geschoben und zum Familiengrab auf dem nahe gelegenen Friedhof gebracht. Alles wirkte sehr würdevoll.

Hinter dem Sarg folgten die weiteren Gäste, unter ihnen auch Leó. Konráð hatte ihn nicht hineingehen sehen, aber dort war er mit seinen Verwandten, manchen schüttelte er die Hand, andere umarmte er. Konráð stieg aus dem Auto und folgte der Schar zum Friedhof, hielt sich aber im Hintergrund. Als der Sarg in die Erde gelassen wurde, stand Leó neben seinem verbliebenen Onkel. Er hieß Alfons und ähnelte seinem Bruder nicht im Geringsten, war ein kleiner schlanker Mann mit großer Hornbrille und kaum noch Haaren auf dem Kopf, tadellos gekleidet und würdevoll im Auftreten, er hätte sich nie tot bei einer Airbnb-Hure auffinden lassen. Vielleicht stimmte es sogar, was Leó einmal über ihn gesagt hatte, dass er der einzige Mann in der Familie sei, der tatsächlich was in der Birne habe.

Als alle Erde geworfen und ein Kreuz über dem Grab gemacht hatten, bewegte sich die Gruppe langsam zum Ausgang des Friedhofs und löste sich auf. Leó wollte offenbar noch mit seinem Onkel sprechen, doch der alte Mann wies ihn ab, sodass Leó ihn an der Hand packte und sie leise etwas besprachen. Die anderen bemerkten nichts. Auf dem Parkplatz wechselten die beiden ein paar letzte Worte, bevor der Onkel wegfuhr. Leó ging hinter die Kirche, wo er geparkt hatte. Als er Konráðs Schritte hörte, drehte er sich um.

»Was willst du hier?«, fragte er wütend.

»Mit dir reden«, sagte Konráð. »Du bist schwer zu erreichen.«

»Ich war nicht in Reykjavík«, sagte Leó. »Warum verfolgst du mich? Ich habe dir nichts zu sagen.«

»Wie hast du ihn dazu bekommen zu gestehen, Leó?«, fragte Konráð. »Was hast du ihm angedroht? Warum hat er behauptet, Skafti auf Örfirisey umgebracht zu haben?«

»Woher soll ich das wissen?«, sagte Leó. »Und was zur Hölle kümmert dich das?«

»Du hast einen unschuldigen Mann ins Gefängnis geschickt«, sagte Konráð. »Bei manchen Verhören war ich dabei, und ich hatte nie das Gefühl, dass wir den richtigen Mann hatten. Das habe ich dir auch gesagt. Aber du hast nichts getan. Ich habe dir vertraut. Dir alles geglaubt. Ich habe dir vertraut, und du hast gelogen.«

Leó hatte sich ins Auto gesetzt und wollte die Tür schließen, aber Konráð hielt sie fest.

»Wie hast du Natan dazu gebracht, einen Mord zu gestehen?«

»Ich habe gar nichts getan, du Idiot!«, sagte Leó. »Der Mann hat gestanden. Natan wurde ganz normal behandelt, das hast du mit deinen eigenen Augen gesehen. Er hat es zugegeben, und das Geständnis wurde für glaubhaft erachtet, damit war der Fall abgeschlossen. Lass die Tür los!«

»Bis Skaftis Leiche woanders aufgetaucht ist.«

»Ich habe keine Zeit für diesen Unsinn«, sagte Leó.

Er startete den Motor und trat aufs Gaspedal, sodass Konráð die Tür loslassen musste und beinahe das Gleichgewicht verlor. Leó schlug sie schnell zu und fuhr weg. Konráð blickte ihm hinterher, bevor er zu seinem Auto zurückging, wo er eine Weile auf dem Fahrersitz saß und nachdachte. Plötzlich klingelte das Handy in seiner Brusttasche, es war Marta.

»Ich bin bei dir zu Hause«, sagte sie.

»Was ist los?«

»Komm einfach!«

Sechs

Marta saß in ihrem Auto vor Konráðs Haus in Árbær und zog an einer E-Zigarette. Warnungen über mögliche schädliche Folgen kümmerten sie nicht. Konráð hatte schon öfter Bemerkungen darüber gemacht, aber Marta antwortete immer nur, sie habe sich informiert und mache sich keine Sorgen deswegen. Vor den E-Zigaretten war sie Kettenraucherin gewesen, und sie behauptete felsenfest, dass sie das nur vorübergehend brauche, um völlig aufhören zu können. Konráð war da wenig hilfreich. Seiner Ansicht nach machte sie sich selbst etwas vor.

»Das steht natürlich alles schon im Internet«, seufzte sie, als sie sich begrüßten und er Marta hineinbat.

»Was?«, fragte Konráð.

»Wir sind nicht sicher, ob es tatsächlich ein Unfall war«, sagte Marta.

»Was?«

Sie sah ihn an, als müsste er wissen, wovon sie sprach.

»Skaftis Tod«, sagte sie und setzte sich in die Küche, wie sie es immer tat, wenn sie ihn besuchte. »Der Deutsche geht von Mord aus. Er denkt, dass Skafti umgebracht und dann zu dieser Baugrube auf Öskjuhlíð gebracht wurde, um es wie einen Unfall aussehen zu lassen.«

»Was …?«

Konráð sah Marta verwirrt an.

»Es ist auch nicht auszuschließen, dass Skafti noch am Leben war, als er in die Grube geworfen wurde«, sagte sie. »Er kann es nicht bestätigen, aber eben auch nicht ausschließen.«

»Der Deutsche?«

»Ein deutscher Rechtsmediziner, spezialisiert auf sterbliche Überreste, die in der freien Natur gefunden werden. Er wurde hergeholt, um uns zu helfen, und hat heute seinen abschließenden Bericht vorgelegt.«

»Und, was ... was ist die Todesursache?«

»Ein schwerer Schlag auf den Kopf, der einen Schädelbruch zur Folge hatte. Der kann nicht von dem Aufprall in der Grube stammen, wie wir bisher angenommen haben. Anscheinend wurde der Bruch von etwas anderem verursacht, einem Hammer oder etwas Ähnlichem, und er meinte, es könnte sein, dass Skafti erst nach einer Auseinandersetzung bewegt worden war. Dass jemand von der Baugrube auf Öskjuhlíð wusste und ihn dorthin gebracht hat.«

Marta sah Konráðs schockiertes Gesicht. Er starrte seine Freundin an, als könnte er nur schwer glauben, was sie soeben gesagt hatte.

»Was habt ihr euch dabei gedacht, als ihr Natan festgenommen habt?«, fragte Marta, und ihr Tonfall klang vorwurfsvoll. »Warum war das so schlampig gemacht?«

»Warum?«, seufzte Konráð. »Wenn es darauf nur eine einfache Antwort gäbe.«

Er ließ sich auf den Stuhl neben Marta fallen und dachte an die Siebzigerjahre zurück, als Skafti eines Abends aus dem Haus gegangen und nicht mehr zurückgekommen war. Der Türsteher eines Tanzlokals meinte sich daran zu erinnern, am Abend davor einen Streit zwischen ihm und einem der Stammgäste, einem Jungen namens Natan, beobachtet zu haben. Natan wurde verhört und gestand, dass es zwischen ihm und Skafti zu einer Schlägerei gekommen war. Angeblich wollte Skafti ihn anmachen, darüber hätte er sich aufgeregt, mehr nicht. Später änderte er diese Aussage.

»Natan hat den Mord an dem Mann gestanden«, sagte Konráð. »Wir hatten es schwarz auf weiß.«

»Ja, nach langer und schwieriger Untersuchungshaft in einer Einzelzelle«, sagte Marta. »Er hat sich über die schrecklichen Bedingungen im Síðumúli-Gefängnis beschwert. Die schlechte Behandlung. Am Ende hat er gestanden, Skafti nach Örfirisey gefolgt zu sein, ihn umgebracht und die Leiche ins Meer geworfen zu haben. Was so nie passiert ist, wie wir mittlerweile wissen. Er hat die Untersuchungshaft nicht mehr ausgehalten. Das oberste Gericht hat die Höchststrafe verhängt. Seine letzten Jahre hat er auf der Straße verbracht. Vergangenen Winter ist er erfroren. War das gerechtfertigt? Willst du das damit sagen?«

»Ich? Das musst du Leó fragen. Er war für den Fall zuständig.«

Konráð schüttelte den Kopf. Die Arbeitsweisen der Polizei hatten sich in den letzten Jahren verändert. Ein Geständnis wurde nur noch akzeptiert, wenn es ausreichend mit Beweisen untermauert werden konnte.

»Leó behauptet, er hätte ihn zu nichts gedrängt«, sagte Marta.

»Na dann.«

»Er wird nie zugeben, dass er das Geständnis erzwungen hat.«

»Ist also auszuschließen, dass Natan etwas damit zu tun hatte?«, fragte Konráð.

»Höchstwahrscheinlich, ja«, sagte Marta. »Es kann zwar sein, dass er Skafti umgebracht und uns vorgelogen hat, die Leiche ins Meer geworfen zu haben, weil sie nicht gefunden werden sollte, aber …«

»Das ist doch ziemlich unwahrscheinlich? Er hat einen Mord gestanden. Warum hätte er uns nicht zur Leiche bringen sollen, wenn er wusste, wo sie war?«

Marta zuckte mit den Schultern.

»Er hat das Geständnis zurückgezogen, behauptet, er hätte es nicht getan …«

»Ja, stimmt.«

»Jetzt müssen wir natürlich wieder neu anfangen, die Suche nach Skaftis Mörder beginnt von vorne.«

»Hast du gesagt, dass er noch gelebt hat, als er in die Grube geworfen wurde?«

»Der Deutsche hält das für möglich.«

»Mein Gott … der arme Junge …«

»Ja, das ist kein schöner Fall«, seufzte Marta müde. »Und dann ist da jetzt auch noch dieser Tourist bei Hafravatn.«

»Was ist mit ihm?«

»Erstens war er schon mal kein Ausländer«, sagte Marta nach einer Weile. »Er war Isländer, hatte lange in Norwegen gelebt und deshalb einen norwegischen Pass.«

»Und?«

»Es sollte so aussehen, als wäre er da draußen in der Natur verunglückt. Du weißt schon, wie das bei Touristen manchmal vorkommt.«

»Aber?«

»Er starb an Kopfverletzungen. Und nicht bei Hafravatn, sondern woanders. Offenbar wurde er erst danach dorthin gebracht. Auf den ersten Blick sah es so aus, als wäre er am Ufer unterwegs gewesen und verunglückt. Sein Kopf lag neben einem messerscharfen Stein, und darauf waren Blutflecke, aber sie halten es für eine schlechte Inszenierung.«

Marta stieß eine dichte Dampfwolke aus.

»Es gibt da eine Verbindung zu einem alten Fall, an den du dich bestimmt erinnerst«, sagte sie.

»Welcher alte Fall?«

»Er mag als Urlauber unterwegs gewesen sein«, sagte Marta, die wie immer ihre Schweigepflichten vergaß, wenn sie mit Konráð an einem Tisch saß, »aber ursprünglich ist er in Island geboren und aufgewachsen und hat in Reykjavík gelebt. Bevor er ins Ausland gezogen ist, war er an einer Wäscherei mit chemischer Reinigung beteiligt. Hast du den Fall nicht seinerzeit untersucht? Du müsstest ihn irgendwann getroffen und mit ihm gesprochen haben.«

»Wovon redest du?«

»Es erinnert mich ein wenig an den Skafti-Fall. Die Leiche wurde bewegt. In der freien Natur gefunden. Der Deutsche hilft uns auch bei diesem Fall.«

»Bei welchem Fall, Marta? Schweif nicht ab.«

»Der Mann aus der Wäscherei. Der verschwunden ist. 1983.«

»Der Mann aus der Wäscherei? Dreiundachtzig?«

Konráð starrte Marta an.

»Meinst du ... redest du von Pétur? Pétur Jónsson?«

»Ja.«

»Die Wäscherei betreibt jetzt der Sohn. Ich bringe manchmal Sachen zu ihm ...«

Marta nickte.

»Warte, was ist mit Pétur?«, fragte Konráð.

»Dieser ›Tourist‹ bei Hafravatn kannte ihn«, sagte Marta und machte Anführungszeichen mit den Fingern, wie sie es öfter tat. »Vom Handball. Kurz nach Péturs Verschwinden ist er nach Norwegen gezogen.«

»Und wurde jetzt tot bei Hafravatn aufgefunden … der Miteigentümer einer Wäscherei. Hast du … war das etwa Franklín?«

»Genau. Franklín. Wir haben mit seiner Ex-Frau gesprochen. Vor einer Woche ist er als ganz normaler Urlauber nach Island gekommen«, sagte Marta und sog den Nikotindampf ein. »Und dann wird er tot bei Hafravatn aufgefunden. Was sagt uns das?«

Marta stieß den Dampf aus. Sie unterhielt sich gerne mit Konráð über Polizeiangelegenheiten, obwohl sie wusste, dass sie das eigentlich nicht sollte.

»Ein Rabe hat an ihm geknabbert«, sagte sie.

»An Franklín?«

»So wurde er gefunden. Ein Wanderer hat einen Rabenschwarm am Ufer bemerkt, der sich bereits über die Leiche hergemacht hatte.«

»Dann muss es kurz nach seiner Ankunft passiert sein.«

»Kann sein. Aber Raben finden so was schnell.«

»Das war also Péturs Freund.«

»Ja.«

»Was zur Hölle hat das zu bedeuten?«, seufzte Konráð und dachte an den Mann aus der Wäscherei, der eines Tages verschwunden war, wie vom Erdboden verschluckt.

»Sie hatten ihm schon die Augen ausgepickt«, sagte Marta. »Die Raben.«

Sieben

Er erinnerte sich noch gut an den Moment, als er davon erfuhr. In seinem Büro saß ein anstrengender Mann, der ins Polizeipräsidium an der Hverfisgata gekommen war, um einen Autodiebstahl anzuzeigen. Der Mann meinte, er habe das Auto 1979, also vor vier Jahren gebraucht gekauft, eine ziemliche Schrottkarre, aber das meiste habe er selbst reparieren können und es bringe ihn von A nach B. Er hänge sehr daran, aber in der Nacht auf gestern hätte jemand den russischen Lada vom Parkplatz vor seinem Wohnblock gestohlen, fluchte der Mann.

Konráð notierte die Beschreibung des Autos, Viertürer, hellblau, das Kennzeichen, den Zustand und den Kilometerstand. Er hatte regelmäßig mit Autodiebstählen zu tun, und meist tauchten die Fahrzeuge wieder auf. Manche mit leerem Tank und völlig kaputt gefahren, andere in Unfälle verwickelt als Altmetall.

»War der Wagen nicht abgeschlossen?«, fragte Konráð eher gleichgültig und warf einen Blick aus seinem Bürofenster. Der Winter hatte Einzug gehalten, und draußen fiel gerade der erste Schnee. Autodiebstähle lösten sich normalerweise von selbst, auch wenn es Ausnahmen gab.

»Ich schließe immer ab«, sagte der Mann, der in einer dicken Winterjacke in Konráðs gut beheiztem Büro saß und so tat, als wäre die Frage völlig sinnlos. Er hatte eine kurze Arbeitspause genutzt, um zum Präsidium zu kommen, arbeitete für die Müllabfuhr und roch dementsprechend. »Das Auto war definitiv abgeschlossen«, behauptete er.

»Ganz sicher?«

»Ja, ganz sicher.«

»Ist dir in der Umgebung des Hauses etwas Verdächtiges aufgefallen, irgendwelche Personen, die sich in der Nähe des Autos aufgehalten haben? Hat dich in letzter Zeit jemand nach dem Wagen gefragt?«

»Nein, auf verdächtige Personen habe ich nicht geachtet, und nachgefragt hat niemand. Ich hatte den Wagen gerade durch die Hauptuntersuchung gebracht. Das war nicht immer leicht, aber neulich habe ich einiges reparieren lassen, und er war eigentlich in ganz gutem Zustand. Mit den Nachbarn habe ich schon gesprochen, von denen hat niemand etwas gesehen. Ich habe vorgestern Abend dort geparkt, und als ich gestern Morgen zur Arbeit wollte, war er weg.«

Der Mann hatte ein Bild von dem Fahrzeug mitgebracht, vielleicht könnte es der Polizei helfen. Es schien vor seinem Wohnblock aufgenommen zu sein. Er stand neben dem Auto, mit einer Hand auf dem vorderen Kotflügel, und lächelte in der Sonne.

»Das hat meine Frau gemacht«, sagte er. »Letzten Sommer erst.«

»Sag mal, wie fahren sich diese Autos eigentlich?«, fragte Konráð, als er das Bild entgegennahm. Obwohl sie in Island sehr beliebt waren, hatte er nie einen Lada gehabt, und eigentlich interessierten sie ihn auch nicht mehr als irgendwelche anderen russischen Autos.

»Sie sind etwas schwer zu lenken und ziemliche Benzinschleudern, aber ansonsten gute Fahrzeuge. Und sie sind billig. Das ist der springende Punkt. Viel billiger als die britischen und erst recht die amerikanischen Autos.«

»Hast du ein Bild, auf dem du nicht drauf bist?«, fragte Konráð. »Falls wir es benutzen, meine ich. Oder ist es dir egal, dass du darauf zu sehen bist.«

Er hatte den Mann nicht beleidigen wollen, aber die Frage schien ihm sauer aufzustoßen.

»Ich werde nachschauen, ob ich zu Hause noch etwas finde«, sagte er und nahm das Bild wieder an sich.

»Dann war's das so weit«, sagte Konráð und blickte auf die Uhr. »Ich werde die Informationen weiterleiten, hoffentlich taucht der Wagen bald wieder auf.«

Der Besitzer des Lada war gerade erst fluchend verschwunden, als ein Junge um die achtzehn zu Konráð geschickt wurde. Er wollte die Polizei informieren, dass sein Vater nicht nach Hause gekommen sei, er habe keine Ahnung, wo er stecke.

Konráð verfasste einen Bericht. Der Junge hieß Ívan und war klug und etwas unbeherrscht, wirkte aber sehr besorgt. Sein Gesicht war abgemagert und erinnerte Konráð an den jungen Frank Sinatra. Er erzählte, seine Familie habe eine Weile in Russland gelebt. Sein Vater Pétur habe hier in Island Handball gespielt und in Moskau Sportwissenschaften studiert, wo er ein Mädchen namens Sólveig kennenlernte, das dort russische Literaturwissenschaften studierte. Kurz nach Ívans Geburt heirateten sie in Russland, doch etwa ein Jahr später zogen sie zurück nach Reykjavík. Kurz darauf erkrankte Sólveig plötzlich, ein Lymphom, wie sich herausstellte. Innerhalb von einem Jahr nach der Diagnose war sie tot.

Ein paar Jahre später eröffnete Pétur zusammen mit Franklín, einem seiner Freunde vom Handball, eine Wäscherei mit chemischer Reinigung. Dorthin war er am vorigen Morgen wie gewohnt zur Arbeit gefahren, wie sein Sohn erzählte, während er selbst in die Schule gegangen war. Der Junge erklärte, dass er seinem Vater nach dem Unterricht oft noch in der Wäscherei aushelfe, aber gestern Nachmittag habe er Training gehabt und sei erst am Abend nach Hause gekommen. Er war davon ausgegangen, dass sein Vater noch arbeitete, was schon einmal vorkommen konnte. Als er ihn anrief, ging er aber nicht ans Telefon. Am nächsten Morgen war sein Vater immer noch nicht aufgetaucht und offenbar auch zwischendurch nicht zu Hause gewesen. Also rief Ívan in der Wäscherei an und erfuhr, dass sein Vater auch dort nie erschienen war. Jetzt war es bereits Abend, und er hatte beschlossen, sich besser gleich an die Polizei zu wenden. So etwas war noch nie passiert, und er wusste sich keinen anderen Rat.

Konráð versuchte, den jungen Mann zu beruhigen, sagte ihm, dass es vermutlich eine Erklärung für all das gebe. Es sei noch nicht viel Zeit vergangen, seit er seinen Vater zum letzten Mal gesehen habe, er würde bestimmt bald wieder auftauchen. So sei das meist. Doch Konráðs Worte wirkten nicht im Geringsten beruhigend auf den Jungen, der sich große Sorgen um seinen Vater machte. Sie beide hätten außer einander niemanden, erklärte er, Pétur lege viel Wert darauf, dass sie immer wussten, wo der andere sich aufhielt. Wenn sein Vater also irgendwo hinfuhr, sagte er immer Bescheid und erwarte das auch von seinem Sohn.

Die Polizei fand nie heraus, was mit Pétur Jónsson

passiert war. Eine umfangreiche Suche wurde eingeleitet, brachte aber keine Ergebnisse. Die letzte, die Pétur gesehen und mit ihm gesprochen hatte, war laut Ermittlungen der Polizei eine Frau mittleren Alters, eine Kundin der Wäscherei. Sie war am Tag von Péturs Verschwinden kurz vor Ladenschluss dort gewesen, eigentlich sogar ein paar Minuten nach dem offiziellen Feierabend, aber er habe sie trotzdem noch hineingelassen, zuvorkommend, wie er war, sagte die Frau. Der Mann hatte auf sie gewirkt wie immer, fröhlich, höflich und hilfsbereit. Sie war vom ersten Tag an eine treue Kundin der Wäscherei, deren Name auf einem Leuchtschild über dem Eingang prangte: Pétursborg. So hatte ihr Besitzer sie in Erinnerung an seine Zeit in Russland genannt.

Auch andere Kunden, die an jenem Tag und den Tagen davor in den Laden gekommen waren, hatten nichts Ungewöhnliches bemerkt. Pétur hielt ihre Namen sorgfältig in einem Büchlein fest, mit dem Zeitpunkt ihres Besuchs und der Telefonnummer. Es war also nicht schwer gewesen, sie aufzuspüren. Zwei Mitarbeiter hatten berichtet, Pétur habe an dem Tag allein abgeschlossen.

Alle hatten nur Gutes über Pétur zu sagen und meinten, er sei seinen Kunden gegenüber immer sehr entgegenkommend gewesen. Hatte sich immer gerne mit ihnen unterhalten, und wenn es Probleme wegen der Bezahlung gab oder jemand seine Geldbörse vergessen hatte, war das nie ein großes Problem für ihn gewesen, sie konnten dann einfach beim nächsten Mal bezahlen. Seine Kunden an diesem letzten Tag, an diesem letzten Nachmittag waren sich alle einig, dass er sich verhalten hatte wie immer, da sei nichts gewesen, was sein Verschwinden erklären könnte.

Die Polizei sprach auch mit Franklín. Zu dem Zeitpunkt hatte er Pétur gerade seinen Anteil an dem Unternehmen verkauft und meinte, er könne sich auch nicht erklären, was geschehen sei. Sie hatten sich beim Handball kennengelernt, und die Sache mit der Wäscherei sei Péturs Idee gewesen. Er wollte ein Unternehmen gründen und selbstständig arbeiten, sein eigener Chef sein, also nahmen sie einen Kredit auf und kauften die Wäscherei von einem Mann namens Björn, den alle nur Wasch-Björn nannten. Sie stürzten sich in einige Renovierungsarbeiten, und das Geschäft lief von Anfang an gut. Franklín war in all der Zeit nichts aufgefallen, was Péturs Verschwinden erklären könnte. Falls er beschlossen hatte, seinem Leben ein Ende zu setzen, und nicht wollte, dass seine Leiche gefunden wurde, war der Grund dafür jedenfalls nicht auf die Geschäfte zurückzuführen.

Zwei Tage nachdem Ívan das Verschwinden seines Vaters gemeldet hatte, wurde Péturs Auto vor einem Gewerbegebäude in Seltjarnarnes gefunden, nicht weit vom Leuchtturm Grótta entfernt. Das Fahrzeug war leer, und es wurden keine Hinweise auf eine gewaltsame Auseinandersetzung gefunden. Die naheliegende Annahme war, dass der Mann beschlossen hatte, sein Leben zu beenden und ins Meer zu gehen.

Acht

Am Tag nach dem Treffen mit Marta holte Konráð seine Freundin Eygló in Fossvogur ab, wo sie zu Hause war. Zusammen fuhren sie zum Haus des Arztes, das leer und verlassen am Ende einer Stichstraße stand. Sie waren beide schon einmal dort gewesen. Konráð ging am Steuerungskasten der Alarmanlage neben dem Eingang vorbei, denn er wusste, dass das System deaktiviert war. Doch den Sicherheitscode würde er nie vergessen. Wenn man die Ziffern von hinten las, ergaben sie das Datum des Todestages eines Mädchens, das 1961 leblos im Tjörnin, dem Stadtsee von Reykjavík, aufgefunden worden war, ein Opfer des Arztes, der in diesem Haus gelebt hatte.

Eygló hatte sofort eingewilligt, Konráð in Gústafs ehemaliges Zuhause zu begleiten, um dort nach den alten Fotos zu suchen, von denen sie annahmen, dass sie die Taten von Gústafs Vater beweisen würden. Er hatte sich des mehrfachen Kindesmissbrauchs schuldig gemacht. Als Konráðs Vater Seppi erstochen wurde, hatten sich die Bilder in seinem Besitz befunden, aber sie hatten nie herausgefunden, was anschließend mit ihnen passiert war.

Nach Gústafs Tod war das Einfamilienhaus in den Besitz seiner Verwandten übergegangen, die es sofort zum Verkauf angeboten hatten und aufgrund der Vorgeschichte mit dem Preis ordentlich heruntergehen mussten. Konráð hatte mit dem Immobilienmakler gesprochen. Er könne sich natürlich gerne umsehen, hatte er gesagt.

Alles sah so aus wie bei ihrem letzten Besuch, nur dass drinnen jemand geputzt und die alte Bornholmer Standuhr weggeräumt hatte. Eygló hatte sie damals in einem Wutausbruch über Gústaf, seinen Vater und ihre schrecklichen Untaten umgestoßen.

»Was wohl mit der Uhr passiert ist?«, fragte Eygló, die mitten im Wohnzimmer stand und in die Ecke blickte, wo die Uhr damals gestanden hatte.

»Wahrscheinlich sind sie damit auf die Deponie«, sagte Konráð. »Du hast sie schließlich kaputt gemacht.«

»Man sollte seine Wut natürlich nicht an toten Gegenständen auslassen«, gestand Eygló etwas widerwillig. »Ich hatte mich einfach nicht unter Kontrolle, und am liebsten würde ich immer noch das ganze Haus zertrümmern.«

»Wir dürfen hier keine Unordnung machen«, sagte Konráð. »Die Bilder könnten in einem Umschlag sein. Gústaf hat mir erzählt, dass Gottfreð, ein Freund seines Vaters Anton, sie aus der Tasche meines Vaters genommen hat, als dieser im Sterben lag. Er hat sie dann Anton gegeben. Mein Gefühl sagt mir, dass ein mieser Kinderschänder wie Anton sie nicht einfach entsorgt hat. Er war so irre, dass er die Bilder sicher behalten wollte, als sie endlich wieder in seinen Händen waren.«

»Und dieser Gottfreð ist nicht auf die Idee gekommen, deinem Vater zu helfen? Jemandem zu erzählen, dass er gesehen hat, wie deine Mutter ihn erstochen hat?«

»Die Geheimnisse, die er und Anton hatten, waren zu gefährlich«, sagte Konráð. »Laut Gústaf hat er nur die Fotos geholt und ist dann verschwunden.«

Sie teilten sich das Haus auf. Als ehemaliger Polizist hatte Konráð Erfahrung mit Durchsuchungen und nahm sich zunächst einen großen Bücherschrank vor, während Eygló sich im Keller umschaute. Viele der Bücher waren medizinische Handbücher, und Konráð blätterte ein paar davon durch, doch verlor schnell das Interesse und konzentrierte sich lieber darauf, die Fotos zu finden. Er klopfte die Wände ab, rollte den Teppich auf und prüfte auch das Parkett darunter, lauschte nach Hohlräumen, in denen die Beweise für die Verbrechen des Arztes versteckt sein könnten.

Am längsten brauchte er für das große Büro, das sich hinter dem Esszimmer befand. Der Raum war stickig und ziemlich unordentlich, Aktenstapel, Bücher und persönliche Gegenstände, die Gústafs Verwandte noch nicht abgeholt hatten. Nach dem Verkauf des Hauses würde das alles vermutlich irgendwann auf der Mülldeponie landen.

Der Schreibtisch aus Eiche war alt und abgenutzt. Konráð setzte sich und leerte die Schubladen, in denen sich Zettel und allerlei Kleinkram befanden, ein Feuerzeug, eine Krawattennadel und Nasenspray. Als er die Schublade umdrehte, entdeckte er eine ausgetrocknete alte Klebebandrolle. Gústaf hatte ihm einmal erzählt, dass die Fotos seinerzeit bei einem Einbruch aus dem Haus seines Vaters mitgenommen worden waren. Er strich über das Klebeband und fragte sich, ob sie unter dieser Schublade gelegen hatten. Später gelangten die Bilder schließlich in Seppis Hände, der sie wahrscheinlich genutzt hatte, um Anton zu erpressen. Es war Marta gewesen, die Konráð empfohlen hatte, nach den Bildern zu suchen. Sie brauchten Beweise, die bestätigten, was Gústaf über die Vorfälle an jenem Abend erzählt hatte, als Seppi vor dem Schlachthaus an der Skúlagata erstochen worden war.

Eygló steckte den Kopf durch die Tür zum Arbeitszimmer und meinte, sie habe im Keller nichts gefunden, dort sei nur eine Art Freizeitbereich mit Tischtennisplatte, Fernseher und einem seltsamen Raum, der wie ein Kinderzimmer eingerichtet war. Gústaf war ledig und kinderlos gewesen, aber seine kleine Nichte hatte dort übernachtet, wenn er auf sie aufpasste.

Konráð versuchte, den Schreibtisch so zu hinterlassen, wie er ihn vorgefunden hatte, ehe sie weiter Wände und Boden abklopften. Bei Gústafs Festnahme wegen des Mordes an seiner Nichte hatte die Polizei alle seine Computer gründlich untersucht, aber keine Hinweise dafür gefunden, dass er im Internet nach kinderpornographischen Inhalten gesucht hätte. Er hatte sehr darauf geachtet, nirgendwo Spuren zu hinterlassen. Der Missbrauch flog erst auf, als die Nichte bereits erwachsen war und ihn aus der Deckung zwang.

»Ich fühle mich unwohl hier«, sagte Eygló, als sie überall gesucht hatten. »Lass uns wieder gehen.«

Konráð saß in einem Sessel im Wohnzimmer und blickte sich um. Er hatte alle Möbel umgedreht und die Unterseiten abgesucht. Hatte sogar im Kühlschrank nachgesehen und hinter dem Badezimmerschrank. Es ging ihm nicht besser als Eygló. In diesem Haus fühlte man sich wie in einem Grab.

»Es wäre doch dumm von Anton gewesen, die Bilder

nicht zu entsorgen«, sagte Eygló. »Warum in aller Welt hätte er sie aufbewahren sollen? Oder Gústaf, falls er wusste, wo sie waren?«

»Keine Ahnung«, sagte Konráð. »Ich weiß nur, dass er krank und unberechenbar war, und es kann gut sein, dass er auch von anderen Kindern Bilder gemacht hat, wir sollten also unbedingt weitersuchen.«

Er erinnerte sie daran, dass Anton und seine Freunde auch Jungen aus einem Heim am Stadtrand missbraucht hatten.

»Denkst du also, es könnten auch Bilder aus den Fünfziger- und Sechzigerjahren darunter sein?«, fragte Eygló. »Aus dem Heim?«

»Ja, gut möglich.«

Sein Blick blieb an einem eingerahmten Foto hängen, das auf der Kommode stand, unauffällig zwischen anderen alten Familienbildern von Gústaf, seinem Bruder und ihren Eltern, also Anton und seiner Frau Efemía, die jung an einer Herzkrankheit verstorben war. Die meisten Fotos waren Innenaufnahmen, aber eines war an Bord der MS Gullfoss gemacht worden, einem Passagierschiff, das Island mit Dänemark und Schottland verband. Auf dem Bild posierten die vier kurz vor der Abfahrt auf Deck. Die Familie war oft mit dem Schiff gereist, auch damals, als hier eingebrochen worden und die Bilder abhandengekommen waren. Das Foto, das jetzt Konráðs Aufmerksamkeit auf sich zog, war jedoch eine Schwarz-Weiß-Aufnahme der Brüder auf einer blühenden Lichtung, im Hintergrund stand zwischen den Bäumen ein Holzhaus.

Konráð richtete sich auf, nahm das Bild und betrachtete es genau. Er erinnerte sich dunkel daran, dass Marta einmal von einem Sommerhaus der Familie erzählt hatte, und er fragte sich, ob das ein Foto davon war.

»Was hast du da?«, fragte Eygló.

»Wenn ich das richtig im Kopf habe, hatten sie ein Sommerhaus«, sagte Konráð. »Marta hat einmal etwas von einem Häuschen am See in Skorradalur gesagt.«

Eygló nahm das Bild und betrachtete die beiden Jungen mit ihren karierten Hemden, aufgekrempelten Hosen und dem adretten Haarschnitt, wie er zu dieser Zeit üblich gewesen war. Sie kniffen in der Sonne die Augen zusammen. Zwei Jungs im Konfirmationsalter.

»Hat er sich an seinen Söhnen vergangen?«

»An Gústaf«, sagte Konráð ohne Zögern. »Von dem anderen weiß ich es nicht. Ich konnte nicht mehr mit ihm sprechen, er hat sich in Borgarfjörður die Pulsadern aufgeschnitten.«

Neun

Die Wäscherei Pétursborg befand sich immer noch an ihrem ursprünglichen Standort im Osten der Stadt. Mittlerweile erstreckte sich das Gewerbe über das gesamte Erdgeschoss des Gebäudes, die Ausstattung war regelmäßig erneuert worden und die Kundschaft stetig gewachsen. Péturs Sohn Ívan hatte sie von seinem Vater übernommen und war der alleinige Eigentümer. Zusammen mit ein paar wenigen Angestellten arbeitete er jeden Tag dort. Zwischendurch hatte es immer wieder schwierige Phasen gegeben, aber mit Fleiß und Beharrlichkeit war es ihm gelungen, sich über Wasser zu halten und in guten Zeiten etwas anzusparen.

Seit Ernas Tod gehörte Konráð zu den Stammkunden. Ívan war immer sehr entgegenkommend und führte das Unternehmen mit Stolz. Konráð kam regelmäßig vorbei, um seine Bettwäsche waschen zu lassen. Es war beinahe ein freundschaftliches Verhältnis, aber über Péturs Verschwinden sprachen sie selten, darüber war wohl alles gesagt. Konráð hatte den Eindruck, dass Ívan sich nie ganz von den Vorfällen erholt hatte und sie ihn stärker geprägt hatten, als ihm bewusst war. Ívan hatte nie geheiratet, und sein Leben drehte sich vor allem um die Wäscherei. Er führte das Unternehmen sorgsam und gewissenhaft, und es schien, als warte er nur darauf, dass sein Vater zurückkehren und es wieder übernehmen würde, damit alles so wäre wie früher.

Als sein Vater verschwand, war Ívan in einem sensiblen Alter gewesen und hatte offenbar nie mit der Vergangenheit abgeschlossen. Viel eher brachte er sie jeden Tag mit zur Arbeit und hielt das Andenken an seinen Vater in Ehren.

Ívan begrüßte Konráð freundlich, als er die Reinigung betrat, und schon bald drehte sich ihr Gespräch um den Mann bei Hafravatn. Die Polizei hatte eine Mitteilung mit dem Namen des Verstorbenen veröffentlicht, aus der auch hervorging, dass er Isländer war, aber in Norwegen gelebt hatte, und dass es Hinweise auf eine Straftat gab. Eines der Onlinemedien erwähnte außerdem, Franklín sei einmal Péturs Geschäftspartner gewesen, veröffentlichte ein altes Bild von den beiden vor der Wäscherei und erinnerte an den mysteriösen Vermisstenfall. In Folge griffen weitere Medien die Geschichte auf.

»Die versuchen doch ernsthaft, die Sache mit meinem Vater in Verbindung zu bringen«, war das Erste, was Ívan dazu sagte. »Weil Franklín und er das Unternehmen zusammen gegründet haben?«

Er starrte Konráð an, als warte er auf eine Erklärung von ihm. Konráð meinte, er habe mit ehemaligen Kollegen bei der Polizei gesprochen, und es gebe keine Hinweise auf eine Verbindung zwischen den beiden Fällen.

»Aber warum ... was war mit dem Mann? Eine Straftat? Wurde er ermordet?«

»Das wird die Polizei herausfinden«, sagte Konráð ruhig. »Haben sie dich schon kontaktiert?«

»Warum … hast du nicht aufgehört?«, fragte Ívan.

»Doch, vor ein paar Jahren. Ich bin nur neugierig«, gestand Konráð.

»Nein, bisher hat mich niemand kontaktiert«, sagte Ívan. »Ich weiß auch nicht, warum das nötig sein sollte. Warum würden sie mit mir reden wollen? Sollten sie das? Weißt du etwas darüber?«

»Nein«, sagte Konráð. »Leider. Ich weiß nichts. Nur …«

»Nur was?«, fragte Ívan.

Konráð zögerte. Marta zählte darauf, dass er nichts ausplauderte. Vielleicht hätte er besser einen Bogen um Pétursborg machen sollen. Oder zumindest erst etwas Zeit verstreichen lassen. Die Fragen waren dieselben. Die Umgebung war dieselbe. Und auch der Mann, der vor ihm stand. Sein fragender Blick. Als hätte sich seit dem Verschwinden seines Vaters nichts verändert.

»Das muss unbedingt unter uns bleiben«, sagte er, »aber Franklín verstarb an einer Kopfverletzung und wurde zum See gebracht, um es wie einen Unfall aussehen zu lassen.«

»Was …?! Warum?«

»Das versucht die Polizei herauszufinden. Ich weiß nicht, ob sie dich befragen werden, aber es kann gut sein, dass sie in dem Zusammenhang auch den Fall deines Vaters wieder neu betrachten. Weil sie sich damals kannten.«

»Mich befragen? Zu meinem Vater?«

»Gut möglich. Ich wollte dir jedenfalls Bescheid sagen.«

»Franklín hatte mit dem Unternehmen nichts mehr zu tun«, sagte Ívan. »Ich weiß nicht, warum sie die Sache mit dem Verschwinden meines Vaters in Verbindung bringen wollen.«

Er schüttelte den Kopf. Konráð sah ihn an und hatte Mitleid mit ihm. Ívan schien auf einem guten Weg gewesen zu sein, mit der Sache abzuschließen, und jetzt begann alles wieder von vorne.

»Hat Franklín sich irgendwann mit dir in Verbindung gesetzt?«, fragte Konráð vorsichtig. »In letzter Zeit?«

»Nein«, sagte Ívan. »Ich kannte ihn kaum.«

»Auch nicht, nachdem er nach Norwegen gezogen war?«

»Nein. Warum fragst du das? Er und mein Vater kannten sich nur vom Handball, sie haben in derselben Mannschaft gespielt.«

»Und waren Geschäftspartner.«

»Denkst du ... denkst du etwa, dass er etwas mit dem Verschwinden meines Vaters zu tun hatte und deshalb dort am See gefunden wurde?«

»Ich denke gar nichts«, sagte Konráð. »In solchen Fällen ist es besser, das nicht zu tun.«

»Warte, denkst du, ich hätte ihm was angetan?«, fragte Ívan daraufhin.

»Nein«, antwortete Konráð bestimmt.

»Ich verstehe nicht, warum du deswegen zu mir kommst«, sagte Ívan. »Nach all den Jahren.«

»Wie gesagt, ich wollte dich nur über den Stand der Dinge informieren«, sagte Konráð. »Die Medien haben Wind von der Freundschaft zu deinem Vater bekommen. Mehr ist es nicht.«

Das Brummen der Waschmaschinen drang zu ihnen hinüber.

»Denkst du gerne an Russland zurück?«, fragte Konráð nach einer Weile und blickte zu einem Bild an der Wand, das Pétur auf dem Roten Platz zeigte. Auf einem anderen Foto saß er in einem Café.

»Nein«, sagte Ívan, »ich habe keine Erinnerungen an die Zeit dort. Ich verfolge nur die Nachrichten, wie andere auch, über die Diktatur und die Korruption und die vielen politischen Morde.«

»Deine Eltern haben an die Sowjetunion geglaubt.«

»Das ging schnell vorbei. Mein Vater hat erzählt, dass sie es in Moskau oft nicht leicht hatten, aber sonst hat er nicht viel über das Leben dort gesprochen. Eigentlich nie.«

»Hatten sie noch Kontakt zu Russen?«

»Sie hatten ein paar Freunde, ja. Mein Vater hat einmal von Menschen erzählt, die sich nach Veränderung gesehnt haben. Menschen, die an ein anderes Russland geglaubt haben.«

»Weißt du, wen er damit meinte?«

»Das hat er nie gesagt.«

Ívan zögerte. Er sah Konráð an und schien noch etwas hinzufügen zu wollen, ließ es aber bleiben.

»Was?«, fragte Konráð. »Willst du mir noch etwas sagen?«

»Nein«, erwiderte Ívan. »Ist nicht wichtig.«

»Bist du sicher?«

»Ja, es war nichts«, sagte Ívan, »es war nichts ... ich bin nur, ich muss die Sache ein wenig sacken lassen, verstehst du? Das mit Franklín und meinem Vater und allem.«

»Meine Tür steht immer offen«, sagte Konráð. »Es kann unter uns bleiben.«

»Ja, ich muss darüber nachdenken. Wenn mir etwas einfällt, melde ich mich.«

»Mach das«, sagte Konráð und verabschiedete sich, als zwei Kunden mit großen Säcken voll schmutziger Wäsche hereinkamen.

Nach Feierabend setzte sich Ívan in die Kaffeeküche und starrte auf das Bild von seinem Vater an der Wand. Er dachte über Konráðs Besuch nach, über seine Eltern in Russland und den Mann aus Moskau, der vor Kurzem zu ihm in die Wäscherei gekommen war. Er meinte, er sei auf einer Art Pilgerfahrt, und berichtete ihm, was er über die Jahre herausgefunden hatte. Ívan war immer noch dabei, seine Aussagen zu verarbeiten. Die seltsamen und unerwarteten Dinge, die der Mann ihm erzählt hatte. Er wusste nicht, was er mit der Information anfangen sollte. Erst hatte er beschlossen, sie für sich zu behalten, und das wollte er eigentlich auch weiterhin tun. Aber dann hatte Wut von ihm Besitz ergriffen, und das machte ihm Angst. Es machte ihm Angst, wozu sie führen könnte.

Zehn

Eygló erwartete ihn in Fossvogur, leicht genervt, weil er fast eine Stunde zu spät war. Konráð hatte ihr schon oft versprochen, den Wasserhahn in ihrer Küche auszutauschen. Der neue war geliefert worden, und sie war kurz davor gewesen, einen Klempner zu rufen, als Konráð endlich versprach, bald vorbeizukommen, damit sie sich die paar Tausend Kronen sparen könnte.

»Sollte eine moderne Frau wie du so etwas nicht selbst können?«, fragte er, als sie ihn in die Küche führte und anmerkte, dass sie vielleicht doch besser einen Fachmann gerufen hätte. Er begutachtete den alten Wasserhahn, der schon lange Probleme gemacht hatte. Das Ding leckte, und es tropfte in den Schrank unter dem Waschbecken, also war es besser, ihn einfach auszutauschen.

»Ich bin keine moderne Frau«, sagte Eygló und setzte Kaffee auf. »Ich hoffe, ich muss es jetzt nicht bereuen, dass ich dir das Leben gerettet habe.«

Vor ein paar Monaten hatte sie Erste Hilfe geleistet, als Gústaf bei ihm eingebrochen war und ihm ein Medikament verabreicht hatte, das zum Herzstillstand führt. Bei ihrer Ankunft war er fast tot gewesen, und sie hatte sofort mit den Wiederbelebungsmaßnahmen begonnen. Da Eygló sich für das Jenseits interessierte, hatte sie ihn später einmal gefragt, ob er sich an die Zeit im Koma erinnerte, aber Konráð hatte ihr da nicht weiterhelfen können. Er erinnerte sich daran, gestorben zu sein, und hatte das Gefühl gehabt, die Situation von oben zu betrachten, ihre Herzmassage gesehen und Gústaf daneben, im Blut der Stichwunde, die Konráð ihm mit einem Brieföffner zugefügt hatte. Konráðs Schilderung hatte Eygló nicht befriedigt, und sie bohrte immer wieder nach, ob er sich mittlerweile an mehr erinnere, doch sie bekam keine weiteren Antworten auf ihre Fragen.

Konráð hatte seinen Werkzeugkasten dabei und drehte das Wasser ab, bevor er die Armatur abmontierte. Dafür war etwas Geschick erforderlich, denn der Hahn klemmte, und die Schraube, um ihn zu lockern, war schwer zu erreichen. Eygló beobachtete ihn mit kritischem Blick, und als der Schraubenschlüssel wegrutschte und Konráð das Gleichgewicht verlor, schnaubte sie leise.

»Musst du nicht zu irgendeinem Hexenbrett-Treffen?«, fragte Konráð verärgert.

Sie hatte ihn auch gefragt, was Gústaf vor seinem Tod über den Mord an Seppi erzählt hatte, und Konráð hatte ihr gestanden, was er schon lange geahnt hatte, dass seine Mutter für Seppis Tod verantwortlich gewesen war. Ein paar Wochen nach Gústafs Angriff hatten sie sich im Nordischen Haus auf einen Kaffee getroffen und während des Gesprächs immer wieder die Blicke über das Moorgebiet Vatnsmýri schweifen lassen. Sie hatte gespürt, wie bedrückt er war, als er laut darüber nachdachte, wie er die Geschehnisse vielleicht hätte verhindern können.

»Warum solltest du die Verantwortung für diese Menschen übernehmen? Deine Eltern? Dein Zuhause?«

»Eygló …«

»Du warst ja auch nicht dafür verantwortlich, wie ihre Ehe lief? Dass deine Mutter ausgezogen ist? Gibst du dir dafür die Schuld? Du weißt, dass die Sache eine lange Vorgeschichte hatte.«

»Ich habe dich nicht um eine Psychoanalyse gebeten«, sagte Konráð. »Du warst nicht dabei. Ich erzähle dir nur, wie ich es erlebt habe. Ich glaube, sie hat es für mich getan. Um mich zu beschützen.«

»Ist das deine neueste Theorie?«

»Davon gehe ich schon seit Längerem aus«, gestand Konráð.

»Du reimst dir da etwas zusammen, das nichts mit der Realität zu tun hat. Etwas, das dich zum Mittelpunkt des Ganzen macht, was du aber definitiv nicht warst«, sagte Eygló.

»Das kann gut sein. Aber es geht mir trotzdem durch den Kopf.«

»Du hast nie mit deiner Mutter darüber gesprochen, oder?«

»Wir hatten in der Angelegenheit von Anfang an eine stille Vereinbarung. Eine Art Waffenstillstand. Der Fall stand zwischen uns, aber wir ließen die Finger davon. Wollten ihn beide nicht anrühren. Trauten uns beide nicht.«

Eygló sah aus dem Fenster. In der Ferne war der Kirchturm der Hallgrímskirkja zu sehen, überall waren Touristen. Auf der Hringbraut staute sich der Verkehr, wie immer zu dieser Tageszeit. Über dem Moor setzte eine Gänseschar zur Landung an.

»Familien«, seufzte sie, als würde ihr das Phänomen immer ein Rätsel bleiben.

Endlich löste sich der Wasserhahn, und Konráð begann, den neuen zu montieren. Eyglós Handy klingelte, und sie ging zum Telefonieren in den Flur, während Konráð sich vergewisserte, dass der neue Hahn nirgendwo leckte, nachdem er das Wasser wieder angemacht hatte. Er war vertieft in die Arbeit, als Eygló mit dem Handy in der Hand wieder in die Küche kam.

»Das war die Mutter von Skafti«, sagte sie, immer noch etwas überrascht von dem Anruf. »Sie will mich treffen.«

»Skaftis Mutter?«, fragte Konráð.

Eygló und er hatten sie einmal in der Reha-Klinik in Hveragerði besucht, wo sie sich aufhielt. Kurz bevor die Leiche ihres Sohnes auf Öskjuhlíð gefunden worden war. Sie war nie zufrieden mit den Ermittlungen zu seinem Verschwinden gewesen und hatte die Aussagen von Natan und der Polizei von Anfang an mit Misstrauen betrachtet. Jetzt hatte sie ein paar Antworten bekommen, auch wenn diese Antworten nur weitere Fragen aufwarfen. Und sie wollte mehr wissen.

»Sie bittet um eine Sitzung«, sagte Eygló.

»Eine Sitzung?«

»Eine spiritistische Sitzung«, erklärte Eygló. »Sie hat mich gebeten, bei ihr zu Hause eine Séance abzuhalten.«

»Glaubt sie denn an so was?«

»Ich habe gesagt, dass ich das nicht mehr mache. So höflich wie möglich.«

»Und?«

»Dann hat sie aufgelegt. Hat noch etwas Unverständliches gemurmelt und dann wütend aufgelegt.«

Elf

Leó schlief tief und fest, also ging Dóra ans Telefon. Es war Alfons, er wollte mit ihm sprechen. Dóra hatte nichts an den Brüdern auszusetzen, sie waren immer gut zu ihr gewesen und hatten Leó und sie beim Hausbau unterstützt und ihnen einen Kredit gegeben. Leó schätzte sie sehr. Seine Onkel. Dóra mochte Alfons lieber als den anderen, der deutlich rüpelhafter und ungehobelter war.

Trotzdem zögerte sie dort im Flur in ihrem Nachthemd und meinte, Leó schlafe bereits. Er habe in den letzten Tagen viel gearbeitet und sei immer erst spät nach Hause gekommen. Ob es nicht warten könne. Der Onkel hörte ihr zu und erklärte, es sei gewiss ein schlechter Zeitpunkt, aber er müsse dringend mit Leó sprechen, und bat sie erneut, ihn ans Telefon zu holen. Die Stimme klang zwar weiterhin ruhig, aber sie spürte seine Ungeduld. Also ging Dóra los, um Leó zu wecken, der verschlafen zum Telefon wankte. Er sprach kaum ein Wort in den Hörer. Das Telefonat dauerte nicht lange. Danach saß er eine Weile im Flur. Dann stand er auf, zog sich an und sagte zu Dóra, sie solle sich keine Sorgen machen, sein Onkel habe nur etwas zu tief ins Glas geschaut und Scherereien gemacht, um die er sich mal wieder kümmern müsse.

So etwas Ähnliches war schon ein paarmal vorgekommen, wenn auch nicht allzu oft. Sie erinnerte sich, dass die Brüder einmal angerufen hatten, weil einer aus der Verwandtschaft mit der Polizei in Konflikt geraten war und Leó die Sache geradebiegen musste, wie er es nannte. Geradebiegen. Darin war er gut.

Leó fuhr zu seinem Onkel, der in einem alten, aber gut erhaltenen Haus in der Nähe von Laugardalur lebte. Zwei Autos standen in der Einfahrt, eines davon nagelneu. Leó ging davon aus, dass es Silli gehörte, Alfons' Sohn. Der Junge war gerade zwanzig geworden und frisch von zu Hause ausgezogen, doch jetzt saß er in der Küche seines Vaters, und es schien ihm nicht gut zu gehen.

»Danke, dass du gekommen bist, Leó«, sagte Alfons, als er Leó in die Küche brachte. Er trug einen Schlafanzug und darüber einen Morgenmantel, auch er war offenbar mitten in der Nacht aus dem Bett gerissen worden. Seine Frau sei nicht zu Hause, erzählte er, zum Glück. Er sah seinen Sohn verächtlich durch die Hornbrille an. Silli saß still am Küchentisch und blickte nicht auf, als Leó ihn begrüßte.

»Was ist hier eigentlich los?«, fragte Leó. »Warum konntest du mir das nicht einfach am Telefon sagen? Warum musste ich mitten in der Nacht kommen?«

»Willst du es ihm nicht sagen?«, fragte Alfons und stupste seinen Sohn an. »Sag ihm, was du getan hast.«

Silli blickte auf und schüttelte den Kopf. Er war der Hitzkopf der Familie, und keiner konnte ihn leiden. Ein Unruhestifter, der seinen Willen mithilfe von Gewalt und Erpressung durchboxte. Leó hatte ihm schon öfter helfen müssen, wenn er in Konflikt mit der Polizei geraten war, wegen Körperverletzung oder Alkohol am Steuer. Der Junge war Leó egal. Er tat es für seinen Onkel.

»Es war ein Unfall«, sagte Silli. »Nur ein Unfall.«

»In Ordnung«, sagte Leó und setzte sich zu ihm. »Was? Was war nur ein Unfall?«

Silli schwieg, er rieb die Hände aneinander und wich Leós Blick aus. Und dem Blick seines Vaters ebenfalls.

»Bist du betrunken?«, fragte Leó, als er die Alkoholfahne des jungen Mannes roch. »Bist du wieder betrunken Auto gefahren?«

»Sie hat mich getreten«, sagte Silli.

»Getreten? Wer?«

»Seine Freundin«, sagte Alfons. »Sie hat mit ihm Schluss gemacht. Es ist eine große Tragödie.«

»Sag mir bitte einfach, was passiert ist, damit ich wieder nach Hause kann«, sagte Leó. »Dóra hat morgen Geburtstag, und ich wollte …« Er sah Alfons an, der mit verschränkten Armen in der Küchentür stand. »Was ist hier eigentlich los?«

»Ich bin keine Schwuchtel«, sagte Silli.

»Was … wer hat das behauptet?«, fragte Leó. »Deine Freundin?«

Silli schielte zu seinem Vater hinüber. Leó wandte sich Alfons zu.

»Du? Hast du das behauptet?«

»Sag ihm, was du getan hast«, befahl Alfons seinem Sohn. »Erzähl ihm, was du mir erzählt hast.«

»Er hat mich angemacht«, sagte Silli. »Vor zwei Wochen ungefähr. Ich war feiern«, fügte er nach einer kurzen Stille hinzu und nannte ein Lokal in der Oststadt. »Ich habe ihm eine geknallt und wurde rausgeworfen …

und gestern Abend habe ich ihn dort wiedergesehen. Jemand wollte ihn schlagen, vermutlich aus demselben Grund.«

»Ja. Und was?«

»Und dann habe ich ihn bei Öskjuhlíð gesehen, auf dem Weg Richtung Nauthólsvík, gerade eben«, sagte Silli. »Denselben Typen. Ich bin gefahren ...«

»Mit dem Auto, das hier draußen steht?«, fragte Leó.

»Ja.«

»Und?«

»Und ich habe ihn mitgenommen. Ich weiß nicht, was ich mir dabei gedacht habe. Sie meinte, ich solle zur Hölle fahren, ich hätte zu viel getrunken, und ich bin so wütend geworden, völlig ausgerastet ... er meinte, wir könnten uns auf Öskjuhlíð ein nettes Plätzchen suchen ...«

Silli schlug mit der Faust gegen seinen Kopf.

»Mist ...!«, rief er.

»Was ist passiert?«, fragte Leó.

»Er hat angefangen ... mich zu berühren. Wollte mich küssen. Ich habe ihn geschlagen. Ihn aus dem Auto gezerrt und einen Stein geholt. Mit dem habe ich ihm auf den Kopf geschlagen. Zweimal. Dreimal.«

»Und?«

»Er ist tot. Ich habe ein Loch im Boden gefunden, wollte ihn dort verstecken. Aber dann ist er weiter hinuntergefallen. Einfach im Boden verschwunden.«

Leó starrte ihn an. Blickte dann zu Alfons hinüber und wieder zurück zu dem Jungen.

»Ist das gerade eben passiert?«, fragte er.

»Ja.«

»Du hast jemanden umgebracht? Ist es das, was du mir sagen willst?!«

Der Junge nickte.

»War er ganz sicher tot?«, fragte Leó.

»Ja. Er war … das war er. Er war tot. Er war tot. Ich habe ihn umgebracht.«

»Und was daran war ein Unfall? Warum sagst du, dass es ein Unfall war?«

Der Junge gab keine Antwort.

»Ich fasse es nicht«, rief Leó. »Bist du wirklich so dumm?! Was ist eigentlich los mit dir? Denkst du, du kannst einfach …? Was bist du nur für ein verdammter Vollidiot?! Du hast einen Mann umgebracht?!!«

Silli senkte den Blick. Leó stand auf und beugte sich über ihn.

»Bist du von allen guten Geistern verlassen, du verdammter Idiot?!«, rief er.

»Beruhig dich, Leó«, sagte Alfons, der noch immer in der Tür stand.

Leó starrte die beiden abwechselnd an. Er war sprachlos.

»Silli sollte sich der Polizei stellen«, sagte er dann. »Jetzt sofort. Und mit keinem Wort erwähnen, dass ihr mit mir gesprochen habt. Diese Unterhaltung hat nie stattgefunden. Ich weiß nichts über den Fall. Silli fährt zur Polizei, sagt ihnen die Wahrheit und bringt sie zur Leiche. Das ist am saubersten und der einzig korrekte Weg. Ich weiß nicht, warum ihr mich da mit hineinzieht. Das könnt ihr selbst regeln. Ich habe damit nichts zu tun.«

Er wollte gerade hinausstürmen, als Alfons ihn aufhielt.

»Bist du sicher?«

»Natürlich bin ich sicher«, sagte Leó und riss sich los. »Bei allem Respekt …«

Er sah Silli an, der wie versteinert am Küchentisch saß.

»Dem Jungen ist nicht zu helfen«, fuhr Leó fort. »Er war schon immer eine tickende Zeitbombe. Das weißt du so gut wie ich. Er muss sich der Polizei stellen und die Wahrheit sagen … und versuchen, aus seinem verdammten Leben etwas zu machen!!«, brüllte er.

»Beruhig dich bitte«, sagte Alfons.

»Mich beruhigen?! Also gut«, sagte Leó, »ich beruhige mich. Ich will dazu kein Wort mehr von euch hören. Silli muss das Einzige tun, was er in dieser Situation tun kann, nämlich zur Polizei gehen und erklären, was passiert ist. Alles andere wäre völlig irrsinnig.«

»Ich weiß, wie der Junge ist«, sagte Alfons, »aber er ist nun einmal mein Junge, also müssen wir einen anderen Weg finden.«

»Einen anderen Weg?«

»Sollten wir nicht einfach abwarten, was passiert? Wenn es Wellen schlägt, können wir immer noch weitersehen. Aber ansonsten warten wir erst mal ab.«

»Alfons …«

»Wir machen gerade große Verträge mit der Stadt und dem Staat, umfangreiche Projekte hier in der Oststadt«, sagte Alfons. »Außerdem haben wir Verträge, die mit der Militärstation beim Flughafen in Keflavík zu tun haben. Da geht es um Hunderte Millionen und mehr. Das würde alles aufs Spiel setzen.«

»Das? Das?! Dein Sohn ist ein Mörder, Alfons! Ein Mörder! Hast du nicht gehört, was er gesagt hat? Er hat einen Mord gestanden!«

»Wir müssen das große Ganze im Blick behalten.«

»Das große Ganze …? Ach du lieber Gott!«

»Du bist auch kein Heiliger, Leó«, sagte sein Onkel. »Du hast schon vieles getan, das besser nicht rauskommen sollte.«

»Ja, aber in dem Fall kann ich nichts für euch tun«, sagte Leó. »Nichts. Tut das Einzige, was in dem Fall richtig ist, und hört auf, nach anderen Möglichkeiten zu suchen. Du hast mich geholt. Du hast mich um Rat gebeten. Da hast du ihn. Und jetzt fahre ich nach Hause und lege mich schlafen und tue so, als wäre diese Unterhaltung nur ein böser Traum gewesen.«

Alfons griff nach Leós Arm und brachte ihn in den Vorraum.

»Du hast es noch nicht verstanden«, sagte Alfons.

»Was verstanden?«

»Er meinte, er wäre gestern in eine Schlägerei geraten. Das hat er Silli erzählt. Die Schwuchtel. Er meinte, er hätte sich mit jemandem geprügelt, der gedroht hat, ihn umzubringen. Wer war das? Denk mal darüber nach, Leó. Mehr will ich gar nicht von dir. Schau mal, ob du nicht doch noch andere Möglichkeiten findest.«

»Es gibt keine anderen Möglichkeiten, Alfons. Keine. Weißt du, was es bedeutet, andere Möglichkeiten zu finden? Damit zu leben. Könntest du damit leben, Alfons? Würdest du das aushalten? Damit zu leben …?«

»Hör zu, Leó, es gibt immer eine andere Möglichkeit!«

Zwölf

Das Haus hatte zwei Stockwerke und war kurz nach dem Krieg gebaut worden. Nach Einsetzen des Tourismusbooms hatte man Wände herausgerissen und versetzt, um es in eine Pension mit Doppel- und Einzelzimmern zu verwandeln. Drei Spanier traten durch die Tür und zogen kleine Rollkoffer hinter sich her, als hätten sie nicht vor, lange im Land zu bleiben. Er hätte sie gern gefragt, wie viele Sterne sie für die Übernachtung vergeben würden, aber dazu reichten seine Spanischkenntnisse vermutlich nicht aus. Mucho estrellas?

Er sprach eine müde aussehende Frau an, die sich mit Putzzeug eine steile Treppe hinaufmühte, und fragte, wo er die Chefin finde. Wie sich herausstellte, war die Frau Polin und vermutlich noch nicht lange hier, denn sie sprach kein Isländisch und verstand auch kein Englisch. *Poland*, sagte sie gleichgültig, bevor sie sich zurück an die Arbeit machte und etwas in ihrer Muttersprache murmelte, das, soweit Konráð dem Tonfall entnehmen konnte, nicht unbedingt nett gemeint war.

Er suchte im Erdgeschoss nach einem Büro, und als er zu einer Tür gelangte, auf der *Private* stand, klopfte er vielleicht etwas übertrieben kräftig an.

»Was soll der Lärm?«, hörte er drinnen eine Stimme sagen und öffnete die Tür. Er sah die Frau, wegen der er gekommen war. Konráð erkannte sie sofort, obwohl er sie seit Anfang der Achtzigerjahre nicht mehr gesehen hatte.

»Dagmar?«, fragte er.

»Bist du vom Gesundheitsamt?«, fragte die Frau, die ihn offenbar nicht erkannte. »Ich verstehe nicht, warum ihr mich nicht in Ruhe lasst. Hier gibt es keine Mäuse. Die Leute schreiben nur irgendwelchen Unsinn ins Internet, um einen zu ärgern. Sie wollen mich ruinieren.«

Konráð klärte das Missverständnis auf, und langsam fiel bei ihr der Groschen.

»Ah, du bist es«, sagte sie.

»Entschuldige die Störung, aber …«

»Lange nicht gesehen.«

»Ja, es ist …«

»Geht es um Franklín? Ich habe schon mit deinen Kollegen bei der Polizei gesprochen«, fiel sie ihm ins Wort. »Ich weiß nichts über ihn, auch nicht, warum man ihn dort bei Hafravatn gefunden hat. Wir haben uns schon vor Jahrzehnten getrennt.«

»Ich bin nicht mehr bei der Polizei«, sagte Konráð. »Schon seit einigen Jahren nicht mehr. Ich wollte wegen der anderen Sache mit dir sprechen und …«

»Welcher anderen Sache?«

»Pétur. Seinem Freund. Von der Wäscherei Pétursborg.«

»Pétursborg?«, fragte Dagmar. »Danach hat die Polizei auch gefragt. Wie gesagt, ich kann nicht … Aber was kümmert dich das, wenn du nicht mehr dort arbeitest?«

»Ich habe mit Ívan gesprochen. Erinnerst du dich an ihn? Péturs Sohn. Ich bringe manchmal Sachen zu ihm in die Wäscherei. Irgendwelche Journalisten haben Péturs Verschwinden mit dem Fall deines Ex-Mannes in Verbindung gebracht, und das hat … diese Wunden sind nie richtig verheilt.«

»Franklín hatte nichts damit zu tun. Ich dachte, da wäre mittlerweile Gras drüber gewachsen. Ich weiß nicht, warum man diese Fälle plötzlich in Verbindung bringt. Diese Journalisten sind alle gleich. Nichts als Phrasendrescher, diese Leute.«

»Hat Franklín dich kontaktiert, als er nach Island gekommen ist?«

»Er hat hier übernachtet, ja«, sagte Dagmar.

Sie erzählte, dass sie seit der Scheidung keinen Kontakt zu ihm gehabt habe. Ohne Kinder sei die Trennung relativ unkompliziert gewesen und der Mann für lange Zeit vollständig aus ihrem Leben verschwunden. Deshalb habe es sie sehr überrascht, als er vor Kurzem in ihrer Pension aufgetaucht war und nach einem freien Zimmer gefragt hatte. Er hatte im Internet gesehen, dass sie Übernachtungen anbot und nach seiner Landung beschlossen, zu ihr zu kommen.

»Es war kein besonders freudiges Wiedersehen«, sagte Dagmar und sah Konráð an, als spreche sie nur ungern mit ihm über ihr Privatleben. »Er hat mich vor vielen Jahren verlassen, und ich habe nie wirklich verstanden, warum. Aber so war es nun einmal. Und dann steht er plötzlich vor meiner Tür und bittet um einen Schlafplatz. Natürlich war ich überrascht, ihn zu sehen. Aber ich habe ihn nicht weggeschickt, so war es nicht. Wenn er wolle, könne er hier übernachten, habe ich gesagt. Meist war er ohnehin nicht da, kam immer erst spätabends zurück und verschwand nach dem Frühstück wieder.«

»Weißt du, warum er gekommen ist?«, fragte Konráð. »Oder was er tagsüber gemacht hat?«

»Er meinte, dass er Island vermisst. Seit dem Umzug nach Norwegen war er nicht oft hier. Angeblich hat er noch einmal geheiratet, aber die Frau ist vor ein paar Jahren gestorben. Seitdem reist er wieder mehr als früher. Als Rentner hat er die Zeit. Solche Leute sehe ich hier oft«, fügte Dagmar hinzu und lächelte. »Rentner, meine ich.«

»Du musst dich erschrocken haben«, sagte Konráð. »Als du gehört hast, was dort bei Hafravatn passiert ist.«

»Sie mussten es ein paarmal wiederholen. Erst hieß es nur, ein Urlauber sei verunglückt, aber ... also, dass er es war ... Ich verstehe es immer noch nicht so recht. Es will einfach nicht in meinen Kopf.«

»Und du hast keine Erklärungen?«

»Nein. Keine. Es ist einfach schrecklich. Schrecklich, dass ... dass er umgebracht und einfach beim See abgeladen wurde. Ich verstehe einfach nicht, wie dem armen Mann so etwas zustoßen konnte.«

»Hat er dir gegenüber Pétur von der Wäscherei Pétursborg erwähnt? Den alten Fall?«

»Nein«, sagte Dagmar nachdenklich. »Warum hätte er das auch tun sollen?«

»Ich weiß es nicht, sie kannten sich schließlich. Haben zusammen Handball gespielt und dann gemeinsam diese Wäscherei betrieben, auch wenn Franklín sich daraus irgendwann zurückgezogen hat.«

»Nein, darüber haben wir nicht gesprochen.«

Die Polin kam herein und sagte etwas in ihrer Sprache. Dagmar bat sie mit einem Handzeichen, kurz zu warten, sie würde gleich zu ihr kommen.

»War's das?«, fragte sie Konráð, als die Frau wieder verschwunden war.

»Hast du ihn gefragt?«

»Was gefragt?«

»Warum er dich verlassen hat? Du meintest, du hättest nie wirklich Antworten bekommen.«

Dagmar sah Konráð lange an.

»Ich hatte es schon wieder vergessen.«

»Was?«

»Wie nervig du warst«, sagte Dagmar und stand auf, um ihn nach draußen zu bringen. »Jetzt fällt es mir wieder ein. Ständig fragst du nach Dingen, die keine Rolle spielen. Immer steckst du deine Nase in Angelegenheiten, die dich nichts angehen. Wie ich sehe, hat sich das nicht verändert.«

»Ihr habt euch getrennt, etwa vor … wann war es noch mal …, etwa ein halbes Jahr nach Péturs Verschwinden?«, sagte Konráð und ging in den Flur.

»Denkst du wirklich, dass dich das etwas angeht?«, fragte Dagmar.

»Habt ihr darüber gesprochen, als Franklín hier übernachtet hat?«

»Jetzt erinnere ich mich wieder, wie sehr mich deine Fragen immer verunsichert haben«, sagte Dagmar. »Uns beide. Du wolltest uns verletzen. Misstrauen schüren. Franklín fühlte sich wegen Pétur schlecht, genau wie seine anderen Freunde auch, obwohl er nichts mit seinem Verschwinden zu tun hatte. Und es hatte nichts mit unserer Ehe zu tun. Aber es gingen so viele Gerüchte um, und manchmal glaube ich, dass er deswegen ausgezogen ist. Diese kleine, neugierige, abscheuliche Gesellschaft.«

»Habt ihr euch deshalb scheiden lassen? Weil du nicht mit ihm wegziehen wolltest? Nicht mit nach Norwegen gehen wolltest?«

Dagmar antwortete nicht.

»Oder war es etwas anderes?«, fragte Konráð, als sie ihm die Tür vor der Nase zuknallte.

In dem Moment klingelte sein Handy. Es war Leó, er hatte getrunken.

»Konráð ...?«, lallte er.

»Ich muss mit dir sprechen, Leó«, sagte Konráð. »Wir müssen uns unterhalten. Ich kann zu dir kommen.«

»Konni ... ich ... es ...«

Auf Leós Worte folgte Stille, und dann war die Verbindung unterbrochen.

Dreizehn

Pétur von der Wäscherei Pétursborg hatte zum Zeitpunkt seines Verschwindens zwei Angestellte gehabt. Einer der beiden war bereits verstorben, aber die andere, eine Frau namens Edith, arbeitete mittlerweile als Lehrerin. Sie habe zwei Jahre lang für ihn gearbeitet, erzählte sie, doch danach habe sie studiert und unterrichte seitdem an einer Grundschule. Im Moment arbeitete sie noch in der Schule in Breiðagerði, aber sie stand kurz vor der Rente, und es wirkte nicht so, als würde sie ihre Arbeit sonderlich vermissen.

»Ich bin froh, dass ich nicht mehr lang habe«, seufzte sie und blickte auf die Uhr über der Tafel. Konráð war zu ihr ins Klassenzimmer gekommen. Die Pause war bald zu Ende, dann würde sich der Raum wieder mit Kindern und dem dazugehörigen Lärm füllen. Früher habe sie sich auf die Arbeit gefreut, meinte sie, aber sie könne sich nicht mehr erinnern, wann das zuletzt der Fall gewesen sei.

Sie hatte in den Nachrichten gehört, dass es sich bei dem Mann von Hafravatn um ihren früheren Chef Franklín handele, und erwähnte, was für ein unglaublicher Zufall es sei, dass die alten Freunde Pétur und Franklín beide unter so tragischen Umständen ums Leben gekommen seien.

»Franklín wurde ja ermordet, nicht wahr?«, fragte sie. »Und Pétur hat sich wohl selbst das Leben genommen.«

»Sieht ganz danach aus«, sagte Konráð und erinnerte sich daran, wie sehr ihm Edith seinerzeit während der Ermittlungen dabei geholfen hatte, Kontakt zu den Kunden von Pétursborg zu bekommen. Er hatte mit allen gesprochen, die an den Tagen vor Péturs Verschwinden in die Wäscherei gekommen waren, aber niemand hatte etwas Außergewöhnliches bemerkt, er sei so fröhlich und zuvorkommend gewesen wie immer.

»Und was ist mit dir, bist du immer noch bei der Polizei?«, fragte Edith.

»Nein, nicht mehr«, sagte Konráð. »Ich stecke nur ab und zu meine Nase in alte Fälle«, gestand er. »Auf Dauer macht es mir keinen Spaß, tatenlos herumzusitzen. Ich brauche eine Aufgabe«, erklärte er verlegen. »Sonst fühlt es sich an wie ein ewig langes Warten auf nichts.«

»Ja, da hast du vermutlich recht«, stimmte Edith ihm zu.

»Erinnerst du dich noch gut an Franklín?«, fragte Konráð.

»Nein, das kann ich nicht behaupten. Pétur war damals das Mädchen für alles, Franklín hat sich, glaube ich, mehr im Hintergrund gehalten. Er hat zum Beispiel nie Kunden bedient. Soweit ich weiß, hat er die Buchhaltung gemacht und war manchmal im Büro, aber ansonsten hat sich Pétur um alles gekümmert. Und ihn dann auch ausgekauft.«

Sie erzählte Konráð noch einmal, dass sie an dem Tag zu dritt in der Wäscherei gearbeitet hätten. Sie selbst, Pétur und ein Mann namens Héðinn, der nicht mehr lebe. Alles sei gewesen wie immer. Am Nachmittag seien viele Kunden gekommen, aber kurz vor Ladenschluss sei dann Ruhe eingekehrt, also habe Pétur sie nach Hause geschickt, um allein abzuschließen. Das sei nicht ungewöhnlich gewesen, Pétur habe ihnen nie gerne Überstunden bezahlt. Dass er noch nach Seltjarnarnes wolle, habe er mit keinem Wort erwähnt, und für sie habe es an dem Tag und an den Tagen davor keine Hinweise auf irgendwelche Selbstmordabsichten gegeben. Sie erinnere sich noch gut daran, wie sehr die Nachricht von seinem Tod sie geschockt habe und wie hilflos und verloren Ívan nach diesen schrecklichen Ereignissen gewirkt habe.

»Er hat versucht, sich zusammenzureißen, der arme Junge«, sagte Edith, »und wollte unbedingt zur Arbeit kommen und seinen Vater irgendwie ersetzen. Er hatte kaum jemanden, Péturs Eltern waren beide schon tot, und zur Familie mütterlicherseits gab es nicht viel Kontakt, laut Pétur waren sie ziemliche Trunkenbolde, die irgendwo auf dem Land lebten. Ich habe dem Jungen befohlen, zu Hause zu bleiben, ich würde mich schon kümmern, aber er war entschlossen, jeden Tag in die Wäscherei zu kommen und seine Pflicht zu tun. Hat die Schule abgebrochen, soweit ich weiß. Nie das Gymnasium abgeschlossen.«

»Ja, das war natürlich nicht leicht für ihn«, sagte Konráð. »Seinen Vater zu verlieren.«

»Ich habe nie verstanden, wie Pétur dem Jungen das antun konnte«, sagte Edith. »Ihn so zurückzulassen, ohne einen Brief, ohne Erklärung oder Abschiedsworte, nichts. Der Junge war lange Zeit ziemlich niedergeschlagen, und ich bezweifle, dass er je darüber hinweggekommen ist. Ich glaube nicht. Wie kann man auch über so etwas hinwegkommen?«

Darauf wusste Konráð keine Antwort, also kam er wieder auf Franklín und seine Zusammenarbeit mit Pétur zurück, über die sie aber nicht mehr wusste.

»Es hat sich so viel verändert. Jetzt ist natürlich alles voller Touristen«, sagte Edith nach einer längeren Stille. »Ich war neulich bei Ívan und habe meine Wäsche abgeholt, manchmal bringe ich Bettzeug und dergleichen zu ihm, und da war jemand im Laden, der in einer anderen Sprache telefoniert hat, auf Russisch, wenn ich richtig gehört habe.«

»Aha?«

»Ja, und da musste ich an Pétur denken und Russland, weil er da ja mal gelebt hat.«

»Wann war das?«

»Das muss vor, ja, ein, zwei Wochen gewesen sein. Vielleicht ist es auch schon etwas länger her. Es war jedenfalls kurz vor Ladenschluss.«

»Ein Mann, der Russisch gesprochen hat?«

»So klang es für mich, aber ich bin natürlich keine Expertin.«

»Und … war er ein Kunde oder …?«

»Ich weiß es nicht, kann gut sein. Es sind ja überall Urlauber unterwegs, aber ich hatte das Gefühl, dass er etwas von Ívan wollte, es kam mir so vor, als würde er warten, bis ich weg war, damit sie sich unterhalten konnten.«

Die Pause war zu Ende, und das Geschrei der Kinder wurde immer lauter.

»Du solltest mit meinem Bruder sprechen«, sagte Edith und beobachtete, wie die Kinder nach und nach im Klassenzimmer eintrudelten. Sie unternahm nichts, um den Lärm zu unterbinden.

»Dein Bruder?«

»Ja, er interessiert sich sehr für den Kalten Krieg und die Geschichte mit Pétur, weil Pétur in Russland gelebt hat und mein Chef war. Er hatte allerlei Theorien, von denen er mir ständig erzählen wollte. Er war Diplomat und hat sich schon immer für solche Verschwörungsgeschichten interessiert. Irgendwas war da auch mit einem Trawler, ich weiß es nicht mehr. Du solltest dich mit ihm unterhalten«, sagte sie, aber durch den Lärm der Kinder konnte Konráð sie kaum noch verstehen.

Vierzehn

Hauptzeuge der Staatsanwaltschaft im sogenannten Skafti-Fall war der Türsteher eines Tanzlokals in der Oststadt gewesen, der gesehen hatte, dass Skafti am Vorabend seines Verschwindens mit Natan aneinandergeraten war. Der Zeuge galt als glaubwürdig und blieb im Laufe der Ermittlungen bei seiner Aussage. Er hatte den Streit beendet, und Natan hatte behauptet, Skafti habe ihn angemacht. Skafti hatte das entschieden bestritten, und nach gegenseitigen Beschuldigungen war Natan des Lokals verwiesen worden, aber Skafti noch dort geblieben. Natan widersprach dem nicht, sondern bestätigte die Aussagen des Türstehers im Wesentlichen. Er beteuerte in den ersten Verhören, Skafti danach nie wieder gesehen zu haben. Später gestand er aber, dass er Skafti am nächsten Abend getroffen, ihn ausgeraubt und bei Örfirisey umgebracht und die Leiche ins Meer geworfen habe.

Der Zeuge hieß Sveinbjörn und arbeitete in einem Restaurant am Laugavegur, war mittlerweile nicht mehr der Jüngste und deutlich langsamer geworden, auch wenn er sich für sein Alter ganz gut gehalten hatte. Sie erkannten einander sofort. Konráð war ihm im Laufe der Jahre gelegentlich über den Weg gelaufen, und immer hatte er in Dienstleistungsberufen gearbeitet, als

Türsteher, Kellner, Hotelangestellter oder Sicherheitsmann in Banken. Ein emsiger Geringverdiener. Konráð wusste nie, ob er ihn grüßen sollte oder nicht, in einem kleinen Land wie Island war das nicht immer eindeutig, und dem Türsteher schien es da ähnlich zu gehen. Manchmal taten sie beide so, als hätten sie den anderen nicht gesehen. Und sie redeten nie miteinander. Bei den Vernehmungen im Skafti-Fall hatte Konráð zwei- oder dreimal mit ihm gesprochen, aber ansonsten hatte Leó die Ermittlungen geleitet.

Der Mittagstrubel war vorbei, und in dem Fischrestaurant war Ruhe eingekehrt. Konráð hatte ein wenig Hunger und bestellte ein Salzfischgericht nach spanischer Art, das er mit einem kalten Bier hinunterspülte. Er wurde jedoch nicht von dem ehemaligen Türsteher bedient, sondern von einer sympathischen jungen Frau, die, wie sich herausstellte, aus Madrid stammte und kein Wort Isländisch verstand. Sveinbjörn hatte Konráð trotzdem längst bemerkt und schien ihm aus dem Weg zu gehen.

Nach dem Essen machte Konráð durch Winken auf sich aufmerksam und bat um die Rechnung. Das Mädchen aus Madrid war nirgendwo zu sehen, also kam Sveinbjörn zu seinem Tisch. Konráð begrüßte ihn und fragte, ob er sich noch an ihn erinnere.

»Ja, das tue ich«, sagte der Türsteher.

»Ich wollte kurz mit dir sprechen, falls du einen Moment Zeit hast«, sagte Konráð.

»Geht es um den Leichenfund? Auf Öskjuhlíð …?«

Konráð nickte.

»Ich wurde schon ins Dezernat zitiert, ich hab also schon …«

»Ich arbeite nicht mehr für die Polizei«, sagte Konráð. »Mittlerweile bin ich auf eigene Faust unterwegs.«

»Auf eigene Faust?«

»Ich wollte mit dir über den Abend sprechen, als Natan und Skafti sich geprügelt haben.«

»Ja ... ich ... das ... ich habe der Polizei schon alles erzählt, wenn du ... wenn du etwas wissen willst, kannst du dich an sie wenden ..., aber ich hatte auch nichts Neues hinzuzufügen, falls es darum geht. Nichts. Nichts Neues.«

Konráð sah keinen Ring an seinem Finger. Er wusste nicht, ob der Mann in einer Partnerschaft war. Kinder hatte. Ledig war. Ob er in seinem Leben noch mehr machte, als Tag für Tag zu schuften, Türen zu öffnen, Gäste zu bedienen. Vor längerer Zeit hatte Konráð einmal in dem feinen Restaurant Naustið zu Abend gegessen, wo ihn Sveinbjörn zuvorkommend in weißem Hemd und schwarzer Weste bedient und ihm sein Coq au Vin serviert hatte.

»Wurdest du jemals gebeten zu lügen?«, fragte Konráð.

Die Frage überrumpelte den Mann.

»Gebeten zu lügen?«, fragte er.

»Hat die Polizei dich jemals dazu gedrängt, nicht die Wahrheit zu sagen? Vielleicht ein Polizist namens Leó, der die Ermittlungen geleitet hat?«

»Nein ... nein ... nein, nie, ich habe nie gelogen.«

»Erinnerst du dich an ihn? An Leó?«

»Worauf willst du hinaus?«, fragte der Mann.

»Jemand hat in dem Fall gelogen«, sagte Konráð. »Deshalb frage ich. Irgendjemand hat nicht die Wahrheit gesagt. Gelogen oder etwas verschwiegen.«

»Ich habe nie gelogen«, behauptete der Mann, der lange Zeit Türsteher in dem Lokal gewesen war, das es mittlerweile nicht mehr gab, der Mann, der eines Abends diese verhängnisvolle Rauferei beendet hatte. »Es ist nicht meine Schuld, dass ihr einen Fehler gemacht habt. Dafür kann ich nichts.«

»Natan und Skafti haben sich geprügelt, richtig?«

»Ja.«

»Weil Skafti Natan angemacht hat?«

»Du ... ihr wisst das alles doch längst.«

»Skafti gehörte zu euren Stammgästen?«

»Nein, ganz und gar nicht«, sagte der Mann und musste überlegen. »Ich hab ihn nur ab und zu dort gesehen. Es gab viele, die immer wieder vorbeikamen. Aber ein Stammgast war er nicht. Das kann man so nicht sagen. Damals gab es einfach nicht so viele Lokale. Die Menschen haben sich auf ein paar wenige verteilt.«

»Aber du hattest davor nie mit ihm zu tun gehabt? Mit Skafti, meine ich? In dem Lokal? Erst als er und Natan aufeinander losgegangen sind?«

»Ja.«

Sveinbjörn zögerte.

»Ich habe nur einmal gehört ... das war nicht während meiner Schicht, aber ein Kollege hat das gesagt, ich weiß nicht mehr, wie er hieß, er war nicht lange da. Das hat er mir später einmal erzählt, als ich ihn getroffen habe. Viel später. Irgendwo in der Stadt. Wahrscheinlich im Naustið.«

»Was? Was hat er erzählt?«

»Er meinte sich zu erinnern, dass Skafti dort auch früher schon einmal mit jemandem aneinandergeraten war, konnte aber nicht mit Sicherheit sagen, ob es auch wirklich Skafti gewesen war.«

»Eine andere Prügelei?«

»Ja, etwas in der Art. Kurz davor. Ich weiß es nicht mehr so genau. Er hat es vermutlich für keine große Sache gehalten. Der Kollege.«

»Hast du der Polizei davon erzählt?«

»Nein. Als ich das erfahren habe, war längst Gras über die Sache gewachsen.«

»Aber jetzt? Als du neulich mit der Polizei gesprochen hast?«

»Nein, ich glaube nicht. Ich wurde nicht danach gefragt. Ich sollte nur meine Aussage von damals bestätigen. Mehr war das nicht.«

»Und, was, wurde Skafti damals auch rausgeworfen? Bei dem ersten Streit?«

»Das weiß ich nicht.«

»Aber er hat sich mit jemandem geprügelt?«

Sveinbjörn schüttelte den Kopf. Das Gespräch mit dem Kollegen sei lange her und ihm damals nicht wichtig vorgekommen. An mehr erinnere er sich nicht, meinte er zu Konráð, es bringe nichts, weiter danach zu fragen.

»Wer war das?«, fragte Konráð. »Diese Person, oder waren es vielleicht mehrere? Mit denen Skafti sich angelegt hat?«

»Keine Ahnung«, sagte der ehemalige Türsteher gleichgültig und fragte, ob Konráð lieber bar oder mit Karte zahlen wolle.

Fünfzehn

Eygló war nicht sicher, ob es die richtige Entscheidung gewesen war, der Bitte von Skaftis Mutter nachzukommen und sie zu treffen. Nach längerem Überlegen hatte sie es dann einfach gemacht.

Sie war davor schon einmal bei ihr gewesen, vergangenen Winter, zusammen mit Konráð, und hatte damals nicht das Gefühl gehabt, dass die Frau sie mochte. Sie hieß Lovísa, war laut und direkt, wütend und verbittert, beinahe griesgrämig. Eygló konnte das gut verstehen. Schlimme Erfahrungen hatten manchmal diese Wirkung auf Menschen.

Sie begrüßte Eygló und erzählte ihr, dass ihr altes Interesse am Spiritismus wieder erwacht sei, nachdem sie erfahren habe, dass die Leiche ihres Sohnes auf Öskjuhlíð gefunden worden sei. Offenbar hielt sie es nicht für nötig, sich dafür zu bedanken, dass Eygló ihrer Bitte nachgekommen und zu ihr gefahren war. Seit Eyglós letztem Besuch in Hveragerði hatte sich nichts verändert. Die Frau trug denselben roten Pullover wie damals, hatte den gleichen weißen Wuschelkopf und diesen fragenden Gesichtsausdruck. Sie meinte, der Albtraum sei noch lange nicht vorbei, auch wenn die sterblichen Überreste ihres Sohnes endlich aufgetaucht seien und er jetzt anständig beerdigt werden könne. Der Leichenfund habe einige Antworten gebracht, aber auch neue, noch kompliziertere Fragen aufgeworfen. Sie sei immer davon ausgegangen, dass Natan zu Unrecht verurteilt worden sei, warum auch immer, und jetzt habe sich genau das bestätigt. Die Polizei habe ihre Arbeit nicht gemacht, und dass dieser Mann, Natan, jahrelang unschuldig im Gefängnis verbracht habe, sei schlichtweg unfassbar.

Sie redete an einem Stück, und Eygló wollte sie nicht unterbrechen, um ihr zu sagen, dass Natan trotz allem Skaftis Mörder sein könnte, auch wenn er die Polizei nicht zur Leiche gebracht und die Geschichte mit Örfirisey erfunden hatte. Die Theorie war zwar weit hergeholt, aber dennoch war es möglich.

Eygló bemerkte ein paar eingerahmte Bilder und nahm eines davon vom Regal. Das sei ihr Sohn Skafti, erzählte Lovísa, mit elf Jahren, eines ihrer Lieblingsbilder von ihm. Es zeigte einen blonden Jungen in traditionellem Islandpulli, der geheimnisvoll in die Kamera lächelte.

»Das Bild habe ich selbst gemacht, vor unserem Haus«, sagte Lovísa.

»Er war ein hübsches Kind«, sagte Eygló und stellte das Foto zurück an seinen Platz.

»Wie wollen wir das machen?«, fragte Lovísa. »Wann sollen wir beginnen? Wo ist es dir am liebsten?«

Es war mitten am Tag, und eigentlich hatte die Séance bereits begonnen. Schon beim Betreten des Hauses hatte sie die Frau bemerkt, die mit dem Rücken zu ihr an einem großen Fenster im Wohnzimmer stand. Eygló hatte sie irgendwo schon einmal gesehen, und sie sah Lovísa fragend an. Sie hatte nicht damit gerechnet, dass andere bei der Sitzung dabei sein würden. Das war nicht abgesprochen gewesen. Lovísa erwiderte ihren Blick und fragte, ob etwas nicht in Ordnung sei, in dem Moment wurde Eygló klar, dass Lovísa von dem Gast im Wohnzimmer gar nichts wusste.

Die Frau am Fenster war mittleren Alters und leger gekleidet, in einem schön geschnittenen Kleid mit Blumenmuster, die Haare trug sie offen und hatte einen leicht gekrümmten Rücken. Dann verschwand sie im Licht des Fensters, aber Eygló wollte noch etwas abwarten, bevor sie Lovísa nach ihr fragte. Ob sie wüsste, wer sie wäre. Sie wollte nicht vorschnell oder aufdringlich wirken, fragte also nur, ob sie sich nicht setzen sollten. Es gab weder Beginn noch Ende bei dem, was sie machte, wenn sie überhaupt irgendetwas machte. Manchmal passierte während der Sitzungen nichts, aber hin und wieder meinten die Teilnehmenden, mit ihrer Hilfe etwas über ihr Leben und Dasein herauszufinden. Sie hatte schon lange keine Séancen mehr abgehalten, hatte eigentlich damit abgeschlossen, aber schließlich dennoch eingewilligt, Lovísa zu treffen, weil Skaftis Schicksal ihr naheging – ähnlich wie allen anderen im Land auch.

»Soll ich Kerzen anzünden?«, fragte Lovísa. »Oder lassen wir es einfach so? Es ist natürlich ziemlich hell draußen.«

»Ganz, wie du willst«, sagte Eygló.

»Sie haben mir seine Uhr zukommen lassen«, sagte Lovísa. »Vielleicht hilft sie dir weiter. Und seine Geldbörse. Völlig zerfleddert und verrottet.«

Sie holte die Armbanduhr ihres Sohnes aus dem Schlafzimmer und reichte sie Eygló. Das Band war aus

Leder, abgenutzt und zerschlissen. Die Uhr konnte nicht teuer gewesen sein, das Glas war matt, und die Zeiger hingen an der Scheibe fest. Feuchtigkeit war eingedrungen, und es war nur noch eine einzige römische Ziffer zu erkennen.

»Die hat er zum Schulabschluss bekommen«, sagte Lovísa.

Eygló nahm die Uhr vorsichtig entgegen, betrachtete sie eine Weile und reichte sie dann an Lovísa zurück.

»Sie haben gefragt, was er dort auf Öskjuhlíð zu suchen hatte«, erzählte Lovísa. »Sie wollen immer darauf hinaus, dass er möglicherweise auf Männer stand und deshalb dort gewesen sein könnte. Aber wir aus seinem engeren Umfeld wussten nichts davon. Niemand von uns. Falls es also stimmt, hat er es gut verheimlicht.«

»Viele trauten sich damals nicht, über diese Dinge zu sprechen? Das war Mitte der Siebzigerjahre, nicht wahr?«, fragte Eygló.

»Er hätte uns davon erzählen können, aber er war schon immer eher schweigsam. Ein Einzelgänger. Hat relativ viel getrunken, aber es nicht gut vertragen. Wenn er betrunken war, hat er immer nur schwarzgesehen. Er konnte sehr aggressiv werden. Ich habe oft darüber nachgedacht, was ihm an diesem Abend zum Verhängnis geworden ist. Er war davor nie in Schlägereien geraten. Davon hätte er uns erzählt, da bin ich mir sicher.«

»Das wird die Polizei bestimmt herausfinden«, versicherte Eygló ihr.

»Aber beim letzten Mal hat sie es vermasselt«, sagte Lovísa. »Was ich so gehört habe, hast du sogar vorhergesehen, dass mein Skafti auf Öskjuhlíð war.«

»Hat Konráð das erzählt?«

Lovísa nickte.

»Das war eigentlich der Grund, warum ich dich angerufen habe«, sagte sie. »Wie du weißt, habe ich meine Zweifel an diesen ... diesen Fähigkeiten, auch wenn ich wegen Skafti seinerzeit ein Medium aufgesucht habe.«

»Eine Spur hat mich nach Öskjuhlíð geführt«, erklärte Eygló. »Aber, wie du weißt, leben wir in einem kleinen Land, solche Zufälle kommen vor.«

»Du hast selbst Zweifel? Was deine Fähigkeiten angeht?«

»Die hatte ich schon immer«, sagte Eygló. »Und ich weiß nicht ganz, ob Fähigkeiten das richtige Wort ist.«

Eyglós Ehrlichkeit schien Lovísa zu gefallen.

»Es kann sein, dass eine Frau hier bei dir ist, etwa Mitte fünfzig, mit leicht gekrümmtem Rücken«, sagte Eygló nach einer kurzen Stille. »Ist das jemand, den du kennst?«

»Hier? Hier drinnen? Jetzt?«

»Sie ist jünger als du«, sagte Eygló. »Und schüchtern. Ich habe sie vorhin bemerkt, aber jetzt ist sie weg. Ich weiß nicht, ob sie etwas mit Skafti zu tun hat.«

»Eine Frau Mitte fünfzig? Das ... das könnte meine Tante sein. Sie hat mich großgezogen, nachdem meine Mutter verstorben ist. Sie ist nicht alt geworden ...«

»Die Frau trägt ein Blumenkleid. Es geht ihr nicht gut. Sie scheint nicht ganz freiwillig hier zu sein.«

»Ein Blumenkleid? Daran erinnere ich mich nicht.«

Vor den Wohnzimmerfenstern hingen dünne, weiße, beinahe durchsichtige Vorhänge, die sich in einem leichten Luftzug bewegten.

Kurz darauf hingen sie wieder ruhig herunter.

In dem Moment überkam Lovísa ein Schauder, und sie wandte sich vom Fenster ab.

»Ist dir auch so kalt?«, fragte sie.

»Nein«, sagte Eygló und wendete endlich den Blick von den Vorhängen ab. »Nicht mehr. War sie krank? Deine Tante?«

»Ja.«

»Waren es die Augen?«

»Sie ist kurz vor ihrem Tod erblindet«, sagte Lovísa und versuchte, ihre Verwunderung zu verbergen. »Augenkrebs. Ist sie das? Die Frau, die du gesehen hast?«

»Hat sie genäht?«

»Genäht? Ja, sie hatte eine Schneiderei«, sagte Lovísa zögerlich. »Was …?«

»Kannte sie Skafti?«

»Natürlich. Er war viel bei ihr. Für ihn war sie wie die Oma, die er nie hatte.«

»Lebte sie noch, als er verschwunden ist?«

»Ja, sie lebte noch. Von uns allen hat sie wahrscheinlich am meisten darunter gelitten. Zu dem Zeitpunkt war sie schon blind und hatte nicht mehr lang zu leben. Sie hatte gehofft, dass er vor ihrem Tod wieder auftauchte. Wohlauf gefunden wird. Aber so kam es natürlich nicht.«

»Sie ist unzufrieden damit, wie das Ganze lief«, sagte Eygló.

»Das sind wir alle«, erwiderte Lovísa. »Das sind wir alle …«

Kurz darauf setzte sich Eygló wieder in ihr Auto und fuhr nach Hause. Sie hatte Lovísa nicht erzählt, was sie genau gesehen hatte, in Wahrheit wusste sie nicht, wie sie es sagen sollte. Sie hatte die seltsamen Bewegungen der Vorhänge beobachtet und sich gefragt, woher sie kamen, denn im restlichen Raum war kein Zug zu spüren gewesen. Sie wollte sich gerade wieder Lovísa zuwenden, als sich unter dem dünnen Stoff schwache Konturen abzeichneten und die Frau am Fenster erneut erschien.

Die Wellenbewegung hörte auf, und die Frau war immer deutlicher zu sehen, bis Eygló durch den dünnen Stoff erkannte, dass ihre Augenhöhlen mit einem weißen Faden zugenäht waren und bluteten.

Sechzehn

Gegen Abend rief Konráð Eygló an, um sich zu erkundigen, wie die Sitzung gelaufen war. Er fragte, in welcher Stimmung Lovísa gewesen sei, weil er sie besuchen wolle, sich aber erinnere, wie abweisend sie bei ihrem letzten Treffen gewesen sei. Eygló erzählte ihm, Lovísa habe sie freundlich empfangen und sie hätten sich gut unterhalten, mehr aber nicht. Sie fragte, was er von ihr wolle, und Konráð meinte, er habe gehört, dass Skafti womöglich kurz vor der Schlägerei mit Natan in demselben Lokal in eine weitere Auseinandersetzung verwickelt gewesen sei.

»Denkst du, das spielt eine Rolle?«

»Ich weiß es nicht«, sagte Konráð. »Das sind neue Informationen.«

»Wie kann es sein, dass in dem Fall immer noch neue Informationen auftauchen?«

»Gute Frage. Der Leichenfund hat alles erneut in Gang gebracht. Es gehen wieder allerlei Geschichten um, genau wie damals, als Skafti verschwand. Das mit der Schlägerei könnte völliger Unsinn sein, aber ich würde gerne herausfinden, ob er seiner Mutter, also Lovísa, davon erzählt hat.«

»Sie meinte, wenn etwas passiert wäre, hätte er mit ihr darüber gesprochen«, antwortete Eygló. »Sie hatte aber mitbekommen, dass er womöglich vor dem Vorfall bereits in einen anderen Konflikt geraten war.«

»Sie hat mich angerufen, als Skafti gefunden wurde«, sagte Konráð. »Hat nach dir gefragt.«

»Das hast du mir gar nicht erzählt.«

»Hab ich vergessen«, gestand Konráð. »Ist bei eurer Sitzung etwas passiert? Ist Skafti aufgetaucht?«

In seinem Tonfall schwang ein altbekannter Spott mit, der Eygló nicht gefiel. Sie hatte keine Lust, ihm zu antworten, und fand einen Vorwand, um das Gespräch so schnell wie möglich zu beenden. Konráð spürte, dass ihre Stimmung umgeschlagen war.

»Ich wollte nicht …«

»Also gut, bis bald dann«, verabschiedete sich Eygló.

Konráð hatte das Handy gerade erst weggelegt, als es erneut klingelte.

»Glaubst du wirklich, du bist besser als ich?«, sagte eine Männerstimme, die er sofort erkannte. Es war Leó, er war hörbar betrunken.

»Solltest du nicht die Finger vom Alkohol lassen?«, fragte Konráð.

»Seppis Sohn! Wie in aller Welt hat jemand wie du einen Job bei der Polizei bekommen. Und das auch noch mit deinem verkrüppelten Arm.«

»Er ist nicht verkrüppelt.«

»Du bist um nichts besser als ich«, sagte Leó. »Du hast damals auch Geld eingesteckt. Du hast genauso deinen Nutzen daraus gezogen. Hast Nutzen daraus gezogen, dass du mich kennst.«

Konráð meinte zu hören, wie Leó aus einer Flasche trank. Sie waren einmal gut befreundet gewesen und hatten gemeinsame Sache gemacht, bevor Konráð die

Reißleine gezogen hatte. Sie hatten sich viel zuschulden kommen lassen, aber seitdem immer Schweigen darüber bewahrt, am liebsten würde Konráð das alles einfach komplett vergessen.

»Denkst du immer noch, dass Natan Skafti umgebracht hat?«

»Das hat er«, sagte Leó.

»Aber er wollte uns nicht zu der Leiche führen?«, fragte Konráð.

»Was weiß ich«, sagte Leó. »Woher soll ich wissen, was er sich dabei gedacht hat. Er hat gestanden. Und damit basta. Er hat gestanden. Vergiss das nicht. Das hätte er nicht tun müssen, hat er aber.«

»Warum Natan?«, fragte Konráð. »Warum hast du dich sofort auf ihn gestürzt? Warum hast du nicht auch in andere Richtungen ermittelt? Es gab definitiv noch weitere Szenarien.«

»Wir haben uns das alles angesehen. Alle Szenarien, Konráð. Und das war das Ergebnis. Frag die Richter, frag sie doch! Sie haben ihn verurteilt! Du hast ja keine Ahnung … hast keine Ahnung, wovon du redest. Was weißt du schon!«

»Ich weiß, dass Natan nicht der Einzige war, mit dem Skafti dort im Lokal aneinandergeraten ist.«

»Nicht der Einzige?«

»Ich habe mit dem damaligen Türsteher gesprochen, der von einem Kollegen gehört hatte, dass Skafti zu einem früheren Zeitpunkt schon einmal in eine ähnliche Situation geraten war …«

»Den Türsteher? Was … was willst du eigentlich? Hast du den Fall etwa wieder ausgegraben? Was zur Hölle kümmert es dich?«

»Hast du das gewusst? War das damals während der Ermittlungen schon bekannt?«

»Es gab Tausende Geschichten über Skafti, und die waren alle Unsinn«, sagte Leó. »Wir sind allem nachgegangen, und es kam nichts dabei raus. Nichts! Das weißt du doch selbst. Du warst an den Ermittlungen beteiligt. Ich war da nicht allein ... in dieser Hölle ...«

»Warum hat dein Onkel dich angerufen? Warum hat Alfons dich am Tag von Skaftis Verschwinden angerufen?«

»Alfons ...?«

»Dóra meinte, er hätte dich in der Nacht angerufen. Als Skafti verschwunden ist. Du bist los, um ihn zu treffen.«

Am anderen Ende wurde es still.

»Leó?«

Keine Antwort.

»Leó, gibt es etwas, das du mir verschweigst?«

»Ich habe nichts zu sagen, weder dir noch sonst irgendwem. Das ist nur Schwachsinn! Alles. Verdammter Schwachsinn ... du bist um nichts besser als ich, Konni. Vergiss das nicht! Um nichts besser!«

Siebzehn

Der Besitzer des Fitnessstudios, das im Osten der Stadt lag, bat Konráð in sein Büro. Der Mann hatte damals mit Pétur Handball gespielt, und wie alle hatte auch er schon von dem Leichenfund bei Hafravatn gehört. Er fragte Konráð sofort, was er darüber wisse. Und ja, an Franklín könne er sich noch gut erinnern. Konráð räumte ein, dass er nicht weiter darüber informiert sei. Er stöbere nur auf eigene Faust ein wenig herum, weil er als Rentner nichts Besseres zu tun habe. Das konnte der ehemalige Handballer nachvollziehen und meinte, er sei froh, selbst noch genug Kraft zum Arbeiten zu haben.

Konráð schüttelte dem Mann zur Begrüßung seine große, kräftige Handballerpranke, bevor der einst so wurfgewaltige Außenspieler, der sich in der langen Sportlerlaufbahn voller Bänderrisse, verdrehter Knöchel und ausgerenkter Gelenke den Körper kaputt gemacht hatte, vor ihm ins Büro humpelte. Er hieß Eyvindur und hatte mit den Jahren einiges an Übergewicht angesammelt, war aber seinerzeit im ganzen Land als zäher Bursche bekannt gewesen. Einmal war er nach einem Foul mit dem Kopf auf dem Boden aufgeschlagen und bewusstlos gewesen, die Zunge war ihm in den Rachen gerutscht, und wenn seine Mannschaft nicht so schnell reagiert hätte, wäre er erstickt. Das Länderspiel war live im Fernsehen übertragen worden, und Konráð erinnerte sich noch gut an den Vorfall und wie erleichtert er gewesen war, als er irgendwann die Schlagzeile gelesen hatte: Eyvindur wieder auf den Beinen.

Sie hatten vor vielen Jahren schon einmal über Pétur und sein Verschwinden gesprochen, aber sich seitdem nicht wiedergesehen. Jetzt musterten sie einander, nur um festzustellen, dass sie beide ganz schön alt geworden waren. Zumindest war das Konráðs Gedanke, als er beobachtete, wie der Handballer sich mühsam hinsetzte und dabei laut stöhnte und das Gesicht verzog. Aber er schien seine Kriegsverletzungen mit Stolz zu tragen, denn womit sonst sollten Männer in diesem Land, das keine eigene Armee besaß, schon angeben können?

Über eine mögliche Verbindung seines ehemaligen Handballfreundes zu Hafravatn wusste Eyvindur nichts zu berichten, und als Konráð ihn fragte, ob Franklín und Pétur eng befreundet gewesen seien, musste er überlegen, konnte sich aber nicht vorstellen, wie Franklíns Tod mit Péturs Schicksal zusammenhängen könnte. Und Konráð räumte schließlich ein, dass es möglicherweise auch gar keine Verbindung zwischen den beiden Fällen gab.

So sprachen sie eine Weile, bis Eyvindur langsam unruhig wurde, schließlich gab es im Fitnessstudio viel zu tun. Das war am späten Nachmittag, und viele kamen nach der Arbeit, um etwas Zeit auf dem Laufband oder mit Krafttraining zu verbringen. Durch die Glaswände des Büros konnte Konráð beobachten, wie das Studio sich füllte. Er hatte noch nie den Drang verspürt, an seiner körperlichen Fitness zu arbeiten, und Eyvindur schien seine Gedanken lesen zu können.

»Es ist nie zu spät, um anzufangen«, sagte er und zog wie aus alter Gewohnheit an seinem Ohrläppchen.

»Ja, nein, danke«, sagte Konráð und ließ den Blick durch den Geräteraum schweifen. »Dazu fehlt mir die Muße. War Franklín ein guter Handballer?«

»Ja, ja, er hat mal in der ersten Liga gespielt, aber nicht lange, ich glaube, er hat sich verletzt und konnte nicht mehr weitermachen. Wenn ich mich richtig erinnere, war Pétur nach der Rückkehr aus Russland sein Trainer.«

»Und jetzt sind sie tot«, sagte Konráð. »Beide unter mysteriösen Umständen verstorben. Beide mit Verbindungen zum Handball.«

»Denkst du, das hat was mit Handball zu tun?«, fragte Eyvindur. »Sie hatten doch auch zusammen diese Wäscherei.«

»Ja, ich weiß auch nicht«, sagte Konráð. »Soweit ich informiert bin, hat Franklín seine Anteile noch vor Péturs Verschwinden verkauft.«

»Seid ihr sicher, dass Pétur wirklich tot ist?«

Die Frage verwunderte Konráð.

»Könnte es nicht auch sein, dass er vielleicht einfach abgehauen ist? Seinen einzigen Sohn zurückgelassen hat?«

»Er war schließlich mal in Russland.«

»Was meinst du?«

»Keiner weiß genau, was zur Hölle die Russen hier im Kalten Krieg gemacht haben«, sagte Eyvindur. »Habt ihr mal in der sowjetischen Botschaft nach ihm gefragt?«

»Die haben dort behauptet, nichts zu wissen«, sagte Konráð und erinnerte sich an seinen Besuch in der Garðastræti, wo er zusammen mit dem Leiter der Kriminalabteilung den Botschafter, einen ernsten und grimmigen Mann, und zwei seiner Sekretäre getroffen hatte. Die drei hatten all ihre Fragen zurückgewiesen, meinten, das Treffen sei völlig sinnlos, und sie würden es überhaupt nur im Sinne der guten Zusammenarbeit ihrer beiden Länder zulassen. Seit Pétur sein Studium in Russland beendet habe und wieder nach Island gezogen sei, habe die Botschaft nichts mehr mit ihm zu tun gehabt. Das Treffen war kurz und unangenehm und sehr förmlich gewesen. Der Botschafter hatte sich sehr darüber entrüstet, dass die Polizei seine Institution in strafrechtliche Ermittlungen verwickeln wollte.

»Niemand hat etwas von strafrechtlichen Ermittlungen gesagt«, hatte Konráð eingeworfen, um die aufgebrachte Rede zu unterbrechen. »Wir fragen nur nach der Verbindung zwischen der Botschaft und Pétur, falls es überhaupt eine gab.«

»Ich fürchte, da können wir nicht weiterhelfen, leider. Pétur steht nicht unter unserem Schutz, er ist isländischer Staatsbürger, wir sind nicht für ihn zuständig. Ich bitte um Verständnis«, sagte der Botschafter und stand auf, um zu signalisieren, dass ihr Treffen beendet war.

Wie Konráð herausfand, hatte die sowjetische Botschaft in Reykjavík Ende der Siebzigerjahre siebenunddreißig ausländische Mitarbeiter gezählt, darunter keinen einzigen Isländer. Kein anderes Land hatte so viele Diplomaten, ein Zeichen für die wichtige Rolle Islands im Kalten Krieg. Vermutlich sammelten einige von ihnen illegal Informationen, wie man es nannte, waren also Spione, schließlich betrieb der Feind nur einen Katzensprung von der Hauptstadt entfernt eine große, wichtige Militärbasis.

»Wir wollen nur herausfinden«, sagte Konráð, »ob Pétur irgendwie in die hiesigen Aktivitäten involviert war, geheime Aktivitäten vielleicht, bezüglich des Kontakts zu ...«

»Worum geht es hier eigentlich?«, fragte der Botschafter.

»Er hat in Moskau studiert und stand deshalb mit der Botschaft in Verbindung. Gab es danach wirklich keinen Kontakt mehr?«

»Soll das ... ist das der Grund für dieses Treffen?«, hatte der Botschafter ihn entsetzt unterbrochen.

»Wir versuchen nur ...«

»Ich denke, wir sind hier fertig«, sagte der Botschafter. »Ich hoffe sehr, nicht weiter mit diesem Fall behelligt zu werden«, fügte er aufgebracht hinzu und verließ den Raum. Die beiden Sekretäre standen ebenfalls auf und begleiteten Konráð und seinen Chef hinaus auf die Garðastræti.

»Der Botschafter hat zuerst von strafrechtlichen Ermittlungen gesprochen«, sagte Konráð, wobei er einen Mann in seinem Alter beobachtete, der im Studio vor dem Büro mit Hanteln trainierte. »Vielleicht, weil wir von der Polizei waren, aber womöglich wussten sie auch etwas, das wir nicht wussten. Wir haben es nie herausgefunden.«

»Willst du damit sagen, dass Pétur vielleicht für die andere Seite gearbeitet hat?«, fragte Eyvindur.

»Oder gegen sie, ich weiß es nicht. Erinnerst du dich an irgendetwas, das darauf hindeuten könnte?«, fragte Konráð. »So im Nachhinein?«

»Die Zeiten waren natürlich andere, es hätte also tatsächlich niemanden wirklich überrascht«, sagte der ehemalige Außenspieler. »Trotzdem kommt es mir … ich weiß nicht, irgendwie absurd vor. Pétur war ein herzensguter Mensch, konnte als Trainer auch streng sein. Er hat sehr viel verlangt, und einige haben sich über ihn beschwert.«

Eyvindur rief einen Mann zu sich, der gerade an der Tür vorbeiging. Er hieß Hendrik, war Miteigentümer des Fitnessstudios und hatte ebenfalls einmal Handball gespielt.

»Wir reden gerade über Pétur von der Wäscherei«, sagte Eyvindur. »An den erinnerst du dich bestimmt auch noch vom Handball, ihr habt zusammen gespielt.«

»Ja«, sagte der Mann und begrüßte Konráð mit Handschlag. »Ja, ein paar Erinnerungen habe ich an ihn.«

»Ich habe gerade erzählt, wie anspruchsvoll er als Trainer war.«

»Ja, das war er«, sagte der Mann, der einen Stapel weißer Handtücher trug, ein schlanker Mann mit Glatze, der sich steif bewegte, genau wie Eyvindur. »Ich fand ihn trotzdem immer fair. Ab und zu kamen zwar Unstimmigkeiten auf, aber das war nie etwas Persönliches.«

»Ja, das stimmt«, sagte Eyvindur.

»Er hat nie jemanden beschimpft, egal, was war«, sagte Hendrik. »Die Jungs haben immer schnell eingesehen, dass er nur das Beste aus ihnen herausholen wollte, sie haben schnell gelernt, ihm zuzuhören und ihn ernst zu nehmen.«

Hendrik blickte auf den Handtuchstapel, meinte, er müsse los und verließ das Büro. Als Eyvindur sich auch entschuldigte und ebenfalls aufstand, folgte Konráð dem Mann in den Trainingsbereich.

»Vermutlich ist es aus der Luft gegriffen, aber kam dir

jemals der Gedanke, dass Franklín vielleicht mit Péturs Verschwinden zu tun haben könnte?«, fragte Konráð.

»Franklín? Nein, das ist mir nie in den Sinn gekommen.«

»Hast du ihn während seines letzten Islandaufenthalts getroffen?«

Eyvindur schüttelte den Kopf.

»Weißt du, ob er sonst irgendjemanden getroffen hat? Einen der Handballer vielleicht?«

»Ich kann mich mal umhören, wenn dir das hilft«, sagte Eyvindur. »Ich wusste aber nicht einmal, dass er hier war.«

»Hat Pétur irgendwann mit dir über seine Zeit in Moskau gesprochen?«

»Nein, nicht wirklich. Er war natürlich Sozialist und hat sich viel davon erhofft, denke ich. Doch als er das System besser kennengelernt hat, fand er es beschämend. Ich weiß noch genau, was er gesagt hat, weil es so eindrücklich war, aus dem Mund eines eingefleischten Kommunisten. Er meinte, es sei beschämend, dass das russische Volk sich immer wieder unterdrücken lässt, ohne etwas dagegen zu tun. So in der Art hat er es formuliert.«

»Er ist vom Glauben abgefallen.«

»Ja«, sagte der alte Handballer, der völlig schief vor Konráð stand und an seinem Ohrläppchen zog. »Wen wundert's, sage ich nur.«

Konráð verließ gerade das Fitnessstudio, als er Hendrik auf dem Parkplatz bemerkte, der aussah, als hätte er es eilig. Er bat ihn, kurz zu warten, denn er habe ihn eigentlich auch nach Franklín fragen wollen, nicht nur nach Pétur, ob er sich denn auch an ihn erinnere.

»Doch, ja, ich erinnere mich«, sagte Hendrik und hielt bereits den Autoschlüssel in der Hand.

»Wart ihr vielleicht sogar befreundet?«

»Nein, nicht wirklich«, sagte Hendrik, »wir waren nur Bekannte. Es ist einfach unfassbar, dass man ihn da so gefunden hat ... an dem See.«

»Du hattest nicht etwa kürzlich mit ihm Kontakt?«, fragte Konráð.

»Nein. Nein, das hatte ich nicht. Ich habe seit Jahren nicht mit ihm gesprochen«, sagte Hendrik. »Ich ... ihr habt euch über Pétur unterhalten, gibt es denn da etwas Neues?«, fragte er dann und schloss sein Auto auf.

»Ich denke nicht«, sagte Konráð.

»Ermittelt die Polizei in dem Fall?«

»Nein. Ich stöbere nur ein wenig herum. Als Rentner habe ich Zeit.«

»Nur du allein?«

»Das war einmal mein Fall.«

»Du warst bei der Polizei?«

»Ja. Pétur und du habt euch gut verstanden, nicht wahr?«

»Wie gesagt, er war ein guter Mann. Soweit ich mich erinnere.«

»Das muss ein ziemlicher Schock gewesen sein, für die ganze Mannschaft, als er verschollen ist?«

»Ja, definitiv. Es war ... es war einfach sehr schwer zu begreifen. Genau wie die Sache mit Franklín jetzt. Einfach unglaublich.«

»Denkst du, Franklín hatte etwas damit zu tun? Mit Péturs Verschwinden?«

»Franklín?« Die Frage schien Hendrik zu überraschen. »Denkst du das?«

»Ich weiß es nicht. Vielleicht ist es auch nicht weiter hergeholt als alles andere.«

Hendrik sah ihn etwas verwirrt an.

»Ich habe nur noch nie ... das ist mir nur noch nie in den Sinn gekommen ... nichts von alledem.«

Dann zuckte er mit den Schultern, wie um zu sagen, dass er bei derartigen Überlegungen nicht weiterhelfen könne, und sie verabschiedeten sich.

Achtzehn

Der ehemalige Diplomat sah so aus, als hätte er noch nie in seinem Leben einen einzigen Handschlag getan. Seine Haut war trotz des hohen Alters völlig glatt, seine Hände schlank und weiß und trocken wie Papier. Die dünnen Haare waren in den Nacken gekämmt, und er sprach langsam und würdevoll, als er ein wenig durch die Blume von seinen beruflichen Erfolgen im Auswärtigen Dienst erzählte, zum Beispiel von dem Treffen von Pompidou und Nixon in Kjarvalsstaðir in Reykjavík, das er mit in die Wege geleitet hatte. Und dann war da natürlich das Treffen von Reagan und Gorbatschow in Höfði. Er hatte Hunderte Staatsbesuche ausländischer Regierungschefs mit organisiert. Denkwürdig war auch der Besuch von Queen Elizabeth, sie hatte mit ihrer Yacht im Hafen von Reykjavík angelegt und dort einige Isländer zu einem Empfang geladen, die alle nicht wussten, wie man sich richtig vor Adeligen verbeugte. Es klang so, als wäre der Mann immer nur von einer Cocktailparty zur nächsten gezogen. Von einem inhaltsleeren Gespräch zum nächsten.

Er hieß Karvel und sah in seinem Anzug mit Weste und Fliege um den Hals wie ein untätiger britischer Lord aus, als er Konráð wie einen Staatsgast begrüßte. Am Telefon hatte er vorgeschlagen, sich in der Nationalbibliothek im Westen der Stadt zu treffen, wo er oft lange saß und an seinen Memoiren arbeitete, die vielleicht irgendwann einmal als Buch erscheinen würden. Er habe so einige interessante Geschichten aus seinen Dienstjahren zu erzählen, auch wenn er die größeren Skandale besser unerwähnt lasse, erzählte er und lachte ein trockenes Lachen, das die vielen Cocktails nicht hatten aufweichen können.

»Man weiß ja nie, ob sich nicht doch irgendein Verlag dafür interessiert«, sagte er und brachte Konráð zu seinem Platz auf einer der oberen Etagen. Es war nicht viel los in diesem Tempel der Stille. Zwischen den Studierenden, die auf ihre Handys starrten, saßen ein paar vereinzelte ältere Männer und blätterten in alten Handbüchern – manchmal hörte man, sie würden hier leben. Karvel hatte eine Aktentasche dabei, die er neben sich auf den Boden stellte.

Nach ein wenig Geplauder über das Wetter, Politik und die Bibliothek hielt Konráð es für angebracht, zur Sache zu kommen, und erklärte, dass Karvels Schwester behauptet hatte, er interessiere sich für allerlei Verschwörungstheorien und kenne sich gut mit dem Fall Pétur aus.

»Nein, das war nur, weil sie auf diese seltsame Art darin verwickelt war«, sagte Karvel. »Ich bin kein Verschwörungstheoretiker, aber ich habe natürlich zur Zeit des Kalten Kriegs gearbeitet und fand das alles sehr interessant. Ich weiß nicht, was meine Schwester dir erzählt hat, aber ich sammle allerlei Geschichten über sowjetische Spionagetätigkeiten während der Kriegsjahre, hier im Land und vor der Küste. Ich stöbere nur herum, alles harmlos, aber ich habe meinen Spaß daran. Und es waren nicht nur die Sowjets, die Tschechen haben auch versucht, Isländer dazu zu bekommen, die amerikanische Militärbasis auszuspionieren, genauso wie die Ostdeutschen.«

»Du denkst, der Fall hat mit dem Kalten Krieg zu tun?«

»Das weiß ich nicht«, sagte Karvel und richtete seine Fliege, ein Tick, den er sich einfach nicht abgewöhnen konnte. »Ich weiß nicht mehr als andere. Es sind alles nur Vermutungen. Ich habe nichts Konkretes in der Hand. Genau wie alle anderen auch.«

»Offenbar ist er abtrünnig geworden«, sagte Konráð. »Der gute Pétur. Irgendwann fand er das System im Osten nur noch beschämend.«

»Ja, das ist nicht verwunderlich«, sagte Karvel. »Viele Studenten sind hingefahren, manche nach Moskau, andere nach Ostdeutschland oder wohin auch immer, aber das gelobte Land ihrer Träume haben sie nicht gefunden. Nur einen sozialistischen Albtraum.«

Karvel erzählte von den Verbindungen der isländischen Sozialisten zur Sowjetunion. Studenten waren oft gen Osten gereist, um Literaturwissenschaften, Wirtschaft oder sogar Journalismus zu studieren, was viele amüsiert hatte. Wer kam auf die Idee, in einem Land, wo es weder Presse-, Meinungs- noch Versammlungsfreiheit gab, Journalismus zu studieren? Nach den Erfahrungen im gelobten Land kehrten manche dem Sozialismus den Rücken und sprachen offen darüber, dass dieses russische Abenteuer, von dem die Propagandamaschine der isländischen Kommunisten erzählte, nichts als eine menschliche Tragödie sei. Andere aber waren unbelehrbar in ihrem Glauben an Stalin und dessen Nachfolger.

»Hatte Pétur irgendwelche Verbindungen zum Auswärtigen Amt?«, fragte Konráð.

»Nein, es gab höchstens Kontakt wegen irgendwelcher Unterlagen für sein Studentenvisum. Das war mit viel Bürokratie verbunden. Aber damit hatte ich nichts zu tun, ich habe ihn nie getroffen.«

Die Stille im Lesesaal wurde unterbrochen, als eine Gruppe junger Studierender auf dem Weg nach draußen lärmend an ihnen vorbeiging, worauf der ehemalige Diplomat mit einem missbilligenden Blick reagierte.

»Und was für Überlegungen sind das?«, fragte Konráð. »Die du dir zu dem Fall gemacht hast?«

»Für mich kommen drei Optionen in Betracht«, sagte Karvel. »Entweder war es Selbstmord, dann gibt es dazu nicht mehr zu sagen. Oder er wurde umgebracht und die Leiche versteckt, doch dann stellt sich natürlich die Frage nach dem Warum. Oder ...«

Karvel rückte seine Fliege zurecht.

»Oder was?«

»Oder er wurde entführt.«

»Entführt?«

»Die Russen haben vielleicht einen Grund gesehen, ihn zu entführen, um ihn zurück nach Russland zu bringen, wo er dann verhört wurde und wahrscheinlich auch das Leben gelassen hat. Entweder dort oder schon auf dem Weg dahin.«

»Auf dem Weg? Zusammen mit der diplomatischen Post? Wie sollte das denn gehen?«

Der Mann lächelte.

»Ich habe da so eine Theorie«, sagte er, »und sie ist auch nicht völlig aus der Luft gegriffen. Dabei kommt ein russischer Trawler ins Spiel. Die Russen haben seinerzeit viel Fisch gefangen, aber noch viel mehr spioniert. Haben die Routen der Schiffe beobachtet. Der U-Boote. Sich unsere Tiefseekabel angesehen, um sie gegebenenfalls sabotieren zu können. Im Ernstfall hätten sie den gesamten Netzanschluss des Landes im Bruchteil einer Sekunde lahmlegen können.«

»Hatten die russischen Trawler damit zu tun?«

»Wir sollten die Russen nicht unterschätzen. Sie sind überall. Insbesondere im Kalten Krieg waren ihre Trawler hier unterwegs.«

»Was meinst du?«, fragte Konráð, seine Neugier war geweckt.

»Du kennst doch die Langwellensendeanlage bei Gufuskálar auf Snæfellsnes, die jahrelang vom US-Heer betrieben wurde«, sagte Karvel.

»Ja, ich erinnere mich daran.« Konráð hatte seit Jahrzehnten nicht mehr davon gehört. »Was ist damit?«

»Irgendwann in den Sechzigerjahren haben Fischer aus Ólafsvík auf ihrem Weg zurück zum Hafen bei Gufuskálar einen russischen Trawler bemerkt. Es sah aus, als läge er direkt vor der Küste an einer Stelle namens Brimnes, aber das Wetter war an dem Tag eigentlich gut, windstill und sonnig, und es sah nicht so aus, als wäre der Trawler in Gefahr oder als bräuchte er Hilfe.

Es war nicht zu überhören, dass Karvel Spaß an solchen Geschichten hatte. Er erzählte weiter, dass die Fischer den Anblick seltsam gefunden hatten. Bis dato waren ihnen noch nie ausländische Trawler in Küstennähe aufgefallen, weder aus Russland noch von sonst irgendwo. Aber die Hoheitsgewässer umfassten damals nur zwölf Meilen, und etwas weiter draußen wimmelte es nur so von ausländischen Fischerbooten.

Die Seeleute hatten von seltsamen Vorrichtungen auf der einen Seite des Trawlers berichtet, von großen Schirmen und Scheinwerfern und dergleichen, alles nicht Teil der gewöhnlichen Ausrüstung eines Fischerboots. Später wurde der Sendemast bei Gufuskálar vom isländischen Rundfunk übernommen, aber damals war er noch von militärischer Bedeutung.

»Es war eine Loran-C-Anlage und diente als Peilanlage für atomare U-Boote der Amerikaner im Nordatlantik«, sagte Karvel.

»Aha?«, sagte Konráð.

»Von den Schilderungen der Fischer wurde sogar in den Zeitungen berichtet«, erklärte Karvel, »aber kaum jemand hat sich dafür interessiert. Diese Spielchen der Supermächte schienen niemanden zu überraschen. Island war damals natürlich ein armes Land, das mit so etwas nicht umzugehen wusste.«

Er nahm die Aktentasche vom Boden auf.

»Das habe ich vorhin abgeholt, als ich auf dich gewartet habe«, sagte er und zog ein paar Zettel aus der Tasche. »Heutzutage kommt man an alles ran, es ist nicht mehr so wie früher, als man den ganzen Tag in Zeitungen blättern oder Mikrofilme durchforsten musste.«

Konráð nahm den Ausdruck entgegen und sah die Schlagzeile auf der Titelseite des Volksblattes, das es mittlerweile nicht mehr gab: DER MYSTERIÖSE RUSSE UNTER DEM GLETSCHER. In dem Artikel ging es um den Trawler bei Gufuskálar.

»Und was ist damit?«

»Solche Schiffe waren bekannte Phänomene und sind es immer noch, wie ich dir vorhin erzählt habe. Schattenboote sagt man im Spionage-Jargon.«

»Schattenboote?«

»Die Schilderung der Fischer aus Ólafsvík verrät einiges über diesen seltsamen Kalten Krieg«, fuhr Karvel fort. »Zum Beispiel, dass die Sowjets ihre Trawler hier vor Island liegen hatten, um zu spionieren und militärische Informationen zu beschaffen. Derselbe Trawler wurde auch vor der Küste bei Straumnesfjall gesichtet, wie du hier nachlesen kannst. Warum? Na, weil sich dort die Radarstation der Amerikaner befand.«

»Das waren Zeiten«, sagte Konráð und überflog den Ausdruck, wobei er sich nicht sicher war, worauf Karvel mit seiner Geschichte hinauswollte.

»Vielleicht wurden die Trawler mit den komischen Schirmen nicht nur für direkte Spionage benutzt, um die Funkanlagen abzuhören. Vielleicht haben die Russen sie auch noch anders eingesetzt.«

»Was meinst du?«

»Die Fischer aus Ólafsvík waren so schlau, die Daten des Trawlers bei Gufuskálar festzuhalten. Die Nummer war K-8113 und der Name Nemansky.«

»Und?«

»Ich musste an den Bericht über diesen Trawler denken, weil ich mich für sowjetische Spionageaktivitäten hierzulande während des Kalten Krieges interessiere und mir eine seltsame Idee gekommen ist. Das war viele Jahre vor Péturs Verschwinden.«

»Und weiter?«, fragte Konráð, der langsam ungeduldig wurde.

»Eines Tages habe ich im Archiv des Reykjavíker Hafens vorbeigesehen, wo alle Schiffe registriert werden, die Hafengebühren festgehalten werden und wie das alles heißt. Wie sich herausstellte, lag am Tag von Péturs Verschwinden ein russischer Trawler im Hafen von Reykjavík, der an dem Abend abgelegt hat. Das Schiff fuhr unter dem Namen Orlik, aber einige Jahre davor hatte es noch anders geheißen.«

»Nemansky?«, fragte Konráð.

»Die Schiffsnummer war noch dieselbe: K-8113.«

»Wie der Trawler bei Gufuskálar?«

»Ganz genau.«

Neunzehn

Er holte Eygló in Fossvogur ab, und sie fuhren aus der Stadt hinaus. Der Frühling hielt langsam Einzug, und die Sonne stand hoch am Himmel, als sie über die Ringstraße Richtung Norden fuhren und weiter durch den Tunnel unter dem Hvalfjörður. Dahinter war kaum noch Verkehr, und Konráð ließ den Blick über den Fjord schweifen, sah die alte Straße, die man vor der Errichtung des Tunnels nehmen musste, mit ihren endlosen Kurven, Buchten, unübersichtlichen Kuppen und schmalen Brücken. Den Menschen, die von einem Ausflug aufs Land nach Reykjavík zurückkehrten, war dieses letzte Stück fjordein, fjordaus oft endlos vorgekommen. Erst hinter dem Tíðaskarður-Pass waren auf der anderen Seite der Bucht endlich die Lichter der Hauptstadt zu sehen gewesen.

Vor ihnen ragte die Skarðsheiði mit ihren weißen Gipfeln in den leuchtenden Himmel. Konráð musste daran denken, wovon Erna auf dieser Strecke oft erzählt hatte, von dem alten Dichter, der am Ende seines langen Lebens gesagt hatte, das Einzige, was für ihn noch eine Rolle spiele, sei das Leuchten über der Skarðsheiði. Das fand Erna schön gesagt, so könne es nur ein Dichter ausdrücken.

Am Fuße des Hafnarfjall wehte wie immer ein starker

Wind, der den Jeep erfasste. In letzter Zeit war das Wetter kalt und unbeständig gewesen, aber mittlerweile war es milder geworden, und sie genossen es, die Stadt hinter sich zu lassen. Die Vegetation erwachte langsam zum Leben, ein Vorbote für das, was bald kommen würde, warme Sommertage und lange Sommernächte.

Während der Fahrt redeten sie kaum. Konráð dachte über das Gespräch mit dem Diplomaten nach und was er über den russischen Trawler erzählt hatte. Sie hatten noch eine Weile zusammengesessen und überlegt, ob Péturs Verschwinden mit Spionage zu tun haben könnte. Die Russen hatten sich während des Kalten Krieges sehr für die Militärbasis der Amerikaner auf Reykjanes interessiert, aber ernstzunehmende Spionageaktivitäten waren nur selten ans Licht gekommen. Die Verbindungen der Isländer nach Moskau waren beinahe ausschließlich wirtschaftlicher Natur gewesen, es war vor allem um Geschäfte mit Fisch und Öl gegangen.

»Frag mal bei der Heringskommission nach«, hatte der Mann vom Auswärtigen Amt bei ihrem Abschied in der Nationalbibliothek gesagt.

»Der Heringskommission?«, fragte Konráð verwundert.

»Das wäre noch eine Idee. Das war die einzige isländische Delegation, die regelmäßig nach Moskau gereist ist, um mit den Russen über das Geschäft mit Hering zu sprechen. Wenn wir es hier mit sowjetischer Spionage zu tun haben, würde ich dort beginnen.«

Schon kurz darauf gelangten Eygló und er über die flachen Hänge von Andakíll zum Skorradalsvatn, wo sich Birkenwälder zwischen den Sommerhäusern bis ans Ufer des klaren blauen Sees erstreckten. In der Gegend konnte man den ganzen Stadtlärm hinter sich lassen, der schöne See war zu einem beliebten Ausflugsziel geworden. Manche der Häuser waren kleine, bescheidene Holzhütten, gebaut von den Menschen, die als Erste die Schönheit des Sees für sich entdeckt hatten. Andere waren große und neuartige Ganzjahreshäuser mit allen modernen Annehmlichkeiten der Neureichen. Das neueste Projekt sah man oberhalb der Straße, eine Reihe von Häusern, die offenbar alle identisch waren und aussahen wie Raststätten.

Der Immobilienmakler hatte Konráð den Weg beschrieben, östlich am Ufer entlang bis zum Ende des Sees. Eygló hatte während der Fahrt die meiste Zeit geschwiegen und die Aussicht auf die offene Landschaft genossen. Sie meinte, sie komme viel zu selten aus der Stadt raus und freue sich über die Abwechslung. Gab zu, dass sie nicht so gerne selbst Auto fuhr. Konráð mochte es aber und erzählte, wie viel er früher mit Erna und Húgó herumgereist war, sie hätten unzählige Erinnerungen an Zeltausflüge zu den schönsten Flecken des Landes und an die dazugehörigen Reifenpannen und kaputten Auspuffe.

Es war nicht ganz leicht, das richtige Haus zu finden, vor allem weil der Wald sehr dicht war und die Beschilderung nicht eindeutig, doch irgendwann parkten sie den Jeep am Wegrand, um das letzte Stück zu Fuß zu gehen. Nach einer Weile entdeckten sie das Sommerhaus, das sie gesucht hatten. Es stand inmitten von dichtem Gestrüpp, die Äste der Bäume, die schon lange nicht mehr geschnitten worden waren, verdeckten sogar die Aussicht auf den See.

Offenbar hatte sich jahrelang niemand um das

Grundstück gekümmert, falls es überhaupt noch jemand betreten hatte. Wo einmal ein gepflegter Rasen gewesen war, wucherte jetzt das Gras, und der Weg zum Haus war mit Unkraut überwuchert. Auch das Haus selbst war heruntergekommen. Der Verkaufsprozess hatte noch nicht begonnen, wie der Makler es ausgedrückt hatte. Erst müssten die Umgebung und das Haus ein wenig aufgepeppt werden. Damit hatte er recht; ein Fenster war zerbrochen, die Fensterpfosten morsch und die Holzverkleidung des Hauses ebenfalls von Wind und Wetter gezeichnet. Die Dachkante war an ein, zwei Stellen gebrochen, und einzelne Bretter lösten sich von der Terrasse mit Seeblick.

Innen sah es nicht viel besser aus. Konráð musste viel Kraft aufwenden, um den Schlüssel in das verrostete Schloss zu stecken, und die Tür sprang erst auf, als er auch mit der Schulter dagegen drückte. Er entdeckte einen Lichtschalter, aber der Strom war offenbar abgeschaltet. Also ging er zu dem großen Wohnzimmerfenster und öffnete die staubigen Vorhänge. Das Tageslicht strömte herein, und sie mussten feststellen, dass zwei Vögel durch das kaputte Fenster geflogen waren und nicht wieder hinausgefunden hatten. Außerdem deuteten Mäusekot am Boden und Spuren im Staub darauf hin, dass die Tiere nach Belieben ein und aus gingen. Tote Fliegen lagen vor den Fenstern. Es roch modrig. Über dem Wohnzimmer war das Dach defekt, und eine der Holzwände war feucht und von Schimmel überzogen.

Im Wohnzimmer standen ein Sessel und ein Sofa, und in der Nähe der Küche ein Esstisch. Das Haus hatte drei kleine Zimmer mit je einem Bett, und im Bad waren eine Duschkabine und ein Holzofen. Das Häuschen musste seinerzeit sehr hell und geräumig gewesen sein, doch mittlerweile wirkte es nur noch kalt und ungemütlich, mehr oder weniger unbewohnbar.

»Wem wollen sie denn diese Bruchbude noch andrehen?«, fragte Eygló und hielt sich ein Taschentuch vor die Nase.

»Das Grundstück ist natürlich viel wert«, sagte Konráð.

Sie lüfteten erst einmal. Es gab eine Terrassentür, und mit etwas Mühe riss Konráð sie so weit wie möglich auf. Im Garten verrotteten zwei altmodische Kinderschaukeln, und Konráð stellte sich vor, wie Gústaf und sein Bruder an warmen Sommertagen darauf gespielt hatten.

Kinderlachen im Garten des Elends.

Sie durchsuchten die Schlafzimmer systematisch, vor allem die Betten und Schränke. Klopften Boden und Wände ab, in der Hoffnung, irgendwelche Hohlräume zu finden. Das Gleiche machten sie in der Küche. In der Ecke stand ein Kühlschrank, der aber nicht angeschlossen war. Die Tür stand einen Spalt weit offen, er war leer. Konráð durchsuchte ihn gründlich, und in der Erinnerung an einen Drogendealer, den er einmal geschnappt hatte, riss er sogar die Verkleidung von der Tür, um zu überprüfen, ob dahinter etwas versteckt war. Als er nichts fand, drückte er die Abdeckung wieder fest.

Eygló überprüfte einen verstaubten Bücherschrank, nahm ein Buch nach dem anderen heraus, öffnete und schüttelte sie, sah unter dem Schrank nach und bat Konráð, ihr beim Verrücken zu helfen. Sie leuchtete mit der Taschenlampe ihres Handys dahinter, fand jedoch nur

Mäusekot. Die Bücher waren alt, alle aus der Zeit vor 1980. Es wirkte so, als wäre seit Jahrzehnten niemand in dem Haus gewesen.

»Das Haus gehörte nicht zu den Lieblingsorten der Brüder«, sagte Konráð und leuchtete mit seinem Handy den Schrank aus.

Eygló machte eine Pause und warf einen Blick auf die kaputten Schaukeln im Garten.

»Wundert dich das?«, fragte sie.

»Nein, eigentlich nicht«, antwortete Konráð. »Es war sicher nicht leicht, Antons Sohn zu sein.«

Eygló sah ihn an.

»Du hast mir nie erzählt, wie es war, mit Seppi aufzuwachsen«, sagte sie, als sie seinen resignierten Tonfall bemerkte.

»Nein«, sagte Konráð. »Das würde nichts bringen.«

»Bist du sicher?«

»Ja, absolut.«

An einer der Wände stand ein Kamin, der Konráðs Aufmerksamkeit auf sich zog. Daneben lag ein Holzstapel, ziemlich verstaubt und voller Spinnweben sowie ein paar alte Zeitungen und ein Telefonbuch, das die Nummern aller Isländer enthielt. Einzelne Seiten waren herausgerissen und zum Einheizen benutzt worden.

Ein weiteres Telefonbuch lag in der Kammer mit dem Holzofen, der nicht angeschlossen und kaputt war. An Wandhaken hing verstaubte, dreckige Outdoorbekleidung. Das Telefonbuch lag unter einem Stapel von Zeitungen, *Tíminn* und *Þjóðviljinn*, Tageszeitungen, die es nicht mehr gab. Der Stapel reichte die halbe Wand hoch und war vermutlich ebenfalls zum Einheizen gedacht gewesen. Auf dem Telefonbuch stand eine Jahreszahl. 1977. Konráð lächelte still in sich hinein, als er daran dachte, dass das Internetzeitalter diese Telefonbücher bald ganz verdrängen würde. Genau wie die Steuererklärungen auf Papier, die man jedes Jahr, oft in letzter Minute, durch einen Briefschlitz auf der Tryggvagata geworfen hatte. Damals hatte es ebenfalls zu den jährlichen Ritualen gehört, ein neues Telefonbuch beim nächsten Post- oder Fernsprechamt abzuholen.

Konráð erinnerte sich noch gut an diese Zeit, und er versuchte, das Telefonbuch aus dem Stapel zu ziehen, was ihm mit etwas Mühe auch gelang. Es war ganz gut erhalten, und aus alter Gewohnheit suchte er erst seinen Namen und dann den von Erna. Dort standen sie, mit der richtigen Adresse in Árbær und der fünfstelligen Telefonnummer. Mittlerweile bestanden die Nummern aus sieben Ziffern, aber die letzten fünf Stellen des alten Festnetzanschlusses hatten sich nicht geändert.

Vorne in dem Buch war eine leere Seite, auf der jemand mit Bleistift drei Nummern notiert hatte, die etwas verblasst, aber noch zu entziffern waren. Neben der dritten Nummer standen zwei Buchstaben: J. V. Konráð machte ein Foto davon und legte das Telefonbuch zurück auf den Stapel.

»Ich glaube nicht, dass wir in diesem schrecklichen Haus etwas finden werden«, sagte Eygló, als sie den Kopf durch die Tür zur Kammer mit dem Holzofen steckte. »Sollten wir uns nicht auf den Weg zurück machen? Ich will hier nicht mehr Zeit als nötig verbringen.«

»Ja«, sagte Konráð und kam auf die Idee, auch nach ihrem Namen zu suchen: Eygló Engilbertsdóttir. Es gab noch zwei weitere Frauen mit dem gleichen Namen.

»Welche davon bist du?«, fragte er und zeigte ihr die Einträge.

»Hier«, sagte Eygló und deutete mit dem Finger auf eine Zeile.

»Du hast in der Weststadt gelebt?«, fragte Konráð mit Blick auf die Adresse.

»Ja, kurz«, sagte Eygló. »Ich bin zu meinem Freund gezogen, der dort eine Wohnung hatte. Die Beziehung hielt nicht lange. Nur ein paar Jahre.«

»Oh?«, sagte Konráð. Eygló hatte noch nie zuvor von den Männern in ihrem Leben gesprochen. »Wer war er? Was hat er gemacht?«, fragte Konráð und merkte sofort, dass es etwas aufdringlich klang.

»Niemand«, sagte Eygló schnell und drehte sich weg. »Wollen wir los?«

Konráðs Handy begann zu klingeln, als er gerade die Eingangstür hinter sich abschloss. Er brauchte eine Weile, um zu realisieren, dass es Eyvindur war, der Handballer, mit dem er erst vor Kurzem im Fitnessstudio gesprochen hatte. Er rief an, um Konráð von einem Mann zu berichten, der Franklín noch kurz vor seinem Tod getroffen hatte.

»Ich habe ein paar Jungs angerufen, die Pétur noch vom Handball kannten«, sagte Eyvindur. »Einer von ihnen ist ein guter Freund von mir, der meinte, er hätte Franklín neulich auf der Bankastræti getroffen, zusammen mit einem Mann, den Franklín ihm als Níels Finnsson vorgestellt hatte. Hilft dir das weiter? Sagt dir der Name was?«

»Níels ...? War er auch Handballer?«

»Nein«, sagte Eyvindur. »Wir kennen ihn nicht. Ich habe noch nie von ihm gehört.«

»Wann war das?«

»Mein Freund meinte, zwei Tage später hätte er von der Leiche bei Hafravatn gehört. Dem ausländischen Urlauber, der dann doch Franklín war. Ich habe natürlich schon geschaut, was im Internet über diesen Níels Finnsson zu finden ist. Es gibt nicht viele, die so heißen, und einer von ihnen war früher mal in Moskau.«

»Aha?«

»Hat Wirtschaftswissenschaften studiert. Das könnte doch passen, meinst du nicht?«

»Keine Ahnung. Danke dir jedenfalls, ich werde mir das genauer ansehen«, sagte Konráð.

Sie verabschiedeten sich, und kurz darauf fuhren Eygló und Konráð zurück nach Reykjavík, wo sie unter dem abendlichen Leuchten des Himmels über der Skarðsheiði in die eigenen Gedanken versanken.

»Ich freu mich auf den Sommer«, sagte Eygló plötzlich.

»Auf Island gibt es keinen Sommer«, sagte Konráð. »Für drei Monate im Jahr ist der Winter etwas milder.«

Eines seiner Lieblingslieder erklang im Radio, und er drehte es ein wenig lauter. Es begleitete sie durch den Tunnel, und Konráð musste an Leó denken und an die vielen Ausflüge, die sie früher mit ihren Frauen Erna und Dóra gemacht hatten, als sie noch Freunde gewesen waren und das ganze Leben noch vor sich gehabt hatten …

Zwanzig

Langsam verklangen die Geräusche auf dem Zeltplatz. Stille kehrte ein, als die Kinder endlich in den Zelten eingeschlafen waren und die Erwachsenen sich auf den Klappstühlen zusammensetzten. In den Gläsern wurden Getränke gemischt und vor irgendeinem Zelt eine Gitarre ausgepackt. Aus einem billigen Kassettenspieler, den Konráð mitgebracht hatte, erklang eine liebliche Frauenstimme, die über vier fröhliche Drosseln sang.

Das war im Frühsommer, und als die Sonne hinter dem Horizont verschwand, wurde es kalt, aber als erfahrene Ausflügler hatten sie natürlich Mützen und dicke Jacken eingepackt. Ernas Eltern hatten ihnen ein Zelt für sechs Personen geliehen, aber Leó kam mit etwas, das sich Zeltwagen nannte und an der Anhängerkupplung befestigen und mit einem Handgriff aufbauen ließ, während Konráð und Erna umständlich mit Zeltstangen, Heringen und verknoteten Schnüren hantierten. Húgó schlief in der Zwischenzeit entspannt in seinem Autositz.

Eine weitere Neuheit, die sich Leó und Dóra angeschafft hatten, war ein Reisegrill. Leó hatte ein wenig Kohle angezündet und Lammkoteletts mit Kartoffeln zubereitet, dazu tranken sie Wein, den Erna mitgebracht hatte. »Heute Abend gibt es kein Hack aus der Dose«, hatte Leó mit Blick auf Konráðs mitgebrachtes Essen gesagt. Am liebsten hätte er auch einen Gasgrill für den Garten zu Hause gekauft, auch die waren ziemlich teuer, und man musste sie umständlich aus den USA bestellen.

Eine Weile saßen sie vor ihren Zelten und lauschten dem Lied über die fröhlichen Drosseln und anderen Schlagern, die Konráð auf Kassette mitgebracht hatte. Erna hatte eine Kamera dabei, um den Campingtrip nach Þjórsárdalur festzuhalten, nichts Besonderes, eine einfache Instamatic, mit der sie jede Menge Fotos von ihnen schoss, auf denen sie fröhlich lächelnd die Gläser erhoben. Tagsüber hatten sie sich das neue Kraftwerk angesehen, waren zum Wasserfall Hjálparfoss spaziert und ein wenig barfuß im eiskalten Wasser gewatet. Am Abend trank Leó wie gewöhnlich am meisten von allen, Dóra hatte sich wenig erfolgreich darüber beklagt und schon früh schlafen gelegt. Schon bald saßen Konráð und Leó allein draußen in der sommerlichen Frische. Der Winter war stramm gewesen und der Frühling kalt. Konráð konnte sich nicht mehr erinnern, wann ihm zuletzt draußen warm gewesen war.

»Dóra redet immer so viel Unsinn«, sagte Leó verärgert und trank einen Schluck.

Konráð wusste genau, dass es nicht nur Unsinn war, sagte aber lieber nichts. Als er noch neu bei der Kriminalpolizei gewesen war, hatten er und Leó sich auf Anhieb gut verstanden, die Freundschaft hatte sich wie von selbst entwickelt. Konráð war offen für Leós Ideen, wie sie sich ein wenig dazuverdienen könnten, auch wenn sie dafür ein paar Regeln umgehen mussten, und Leó war froh, mit ihm einen Kollegen zu haben, der eine ähnliche Einstellung hatte wie er und sich nicht über alles den Kopf zerbrach. Ein Mann, dem er vertrauen konnte.

»Wie kam es noch mal dazu, dass du bei der Polizei gelandet bist?«, fragte Leó nach einer langen Stille. »Kanntest du da wen?« Er hatte eine stressige Zeit hinter sich, doch vor Kurzem hatte Natan endlich den Mord an Skafti gestanden.

»Das war purer Zufall«, sagte Konráð. »Ich war in der Berufsschule, aber die Druckerlehre war nichts für mich, und als ein Freund sich für einen Sommerjob bei der Polizei interessiert hat, habe ich mich spontan auch beworben. Ich hatte ohnehin nichts Besseres zu tun und fand es irgendwie witzig. Aber dann wurden wir beide genommen, und ich habe gefragt, ob ich auch im Herbst bleiben könnte, und … du weißt schon …«

»Ha«, sagte Leó. »Einfach so.«

»Einfach so.«

»Da war damals wohl Not am Mann«, sagte Leó.

Konráð lächelte.

»Und du?«

»Der alte Seppi hat sich bestimmt im Grab umgedreht«, sagte Leó.

»Ja, vermutlich.«

»Darüber zerbrichst du dir nicht den Kopf, stimmt's? Über Seppi?«

Konráð ignorierte die Frage.

»Wie war das bei dir?«, fragte er wieder.

»Mein Onkel dachte, es wäre gut, einen Polizisten in der Familie zu haben«, sagte Leó.

»Echt?«

»Nein, ich sag das nur so.«

»Welcher Onkel ist das?«

»Ach, ich denke da an Alfons. Er ist Bauunternehmer, wie du weißt. Bevor ich zur Polizei gegangen bin, habe ich für ihn gearbeitet. Die Leute, die ich für euer Haus in Árbær organisiert habe, hat er mir vermittelt.«

»Und hat es ihm was gebracht?«

»Was?«

»Dich bei der Polizei zu haben?«

»Das war nur ein Witz«, sagte Leó. »Wahrscheinlich hat Dóra recht, ich habe etwas viel getrunken. Nein, ich habe die Schule abgebrochen und für Alfons am Bau gearbeitet, aber irgendwann wurde mir das langweilig, und der Job bei der Polizei war das einzige Angebot, das ich hatte. Mehr war es nicht.«

»Steht ihr euch nahe? Alfons und du?«

»Ja, schon immer. Nach dem Tod meines Vaters hat er mich mehr oder weniger adoptiert.«

Leó ging nicht weiter darauf ein. Und doch zögerte er kurz, als wollte er noch mehr über Alfons und ihr Verhältnis erzählen, aber dann verstummte er, und der Moment verstrich.

»Was?«, fragte Konráð.

»Es ist nichts«, sagte Leó nachdenklich. »Er ist nur … er kann sehr bestimmt sein …«

»Ist es schlimm?«

»Nein, nein … es ist nur …«

»Was?«

Leó sah Konráð lange an, als müsste er sich etwas genau überlegen.

»Was?«, fragte Konráð wieder.

»Nichts«, sagte Leó schließlich.

Konráð wechselte die Kassette, und in der abendlichen Stille erklang die Melodie von *Vor í Vaglaskógi*. Er hatte den Eindruck, dass Leó seit dem Skafti-Fall nicht ganz er selbst war. Der Fall schien ihm zuzusetzen, ihn distanzierter zu machen und reservierter. Mit Natans Geständnis war es nicht besser geworden. Konráð hatte versucht, es anzusprechen, aber Leó hatte immer schnell das Thema gewechselt.

»Ist alles in Ordnung?«, fragte er.

»Alles bestens«, sagte Leó.

»Bist du sicher?«

»Ich habe nur viel zu tun«, sagte Leó. »Es tut gut, ein paar Tage wegzukommen.«

Für eine Weile schwiegen sie.

»Was war mit deinem Vater?«, fragte Konráð schließlich. »Du fragst mich ständig nach Seppi, aber wie war das eigentlich bei dir? Was war mit deinem Vater?«

Leó verzog das Gesicht.

»Er war kein schlechter Mensch, nur ein schlechter Vater«, sagte er und starrte in sein Glas. »Hat gesoffen wie ein Loch. Sie waren geschieden. Meine Mutter konnte die Trinkerei nicht ausstehen und hat ihn immer wieder rausgeworfen, aber eines Tages hat sie beschlossen, dass er nicht zurückkommen würde. Er hat irgendeine Kellerwohnung gemietet und eine Weile dort gelebt und … Ich habe ihn nicht oft besucht, eigentlich hatten wir keinen Kontakt, und er hat sich nie gemeldet. Eines Tages kam ich auf die Idee, bei ihm vorbeizusehen. Ich weiß gar nicht mehr genau, was ich von ihm wollte. Und da lag er da, tot auf dem Boden. Hatte schon ein paar Tage dort gelegen.«

»Du hast ihn tot aufgefunden?«

»Ja.«

»Das war sicher nicht schön«, sagte Konráð.

»Nein«, sagte Leó und trank aus. »Das war nicht schön.«

»Du hast keine Geschwister, oder?«

»Nein.«

»Und Alfons hat dann, was ... hast du für ihn gearbeitet?«

»Alfons hat sich um alles gekümmert, das Begräbnis und alles, hat meine Mutter unterstützt. Und er hat mir angeboten, für ihn zu arbeiten, was ich ein paar Jahre lang gemacht habe.«

»Ein guter Mann?«

»Ja. Er hat mich immer gut behandelt, und wir stehen uns sehr nahe.«

Das Lied war zu Ende, und die Stille umhüllte sie. Ihre Gedanken kreisten um ihre Väter und was alles hätte sein können, wenn sie nicht so schlecht gewesen wären.

»Väter«, seufzte Konráð in die kühle Sommernacht hinein.

»Du sagst es«, erwiderte Leó und stand auf, als sei es Zeit, damit aufzuhören und ins Zelt zu kriechen. »Ich bin froh, dass ich selbst keine Kinder habe.«

Einundzwanzig

Konráð brachte Eygló zurück nach Fossvogur und beschloss, auf dem Heimweg in der Wäscherei vorbeizusehen. Ívan bediente gerade einen Kunden, also hielt er sich im Hintergrund. Es war kurz vor Ladenschluss, und im letzten Moment kamen plötzlich immer mehr Menschen mit Hemden, Kostümen und Tischtüchern an. Ívan warf Konráð einen entschuldigenden Blick zu und lud ihn ein, in ihrem kleinen Pausenraum einen Kaffee zu trinken. Konráð war noch müde vom Ausflug in den Borgarfjörður und nahm das Angebot gerne an. Der Kaffee war stark und erfrischend, und so wartete er dort, bis Ívan Feierabend machte.

An der Wand über dem Tisch hing ein Bild von Pétur aus der Zeit, als er Handball gespielt hatte. Er hielt einen Handball, trug Turnschuhe und ein Trikot mit weißen Streifen an Ärmeln und Hosenbeinen. Die wuscheligen Haare standen vom Kopf ab. Konráð versuchte zu erkennen, wo das Bild aufgenommen worden war, vermutlich in der Sporthalle in Laugardalur. Pétur lächelte in die Kamera, die Pose war verspielt, es sah aus, als wollte er den Fotografen mit dem Ball treffen.

Als Ívan die Tür hinter dem letzten Kunden abgeschlossen hatte, setzte er sich zu Konráð, der ihm von seinem Gespräch mit dem ehemaligen Diplomaten erzählte. Der Mann interessiere sich sehr für sowjetische Spionageaktivitäten in Island während des Kalten Kriegs. Er habe etwas über einen speziell ausgerüsteten russischen Trawler in Erfahrung gebracht, der innerhalb der isländischen Hoheitsgewässer gesichtet worden war, sogar direkt vor der Küste in der Nähe der Loran-C-Anlage des US-Militärs auf Snæfellsnes. Vor vielen Jahren, etwa um die Zeit von Péturs Verschwinden, hatte derselbe Trawler im Reykjavíker Hafen angelegt, aber unter einem anderen Namen. Tatsächlich hatte er genau an dem Abend von Péturs Verschwinden abgelegt, und soweit der Mann aus dem Auswärtigen Dienst herausfinden konnte, war er nach Murmansk gefahren. Danach war der Trawler nie wieder an der isländischen Küste aufgetaucht, vermutlich war er auf irgendeinem kommunistischen Schrottplatz gelandet.

»Da war ein russischer Trawler im Hafen?«, fragte Ívan nach langer Stille. Er war müde nach dem langen Arbeitstag.

»Wir hatten ja darüber gesprochen«, sagte Konráð, »über eine mögliche Verbindung mit dem Kalten Krieg.«

»Mein Vater hat nie etwas in der Richtung erwähnt, ich wüsste nicht, wo es da einen Zusammenhang geben könnte.«

»Wurde er vielleicht beobachtet? Hatte er seltsame Kontakte? Gab es jemanden, der Informationen von ihm wollte? Oder war er vielleicht an Informationen über jemand anderen interessiert?«

Ívan lächelte müde.

»Wenn, dann hat er mir nicht davon erzählt. Ich glaube nicht, dass mein Vater ein Spion war, falls es das ist, was du dich fragst.«

»Hat er nie erwähnt, dass er irgendetwas beobachtet hat?«

»Nein, nichts in der Richtung. Darüber ist mir nichts bekannt.«

»Hatte er irgendetwas mit den russischen Trawlern zu tun, die im Reykjavíker Hafen anlegten?«

»Nicht, dass ich wüsste. Ich wünschte, ich könnte dir helfen, aber ich war zu der Zeit noch jung und hatte andere Dinge im Kopf als den Kalten Krieg und Spionage. Tut mir leid. Wenn mein Vater in so etwas verwickelt war, dann hat er es von mir ferngehalten.«

Vor der nächsten Frage zögerte Konráð kurz, aber beschloss dann, es einfach zu wagen.

»Hatte Pétur etwas mit der Heringskommission zu tun?«, fragte er.

»Welcher Kommission?«

»Der Heringskommission. Sie waren regelmäßig in Moskau, um Verträge auszuhandeln.«

»Das sagt mir nichts.«

»Nein«, sagte Konráð. »Kennst du einen Mann namens Níels?«

»Níels?«

»Níels Finnsson.«

»Ja, ich glaube, ich weiß, wer das ist«, sagte Ívan nach kurzem Überlegen. »Soweit ich mich erinnere, war er zwei- oder dreimal bei uns zu Hause und hat bei meinem Vater Rat gesucht.«

»Welche Art von Rat?«

»Er war ein wenig älter als ich, und soweit ich weiß, wollte er in Russland studieren. Was ist mit ihm?«

»Er wurde vor Kurzem mit Franklín zusammen in der Stadt gesehen. Weißt du, woher sie sich kannten?«

»Nein, keine Ahnung. Er war Sozialist, dieser Níels, und mein Vater hat versucht, ihm zu erklären, warum er sich vom Kommunismus abgewandt hatte. Dass die Sowjetunion ein Polizeistaat sei, wo Menschen unterdrückt würden, und dass man sich bei Reisen dorthin in Acht nehmen müsse. Viele Träumer sind nach Moskau gegangen, weil sie auf der Suche nach irgendeinem Vorzeigeland waren, aber sie sind alle bitter enttäuscht worden. Das haben sie aber nie zugegeben, sondern haben, auch als sie zurückgekehrt waren, weiter ihre Loblieder auf die Diktatur gesungen oder einfach den Mund gehalten. Das hat mein Vater ihm erzählt und dabei kein Blatt vor den Mund genommen. Er hasste das sowjetische System. Verachtete es und hatte keine Scheu davor, seine Meinung zu sagen.«

»War das kurz vor seinem Verschwinden?«

»Nein, ich … vielleicht etwas davor, ein Jahr oder so. Ich glaube, Níels ist dann tatsächlich nach Moskau gegangen, aber ich weiß nicht, ob mein Vater später noch einmal von ihm gehört hat.«

Es war schon spät, und Konráð machte sich bereit zu gehen, Ívan erhob sich ebenfalls, um fertig aufzuräumen.

»Eine Sache noch, wurdest du jemals von Russen kontaktiert?«, fragte Konráð.

»Nein, nicht direkt«, sagte Ívan. »Warum fragst du?«

»Jemand hat sich an einen Mann erinnert, der hier in der Wäscherei auf Russisch telefoniert hat. Vor nicht allzu langer Zeit.«

»Nein, darüber weiß ich nichts«, sagte Ívan. »Kann gut sein, unter unseren Kunden sind auch viele Urlauber, aber ich … ich erinnere mich an keinen speziellen Vorfall.«

Zweiundzwanzig

Kurz vor Mitternacht saß Konráð in seinem Jeep und beobachtete die Eingangstür zu einem Gebäude im Múlahverfi, während er den Satz über Sigríður Sigurðardóttir aus Siglufjörður vor sich hin murmelte, bei dem der Nachrichtensprecher sich so verhaspelt hatte. Er war wie ein Ohrwurm, der ihm nicht mehr aus dem Kopf ging. Der Stadtteil war um diese Uhrzeit wie ausgestorben, die vielen Geschäfte und Werkstätten hatten mittlerweile geschlossen, und nur vereinzelt fuhren Autos vorbei.

In der obersten Etage wurde Glücksspiel betrieben. Der Eingang lag auf der Hinterseite des Gebäudes, davor ein paar schlecht beleuchtete Parkplätze. Konráð hatte vor dem Nachbargebäude geparkt und versuchte, keine Aufmerksamkeit auf sich zu lenken. Er rauchte Zigarillos und nickte immer wieder ein, bis schließlich die Tür aufging und einer seiner ehemaligen Polizeikollegen aus dem Gebäude trat. Konráð kannte ihn ganz gut. Der Mann war vor ein paar Jahren in Rente gegangen, aber einer derjenigen gewesen, der es kaum erwarten konnte, mit der Arbeit aufzuhören. Seither hatte Konráð ihn nicht oft gesehen, und er überlegte, ob er ihn nach Leó fragen sollte, aber entschied sich dann doch dagegen.

Er konzentrierte sich wieder auf die Tür und fragte sich, wie viele heute wohl gekommen waren. Er hatte ein paarmal mitgemacht, aber eigentlich war Glücksspiel nicht sein Ding. Meist wurde an mehreren Tischen gespielt, schon seit Jahren, ohne dass jemand etwas dagegen unternahm.

Konráð war zu Leó nach Hause gefahren, aber hatte ihn dort nicht angetroffen. Dann war er zur Bowlinghalle gefahren und hatte sogar eine Weile gewartet, aber weder Leó noch sonst jemand von den Polizeikollegen war gekommen. Er hatte sogar Leós Bekannte durchtelefoniert, aber niemand konnte ihm weiterhelfen. Einer von ihnen sagte, dass Leó wieder angefangen habe zu trinken und zu gambeln, so wie früher. Gambeln. Den Ausdruck hatte Konráð schon lange nicht mehr gehört. Leó war einmal ein unverbesserlicher Glücksspieler gewesen und hatte in mindestens zwei Clubs regelmäßig illegal um Geld gespielt. Die Mitglieder dieser Clubs stammten aus allen Gesellschaftsschichten und hatten die unterschiedlichsten Hintergründe, doch am Spieltisch waren sie alle gleich. Es ging um hohe Summen, die man an einem Abend gewinnen, aber auch sofort wieder verlieren konnte.

Konráð warf einen Blick auf die Tür und dachte daran zurück, wie er bei der Kriminalpolizei angefangen hatte. Damals hatte sich Leó von nichts und niemandem etwas sagen lassen. Eines der besten Beispiele dafür war der Einbruch bei einem Goldschmied gewesen. Der arme Dieb wusste nicht, wie ihm geschah, als sie noch am selben Abend bei ihm auftauchten. Er hatte die Tür zu seiner Wohnung nur einen winzigen Spalt weit geöffnet, doch bevor er sie wieder schließen konnte, stürmten sie hinein. Er hatte noch versucht, durch die Hintertür zu fliehen, aber Konráð konnte ihn aufhalten.

Der Dieb gehörte nicht zu den üblichen Verdächtigen der Polizei, was die Chancen, ihn zu erwischen, deutlich verringerte. Aber ein Zeuge hatte gesehen, wie ein auffälliger Mann zwei Straßen weiter in ein Auto gestiegen und davongefahren war. Die Alarmanlage hatte in der nächtlichen Stille aufgeheult, und der Zeuge, dem die ganze Situation seltsam vorgekommen war, hatte sich das Kennzeichen gemerkt. Als die Polizei eintraf, erzählte er von seinen Beobachtungen und nannte ihnen das Kennzeichen.

Das war mitten im Winter, und am Hinterausgang des Geschäfts waren die Fußabdrücke im Schnee zu erkennen gewesen. Um in den Laden zu gelangen, hatte der Dieb die Tür aufgebrochen und dann ziemlich schnell, aber ohne große Unordnung zu hinterlassen, Uhren und Schmuck eingesteckt. Mit Hammer und Meißel hatte er einen alten Safe aufgebrochen, in dem Gold zum Schmieden und ein paar wertvolle Edelsteine in einem Kuvert lagen. Er hatte nicht viel Zeit gehabt, denn die Alarmanlage war sofort angegangen. Aber es hatte gedauert, bis die Polizei vor Ort gewesen war.

Der Dieb hatte die Beute natürlich versteckt und war absolut nicht bereit zu kooperieren, bis Leó ihm dafür ein milderes Urteil in Aussicht stellte. Es war einfach ein spontaner Einfall gewesen, und natürlich völlig frei erfunden. Der Mann ging aber darauf ein, er holte das Diebesgut hinter seinem alten Rafha-Ofen in der Küche hervor und überreichte es der Polizei.

Er behauptete steif und fest, alles zurückgegeben zu haben, aber der Goldschmied war sicher, dass einige Edelsteine fehlten. Dafür hatte der Dieb keine Erklärung, er habe Leó alles gegeben. Vielleicht sei ihm in der ganzen Hektik etwas aus den Taschen gefallen.

Die Edelsteine tauchten nie auf. Leó und Konráð wurden zu ihrem Vorgesetzten zitiert und befragt, aber beiden erschien es offensichtlich, dass der Dieb gelogen hatte. Und damit war alles gesagt.

Erst viele Jahre später erfuhr Konráð von einem betrunkenen Leó in Plauderlaune, dass er die fehlenden Diamanten ein halbes Jahr nach dem Einbruch bei einem Wochenendtrip mit seiner Frau Dóra an einen Schmuckhändler in London verkauft hatte.

Die Tür zum Gebäude ging erneut auf, und Leó trat heraus, er sah ziemlich ungepflegt aus und schien kaum das Gleichgewicht halten zu können. Er zündete sich eine Zigarette an und lehnte sich gegen die Tür, stieß den Rauch aus und starrte auf den Gehweg. Konráð beobachtete ihn. Die Jahre hatten ihm zugesetzt. Früher hatte Leó einmal gut ausgesehen, ein schlanker südländischer Typ mit dichten schwarzen nach hinten gekämmten Haaren und dunklen Augen. Aber alles veränderte sich. Dort stand er nun und zog an seiner Zigarette, schwach und kränklich, die weißen Haare ohne Leben und das Gesicht voller Falten, ganz ohne das frühere Leuchten, ohne die Freude und den Übermut aus der Zeit, als sich alle um ihn geschart hatten.

Konráð stieg aus dem Jeep und ging auf ihn zu.

»Hast du viel verloren?«, fragte er.

Leó blickte auf.

»War schon mal schlimmer«, sagte er und warf den Zigarettenstummel in Konráðs Richtung auf den Boden. »Was willst du hier?«

»Ich will mit dir reden«, sagte Konráð.

Obwohl ihre Freundschaft mit den Jahren verebbt war, tat es ihm leid, seinen alten Freund so zu sehen.

»Lass mich in Ruhe«, sagte Leó. »Ich hab dir nichts zu sagen.«

»Warum hat dich Alfons in der Nacht von Skaftis Verschwinden angerufen?«

»Das hat er nicht.«

»Dóra war sich ganz sicher, dass es in derselben Nacht war. Sie meinte, Alfons hätte darauf bestanden, mit dir zu sprechen.«

»Dóra weiß nicht, wovon sie redet.«

»Sie hatte an dem Tag Geburtstag, und du hast es vergessen. An solche Dinge erinnern sich Frauen. Was wollte Alfons von dir?«

»Lass mich in Ruhe«, sagte Leó und trat so nah an Konráð heran, dass dieser seine starke Alkoholfahne riechen konnte. »Lass mich verdammt noch mal in Ruhe«, sagte er und schnäuzte sich auf den Boden. Er wischte mit dem Handrücken über die Nase, bevor er Konráð zur Seite schubste und zu seinem Auto ging. Den Autoschlüssel hielt er bereits in der Hand.

»Willst du wirklich noch fahren?«, fragte Konráð.

Leó antwortete nicht, sondern öffnete die Tür. Konráð ging auf ihn zu und riss ihm mit Mühe den Autoschlüssel aus der Hand.

»Komm, ich bring dich nach Hause«, sagte er.

Leó sah abwechselnd ihn und den Schlüssel an, als verstehe er die Situation nicht so recht, doch dann streckte er den Arm aus.

»Gib mir den Schlüssel«, sagte er.

»Du solltest nicht mehr fahren, Leó«, sagte Konráð.

»Nicht heute Abend. Ich bring dich nach Hause, dein Auto kannst du morgen abholen.«

»Gibt mir den Schlüssel«, befahl Leó wieder. »Mach dich nicht zum Affen.«

»Dann ruf ich dir ein Taxi«, sagte Konráð. »Das ist in fünf Minuten hier.«

Er wartete nicht auf eine Antwort, sondern holte sein Handy hervor und bestellte ein Taxi. Leó hatte sich an den Wagen gelehnt. Er war ziemlich betrunken, aber schien nicht gegen das Taxi zu protestieren, also schob ihm Konráð den Autoschlüssel wieder in die Tasche.

»Was wollte Alfons?«, fragte er.

Leó sah ihn mit glasigen Augen an und wandte den Blick ab. Konráð legte den Arm auf seine Schulter, aber Leó wollte nicht reden. Es schien ihm nicht sonderlich gut zu gehen. Mit dem Alter war er weich geworden, früher hatte er sich oft schon nach wenigen Drinks in eine regelrechte Bestie verwandelt.

»Sag mir, was mit dir los ist, Leó.«

»Ich ... lass mich in Ruhe, Konráð. Lass mich damit bitte einfach in Ruhe ...«

»Was wollte Alfons in der Nacht von dir?«

»Bitte, frag mich das nicht, Konráð. Lass mich einfach in Ruhe.«

»Ich sehe ja, dass es dir nicht gut geht«, sagte Konráð. »Ich glaube, du leidest schon seit Langem.«

»Hör auf damit ...«

»War es wegen Skafti? Hat er wegen ihm angerufen?«

»Verdammt noch mal ...«

Leó seufzte tief und wandte sich von Konráð ab. Das Taxi bog auf den Parkplatz ein. Leó wischte sich mit dem

Jackenärmel über die Augen und ging darauf zu. Konráð blieb stehen und sah ihm hinterher.

»Was ist mit dir passiert, Leó?«, rief er. »Was ist vorgefallen?«

Er bekam keine Antwort. Leó zögerte einen Moment und drehte sich zu Konráð um, als wollte er noch etwas sagen, aber setzte sich dann ins Taxi, das langsam losfuhr und hinter der Ecke verschwand.

Eygló war früh ins Bett gegangen, konnte aber trotz aller Müdigkeit und Erschöpfung nicht einschlafen. Der Ausflug nach Skorradalur hatte das Unbehagen, das sie seit dem Treffen mit Skaftis Mutter begleitete, nur verstärkt. In dem Haus hatte sie sich nicht wohlgefühlt und auf dem Nachhauseweg kaum ein Wort gesagt, und obwohl Konráð und sie nicht lange unterwegs gewesen waren, hatte sich ihr Körper danach ganz steif angefühlt. Am Abend hatte sie sich schnell etwas zum Essen gemacht und vor den Fernseher gesetzt, aber irgendwann überkam sie schließlich die Müdigkeit, und sie machte sich bereit fürs Bett, las noch ein wenig und ging dann schlafen.

Doch sie konnte nicht einschlafen. Etwas beschäftigte sie, das sie nicht genau benennen konnte. Sie wälzte sich im Bett und versuchte einige Tricks, die den Geist beruhigen sollten, aber vergeblich. Sie meinte, ein Geräusch im Wohnzimmer zu hören, und stand auf, um nachzusehen. Der Wind pfiff laut, und das nervige Geräusch kam vom Band der Jalousien, das gegen das offene Fenster schlug. Sie schloss es und legte sich wieder hin.

Eygló wusste nicht, wie lange oder ob sie überhaupt

geschlafen hatte. Als sie die Augen öffnete, war ihr übel, und sie überlegte, ob sie ins Bad müsste, um sich zu übergeben, als sie die Frau im Blumenkleid in ihrer Tür bemerkte. Sie zog an dem Faden, mit dem ihre Augen zugenäht waren, die sich daraufhin langsam öffneten und Eygló anstarrten, die sich im Bett aufgerichtet hatte und zurückstarrte, bis es ihr gelang, den Geist zu verbannen.

Danach fiel sie in einen tiefen Schlaf und wurde nicht weiter gestört.

Dreiundzwanzig

Nur wenige waren so komplett vom Glauben an die Sowjetunion abgefallen wie Níels Finnsson. Rückblickend betrachtete er seine politischen Ansichten in der Jugend als naiv, auch wenn er es damals ziemlich ernst gemeint hatte. Im Gymnasium war er einer der radikalsten Schüler gewesen, hatte sich den Demonstrationen gegen die Stationierung des US-Militärs in Keflavík angeschlossen und alles verachtet, was mit westlichem Kapitalismus zu tun hatte, insbesondere seine Auswirkung auf die isländische Gesellschaft. Er hatte sogar in der Schülerzeitung einen Artikel über die Verbrechen der reaktionären Bewegung und die Zerstörungskraft des Kapitalismus geschrieben und war im Vorstand einiger junger kommunistischer Gruppierungen gewesen, hatte Parolen gerufen und freitags vor dem staatlichen Alkoholgeschäft die Arbeiterzeitung verkauft. Er trug Strickpullis und eine grüne Arbeiterjacke wie die meisten jungen Kommunisten, vor allem jene, die wie er aus gut situierten Familien stammten. Spätestens als er auch noch karierte Flanellhemden aus einem Laden für Arbeitsbekleidung trug, verstanden seine Eltern nicht mehr, was in ihrem Jungen vorging. Die Rebellion richtete sich auch gegen sie, Kleinbürger ohne jeden Idealismus, die nichts über die Lebensbedingungen der arbeitenden

Bevölkerung wussten und die selbst ein großer Teil des Problems waren. »Lebensbedingungen der arbeitenden Bevölkerung?!«, hatte sein Vater gerufen, als er von dem Unsinn seines Jungen die Schnauze voll hatte. »Du hast noch nie in deinem Leben einen Finger gerührt!«

Níels hatte auf Konráðs Anruf und seine Fragen sehr misstrauisch reagiert und einem Treffen nur widerwillig zugestimmt. Es überraschte Konráð daher, wie offen und ehrlich er schließlich über seine Vergangenheit und persönliche Abrechnung mit dem Kommunismus sprach. Er sei hier in Island auf die Lüge über die Sowjetunion und Kuba hineingefallen, erst das Studium in Moskau habe ihm die Augen geöffnet. Am schwersten sei der erste Winter gewesen, er habe versucht, optimistisch zu bleiben, aber die Warenknappheit und die Überwachung und die vielen Geschichten über Gewalt und Unterdrückung hätten ihn immer mehr runtergezogen. Wohin er auch ging, erlebte er nur düstere Stimmung und Untätigkeit, und viele konnten nicht nachvollziehen, warum er sich ausgerechnet für ein Studium in Russland entschieden hatte, wenn er überall hätte hingehen können. Er harrte einen weiteren Winter aus, aber im dritten brach er das Studium ab und kehrte mit einer völlig neuen Weltanschauung nach Hause zurück. Die Erlebnisse in Moskau schrieb er nieder und veröffentlichte sie als Buch, das bei den konservativen Medien, die schon lange versucht hatten, auf die Lüge der isländischen Kommunisten aufmerksam zu machen, durchaus Aufsehen erregte.

Mittlerweile arbeitete er als vereidigter Übersetzer für Russisch und Englisch, hatte nie geheiratet oder Kinder bekommen, war leicht übergewichtig und hatte gelbe, vom Kettenrauchen verfärbte Zähne, einen grauen Bart und lange graue Haare, die er wie zur Erinnerung an seine rebellischen Jahre als Pferdeschwanz trug. Er war Vegetarier und schlug vor, Konráð zum Mittagessen in einem Lokal in der Innenstadt zu treffen, das seinem Anspruch an vegetarische Küche gerecht wurde. Statt für den Kalten Krieg interessierte er sich mittlerweile vor allem für Tier- und Naturschutz, insbesondere die Umweltzerstörung, einen Begriff, den er auf eine sehr gewichtige Art und Weise aussprach.

Konráð blieb in der Tür zum Lokal stehen und schaute sich erst einmal um. Níels wartete an einem Tisch in der Ecke und schien Konráð sofort zu erkennen. Er winkte ihm zu, stand auf und begrüßte ihn. Zur Sicherheit fragte er, ob er auch der richtige Mann sei. Er hatte bereits etwas von der Speisekarte gewählt, und Konráð bestellte sich einfach das Gleiche, denn er hatte keine Ahnung von vegetarischen Gerichten, weder warmen noch kalten. Ein junger Mann nahm ihre Bestellung auf. Níels wollte nur Wasser dazu trinken, aber Konráð gönnte sich ein großes biozertifiziertes Bier.

»Arbeitest du mit der Polizei zusammen?«, fragte Níels, der nicht lange um den heißen Brei herumredete. »Mit der habe ich bereits gesprochen.«

Konráð hatte am Telefon bereits erwähnt, dass er ehemaliger Kriminalbeamter sei und sich für eine mögliche Verbindung zwischen Péturs Verschwinden und Franklíns Tod bei Hafravatn interessiere. Er habe, wie es in einer kleinen Gesellschaft so passiere, davon erfahren, dass Franklín und er gute Bekannte gewesen seien.

»Ich stehe regelmäßig mit der Polizei in Kontakt«, sagte Konráð.

Níels fragte nicht weiter nach und begann zu erzählen, von seiner Jugend als rebellischer Teenager, der später seine Ansichten geändert und sich von den Sowjetherrschern und dem osteuropäischen Kommunismus abgewandt hatte, und dem falschen Trugbild, wie er es nannte. Konráð hörte schweigend zu, und ihm fiel auf, wie wütend und verbittert Níels immer noch war. Dieses Trugbild sei von der isländischen Linken nie aufgearbeitet worden, meinte er, obwohl er das oft gefordert habe.

»Ich hätte auf Pétur hören sollen, bevor ich nach Moskau gegangen bin«, sagte er und trank von seinem stillen Wasser. »Er hatte mir das alles erzählt und das perfekte Bild entlarvt. Manche anderen hier zu Hause haben natürlich Ähnliches erzählt, und wir haben die Geschichten aus Ungarn und der Tschechoslowakei gehört, von der Gewaltherrschaft der Sowjets erfahren, die sich nicht zuletzt gegen die eigene Bevölkerung richtete, aber man war nun einmal jung und hat auf so was nicht gehört. Das klang alles wie kapitalistische Propaganda.«

»Es war also nichts als jugendlicher Übermut? Oder Naivität?«

Níels schüttelte den Kopf.

»Ich habe mich schon oft gefragt, warum manche unserer besten Männer die sowjetische Gewaltherrschaft in Moskau mit Rat und Tat unterstützt haben. Und auch andere Diktaturen, in denen sämtliche politische Gegner ermordet oder weggesperrt wurden. Diese Länder, die wie riesige Gefängnislager waren.«

»Es scheint immer noch genug von ihnen zu geben. Wie hast du Pétur kennengelernt?«

»Franklín hat mich zu ihm geschickt. Sie kannten sich vom Handball und hatten zusammen diese Wäscherei eröffnet. Franklín und ich sind verwandt, aber hatten in den letzten Jahrzehnten kaum Kontakt. Er ist weggezogen und … ja, dann kam es, wie es eben kam.«

»War er etwa auch Kommunist? Früher?«

»Ja, er hatte sehr linke Ansichten«, sagte Níels, »und hat immer wieder bei uns mitgemacht, bei den Protestmärschen nach Keflavík zum Beispiel, aber dann hat sich das irgendwie verlaufen.«

»Und neulich hat er dich wieder kontaktiert? Bei seiner letzten Reise nach Island?«

»Er hat mich angerufen. Ich hatte lange nichts von ihm gehört.«

»Wollte er nur fragen, wie es dir geht, oder hatte er ein bestimmtes Anliegen …?«

»Nein, er wollte nur hören, wie es mir geht. Wir haben uns in der Stadt getroffen und uns zwei oder drei Stunden lang unterhalten … und das Nächste, was ich erfahre, ist, dass er tot bei Hafravatn aufgefunden und wahrscheinlich ermordet wurde. Das war völlig … völlig unverständlich. Es ist mir ein absolutes Rätsel, was da passiert ist. Wer ihm das angetan hat. Ich verstehe es einfach nicht.«

»Nein, ich glaube, das versteht momentan noch niemand«, sagte Konráð.

»Mein erster Gedanke war, dass er dort am See vielleicht Vögel beobachtet hat. Er hat sich früher sehr für Vögel interessiert. Darüber haben wir auch bei unserem Treffen gesprochen. Er kannte unglaublich viele Arten und ist oft in die Natur hinausgefahren, um sie zu beobachten, vor allem hier auf Reykjanes. Er hatte immer ein Fernglas und eine Kamera dabei, wohin er auch ging.«

»Weißt du, wie Franklín und Pétur früher zueinander standen? Waren sie enge Freunde?«

»Sie hatten ein gutes Verhältnis, glaube ich. Das hat Franklín oft gesagt. Ich habe damals in Moskau davon erfahren«, sagte Níels. »Dass Pétur verschwunden ist.«

»Warst du geschockt?«

»Sehr. Ich hatte ihn ein paarmal getroffen, und er war immer sehr hilfsbereit gewesen. Eine sehr angenehme Bekanntschaft.«

»Ja, es hat alle sehr überrascht.«

»War es nicht ein gewöhnlicher Vermisstenfall?«, fragte Níels.

»Ein gewöhnlicher Vermisstenfall?«

»Ja, du weißt schon, Selbstmord?«

»Hat Franklín bei eurem Treffen neulich etwas darüber gesagt?«, fragte Konráð, weil er nicht genau wusste, was er antworten sollte.

»Nein, nicht viel«, sagte Níels.

»Hast du ihn nicht gefragt?«

»Nein, das habe ich nicht. Daran habe ich gar nicht gedacht. Es war irgendwie … Franklín war bei dem Treffen anders als früher.«

»Was meinst du?«

»Ich habe ihn gefragt, wie es ihm geht, ob alles in Ordnung ist, weil er eher betrübt gewirkt hat. Mit den Gedanken woanders. Er meinte, er wollte ein paar alte Freunde treffen und dergleichen, aber es kam mir so vor, als wäre er … nicht ganz er selbst.«

»Hast du jemals darüber nachgedacht, ob Franklín vielleicht etwas mit Péturs Verschwinden zu tun hatte?«

»Nein, nie.«

Falls die Frage Níels verwunderte, ließ er es sich nicht anmerken. Er aß auf und schob den Teller von sich weg.

»Denkst du, dass es da einen Zusammenhang gibt?«, fragte er. »Zwischen Péturs Verschwinden und Franklíns Tod, jetzt, Jahrzehnte später? Ist es das, was du herausfinden willst?«

»Ich weiß es nicht«, sagte Konráð und starrte auf seinen Teller, den er bisher kaum angerührt hatte.

»Gehst du davon aus, dass Franklín etwas mit Péturs Verschwinden zu tun hatte?«

»Nein, ganz und gar nicht. Ich überlege nur vor mich hin«, sagte Konráð. »Eine Frage habe ich noch, weißt du etwas über die ehemalige Heringskommission?«

»Es ist lange her, dass ich davon was gehört habe«, sagte Níels. »Was ist damit?«

»Ich weiß es nicht«, sagte Konráð. »Ich habe ein wenig zu unseren früheren Beziehungen mit den Russen herumgefragt, und da hat jemand die Kommission erwähnt.«

»Die Sowjets gehörten zwischenzeitlich zu unseren größten Abnehmern von Salzhering, drei Viertel des Fangs gingen dorthin, wahrscheinlich genau um diese Zeit herum, in den frühen Achtzigerjahren. Ich weiß nicht mehr, ob sie dafür mit Öl bezahlt haben. Wohl kaum in Rubel.«

»Die Heringskommission ist doch regelmäßig für Verhandlungen nach Moskau gereist, wenn ich mich recht erinnere?«, sagte Konráð. »Immer ein paar Tage geblieben, manchmal sogar Wochen.«

»Ja, das stimmt, irgendwann war ich einmal bei einem Empfang der isländischen Botschaft, und da war die Kommission gerade in der Stadt«, erzählte Níels. »Ich habe mich mit irgendeinem Typen aus dem Handelsministerium unterhalten, der in der Kommission saß. Kurz darauf wurde er dann tot in einem Hotelzimmer in Österreich aufgefunden. Er war im Skiurlaub. Es war ein Herzinfarkt oder so ähnlich.«

»Und die russischen Trawler, weißt du etwas darüber?«

»Die russischen Trawler? Nein, nicht viel.«

»Sie haben hier im Nordatlantik definitiv nicht nur Fisch gefangen«, sagte Konráð.

»Nein, wahrscheinlich nicht«, bestätigte Níels. »Das Einzige, an das ich mich erinnere, waren die Ladas.«

»Die Ladas?«

»Ja, weißt du nicht mehr? Ich fand das sehr raffiniert. Die russischen Seeleute haben hier kaputte Ladas gekauft und sie mit nach Hause genommen.«

»Stimmt, das hatte ich vergessen«, sagte Konráð.

»Ist natürlich lange her.«

»Die Leute fanden es besser, die alten Karren auf dem Weg loszuwerden, anstatt sie zu verschrotten«, sagte Konráð, als ihm wieder einfiel, dass russische Seeleute den Isländern früher ihre alten Ladas abgekauft hatten.

»Ja, genau«, sagte Níels.

»Hast du so was auch gemacht?«, fragte Konráð.

»Nein, ich hatte kein Auto«, sagte Níels. »Das fiel mir nur ein, als du die russischen Trawler erwähnt hast.«

Er warf einen Blick auf Konráðs Teller.

»Willst du nichts mehr essen?«

»Nein«, sagte Konráð, »das ist nicht ... nicht so ganz mein Geschmack.«

»Darf ich?«, fragte Níels, zog den Teller zu sich heran

und hatte begonnen zu essen, bevor Konráð *Linsenpuffer* sagen konnte.

Konráð saß bei sich zu Hause und schaute einen brutalen amerikanischen Mafiafilm. Wirklich konzentrieren konnte er sich nicht, denn die russischen Ladas gingen ihm nicht aus dem Kopf. Er musste an einen alten Fall denken, bei dem es um einen Diebstahl gegangen war und an den er sich lange nicht mehr erinnert hatte. Ein Mann war zum Polizeidezernat gekommen, ganz niedergeschlagen, weil man ihm seinen Lada gestohlen hatte. Er hatte ein Bild davon in seiner Brieftasche, auf dem er neben dem Auto stand und zufrieden in die Kamera lächelte. Er hatte die Ladas gelobt, es seien feine Autos, nur die Lenkung sei etwas schwergängig.

Soweit Konráð sich erinnerte, war das am selben Tag gewesen, an dem er sich auch zum ersten Mal mit Ívan unterhalten hatte, damals, als der Fall von Péturs Verschwinden auf seinem Schreibtisch landete. Vermutlich war der Autodiebstahl in dem ganzen Trubel untergegangen.

Er musste das genauer überprüfen, aber wenn er das richtig im Gedächtnis hatte, war der Lada vom Parkplatz vor dem Haus des Mannes verschwunden, und soweit er wusste, nie wieder aufgetaucht.

Das ging ihm gerade durch den Kopf, als sich seine Aufmerksamkeit wieder auf den amerikanischen Mafiafilm richtete. Drei Schlägertypen hatten einen Mann in den Kofferraum ihres Autos gesteckt und waren mit ihm irgendwo in die Wildnis hinausgefahren. Als sie den Kofferraum schließlich wieder öffneten, holten sie ihre Waffen hervor und schossen mehrmals auf ihn.

Konráð hatte den Faden verloren, hatte keine Lust auf diese ungehemmte Gewalt und schaltete den Fernseher aus. Er kannte den Film nicht. War seit Ewigkeiten nicht mehr im Kino gewesen. Früher war er öfter mal mit Leó gegangen. Er war gerade aufgestanden, als das Bild von dem Opfer im Kofferraum wieder vor seinem inneren Auge auftauchte. Er ließ sich in den Sessel zurückfallen, machte den Fernseher wieder an und schaute den Film weiter, dachte über Ladas nach und das russische Spionageschiff im Hafen von Reykjavík und den Eigentümer der Wäscherei, von dem seitdem nie wieder jemand etwas gehört hatte …

Vierundzwanzig

Olga war für gewöhnlich etwas schnippisch und nicht immer hilfsbereit, wenn jemand im Polizeiarchiv Reykjavík etwas von ihr wollte, aber Konráð wusste, wie er mit ihr umgehen musste, und konnte sie schnell dazu überreden, für ihn etwas über den Diebstahl eines Lada im Jahr 1983 nachzusehen. Er sagte ihr nicht, warum er das wissen wollte, denn dann hätte er ihr von dem möglichen Zusammenhang mit Péturs Verschwinden und der Leiche bei Hafravatn erzählen müssen, und darauf hatte er keine Lust. Stattdessen umschrieb er geschickt sein Anliegen, und zu seiner Erleichterung fragte Olga nicht weiter nach, sondern versprach, für ihn nachzusehen und ihn dann anzurufen. Konráð machte in aller Ruhe Kaffee, bevor er sich wieder an den Computer setzte und durch das Internet scrollte. Schon kurz darauf meldete sich Olga zurück, sie hatte die Unterlagen zu dem Diebstahl gefunden. Der Fall sei immer noch ungelöst, sagte sie. Konráðs Erinnerung hatte ihn nicht getäuscht, der Lada war tatsächlich am Tag von Péturs Verschwinden als gestohlen gemeldet worden. Olga nannte Konráð den Besitzer des Wagens und seine Adresse. Dann fragte sie noch, wie es ihm gehe und dergleichen, und Konráð antwortete freundlich, schließlich war Olga so nett gewesen, ihm zu helfen.

Jetzt, wo er den Namen des Mannes kannte, gab er ihn in die Suchmaschine ein und fand über Traueranzeigen schnell heraus, dass er vor einigen Jahren verstorben war, aber drei Kinder hinterlassen hatte, einen Sohn und zwei Töchter. Sie wurden alle namentlich erwähnt, doch es gab jede Menge Männer und Frauen mit diesem Namen. Also telefonierte sich Konráð mit seinem seltsamen Anliegen durch die ganze Stadt, bis er auf die Tochter des Mannes stieß.

»Das ist ja wohl ein Witz?«, sagte die Frau, als Konráð ihr den Grund für seinen Anruf nannte. »Fragst du mich ernsthaft nach dem alten Lada meines Vaters?!«

Er bat um Verzeihung, dass er sie mit so etwas belästige.

»Aber das ist doch schon so lange her«, sagte sie. »Ich hatte das längst vergessen.«

»Ich weiß, für dich muss das längst Schnee von gestern sein«, meinte Konráð und erklärte, dass er viele Jahre bei der Polizei gearbeitet habe und sich jetzt alte Fälle ansehe. Er denke sogar darüber nach, ein Buch zu schreiben, fügte er hinzu. Memoiren eines Kriminalpolizisten oder etwas in der Art. Das erzählte er manchmal, wenn Menschen nicht verstanden, warum er sie besuchte und seltsame Fragen zu uralten Fällen stellte.

»Warte … hast du ihn etwa gefunden? Den alten Lada? Nein, das kann nicht sein …«

»Nein, er ist nie wieder aufgetaucht. Nicht wahr?«

»Sollte die Polizei das nicht wissen?«

»Manchmal klären sich Fälle von selbst«, sagte Konráð, »aber dann erfahren wir oft gar nichts davon.«

»Mein Vater hat das Auto nie wiedergesehen«, sagte die Frau, als die Erinnerung an den gestohlenen Wagen ihres Vaters zurückkehrte. »Er war nicht zufrieden damit, wie ihr mit dem Fall umgegangen seid«, sagte sie. »Das weiß ich noch. Er meinte, bei der Polizei würden nur Waschlappen arbeiten. Ist nicht persönlich gemeint, aber das hat er gesagt. Er war sehr enttäuscht von euch. Hatte das Gefühl, dass ihr nichts unternehmt, um das Auto zu finden. Hast du etwa in dem Fall ermittelt?«

»Ich habe die Meldung entgegengenommen«, sagte Konráð. »Und erinnere mich dunkel an deinen Vater.«

»Du weißt, dass er mittlerweile verstorben ist?«

»Ja«, sagte Konráð. »Vor einigen Jahren schon. Das alles ist natürlich schon schrecklich lange her, aber weißt du vielleicht noch, ob er irgendeine Vermutung hatte, wer sein Auto gestohlen haben könnte?«

»Manchmal kam es uns so vor, als hätte er an dem Tag mehr verloren als diesen Lada«, sagte die Frau und ignorierte seine Frage.

Sie erinnerte sich daran, dass ihr Vater oft gemeint hatte, seinen Lada auf der Straße zu sehen, aber es sei doch immer ein anderes Auto gewesen. Er habe lange danach gesucht. Mit den Nachbarn gesprochen. In den anliegenden Straßen. Er hatte immer sehr gut für seine Autos gesorgt und eine seltsame Bindung zu ihnen aufgebaut. Es schien fast, als hätte er mit dem Lada einen engen Freund verloren. Er bekam nie Antworten darauf, was mit dem Wagen passiert war. Die Versicherung zahlte auch nicht. In den Wochen nach dem Diebstahl machte er lange Spaziergänge durch die Stadt und hielt Ausschau nach Ladas. Irgendwann kaufte er sich schließlich ein anderes Auto. Auch aus einem kommunistischen Land, diesmal aus der DDR, einen gebrauchten Wartburg, der ihm genauso viel bedeutete wie der Lada.

»Bist du mit diesen Fragen nicht etwas spät dran?«, fragte die Tochter des Mannes, dem der Lada gehört hatte, als sie endlich verstand, worum es ging. »Was willst du eigentlich wirklich herausfinden?«

»Ist dein Vater jemals auf die Idee gekommen, dass der Lada vielleicht ins Ausland gebracht wurde?«, fragte Konráð.

»Ins Ausland? Papas Auto? Wer hätte sich denn die Mühe machen sollen?«

»Mit einem russischen Trawler? Das ist damals öfter vorgekommen, die Leute haben alte Ladas an russische Seeleute verkauft, die hier mit ihren Schiffen anlegten. Weißt du, ob dein Vater jemals darüber nachgedacht hat?«

Er sah, dass die Frau ihre Erinnerungen angestrengt nach russischen Trawlern durchforstete.

»Das glaube ich nicht«, sagte sie. »Mein Vater dachte, der Lada wäre aufs Land gebracht worden. Vielleicht verkauft. Das wäre nicht schwer gewesen. Aber nicht ins Ausland. Davon habe ich tatsächlich noch nie etwas gehört.«

»Nein, das ist auch alles sehr lange her. Autodiebstähle wurden damals vermutlich nicht so ernst genommen«, sagte Konráð, wie um die Untätigkeit der Polizei zu entschuldigen. »Die Fälle klärten sich meist irgendwie von selbst und …«

»Und solche alten Karren hatten keine Priorität, meinst du?«, fragte die Frau.

Konráð bedankte sich bei ihr für die Geduld, und sie verabschiedeten sich, und kurz nachdem er aufgelegt hatte, klingelte sein Handy.

»Was hast du vor?«, fragte Marta verärgert, und ihrer

Stimme war anzuhören, dass sie auch so schon genug zu tun hatte und sich nicht auch noch mit seinen Eskapaden auseinandersetzen wollte.

»Was ich vorhabe?«, fragte Konráð, den die Frage ein wenig verwirrte. »Ich suche einen alten Lada.«

»Lada? Was ist das? Eine Seife?«, fragte Marta. Sie redete ohne Punkt und Komma, wie sie es immer tat, wenn sie sich aufregte.

»Ja, ich suche eine alte Seife. Erinnerst du dich nicht an die Ladas? Die russischen Schrottkarren?«

»Ich habe gehört, dass du Franklíns Frau behelligt hast«, sagte Marta und ignorierte seine Antwort.

»Exfrau. Hat sie sich bei dir beschwert? Behelligt ist vielleicht nicht das richtige …«

»Warum machst du das ständig? Kannst du nicht die Finger von diesen alten Fällen lassen?«

»Péturs Fall war nicht nur irgendein Fall. Ich kannte seinen Sohn gut. Ich muss mich nicht rechtfertigen, mit wem ich mich unterhalte und warum, Marta.«

»Ja, aber wenn ich dir im Vertrauen interne Informationen weitergebe, bedeutet das nicht, dass du wie ein verdammter Schnüffler losrennen sollst, um wildfremde Leute zu befragen!«

Marta fauchte mittlerweile ins Telefon.

»Ich mache das nicht, weil du mir irgendetwas erzählt hast, Marta. Ich habe jemanden getroffen, der einmal im Auswärtigen Dienst tätig war. Am Tag von Péturs Verschwinden wurde ein Lada von einem Parkplatz gestohlen …«

»Ach, fahr doch zur Hölle mit deinem verdammten Lada!!«

Fünfundzwanzig

Leó hatte einmal über seinen Onkel Alfons gesagt, dass dieser alles in seiner Macht Stehende tat, um nicht aufzufallen. Das ging sogar so weit, dass er nur telefonierte, wenn es unbedingt nötig war. Er vermied es, online zu kommunizieren, verschickte nur selten E-Mails und benutzte immer nur die Mailadresse der Firma, eine eigene besaß er nicht. Von den sozialen Medien hielt er sich natürlich auch fern. Auch in den Archiven dieser Medien fanden sich nur sehr wenige Bilder von ihm. Leó hatte einmal erzählt, dass sein Onkel jemanden zu den Tageszeitungen geschickt hatte, um alle Bilder von ihm aus ihren Mappen zu entfernen. Außerdem schickte Alfons immer seinen Bruder zu beruflichen Veranstaltungen, der liebte schließlich das Rampenlicht, so sehr sogar, dass Alfons sich manchmal Sorgen deswegen machte und ihn bat, sich zurückzuhalten. Vor allem, als Bilder von seinem Bruder in den Klatschblättern auftauchten, auf denen er mit einigen schönen Frauen aus einem Stripclub zu sehen war und über beide Ohren grinste.

Deshalb war Konráð nicht sonderlich überrascht, als es spätabends nach Martas wütendem Anruf noch an seiner Tür klingelte und ein höflicher und ordentlich gekleideter Mann vor ihm stand und ihm mitteilte, dass Alfons ihn treffen wolle und er ihn gerne direkt zu ihm bringen könne, da sie ein Stück fahren müssten. Konráð wusste, dass es nichts bringen würde, den Mann zu fragen, was Alfons um diese Uhrzeit von ihm wollte, doch genau das war es, worüber er nachdachte, als er in den klapprigen fünfzehn Jahre alten Ford-Jeep des höflichen Mannes stieg und sie stadtauswärts und weiter über die Hochebene Hellisheiði Richtung Osten fuhren. Er ahnte aber, dass die Aktion etwas mit Leó zu tun haben könnte. Für gewöhnlich stieg Konráð nicht mit Unbekannten ins Auto, um zu irgendwelchen Treffen zu fahren, aber seine Neugier war geweckt. Er hätte sich beinahe schon selbst auf die Suche nach Alfons gemacht, und dieser seltsame Abendausflug vereinfachte die Sache. Außerdem war es noch nicht so lange her, dass er Leó voller Verzweiflung und hasserfüllter Wut um einen Gefallen gebeten hatte. Konráðs Schwester war angegriffen worden und hatte im Krankenhaus um ihr Leben gekämpft. Also war er zu Leó gegangen, der wiederum mit seinen Onkeln gesprochen hatte. Sie nutzten ihre Kontakte, um den Angreifer ausfindig zu machen und ihm eine heftige Abreibung zu verpassen, alles auf Konráðs Bitte hin.

Deshalb fragte er nicht nach dem Ziel der Reise, als sie die Serpentinen bei Hveragerði hinunterfuhren und vor Selfoss Richtung Grímsnes abbogen. Es herrschte relativ viel Verkehr, Menschen, die ein paar Tage in ihren Sommerhäusern genießen wollten, und Touristen auf dem Weg zu ihren Unterkünften.

Schon bald bog der höfliche Mann auf eine Privatstraße Richtung Osten ein.

Er rief eine Nummer an, und vor ihnen öffnete sich eine große eiserne Schranke, von der aus ein Schotterweg zu einem gut erhaltenen alten Sommerhaus führte. Es war umgeben von Gebüsch und einer Sonnenterrasse mit Whirlpool, auf der man sowohl den Südwind als auch die Sonnenuntergänge genießen konnte. Nichts deutete auf den Reichtum des Besitzers hin. Das Sommerhaus war nur einige Dutzend Quadratmeter groß und hatte einen altmodisch hohen Giebel. Konráð wunderte sich, wie wenig glamourös es wirkte, doch natürlich wusste er, dass Alfons seinen Reichtum nirgendwo offen zur Schau stellte. Ganz im Gegensatz zu seinem kürzlich verstorbenen Bruder, der im Luxus schwelgte und in einer Villa auf Arnarsnes gelebt hatte, mit allem Drum und Dran und drei großen Autos in der Garage. Doch Alfons lebte immer noch in dem kleinen Haus im Teigarhverfi, das ihrer Mutter gehört hatte, und fuhr mit einem billigen Gebrauchtwagen herum. Das habe nichts mit Geiz zu tun, behauptete Leó, er sei eben sehr genügsam. Sein Onkel habe in seinem Leben auch nur äußerst selten das Land verlassen. Er sehe keinen Grund dafür, meinte Leó.

»Ich muss dich bitten, mir dein Handy zu geben«, sagte der höfliche Mann, als er den Motor abgestellt hatte. »Ich hoffe, du verstehst das.«

»Ich verstehe gar nichts«, sagte Konráð und starrte auf die Terrasse mit dem Whirlpool. Er war mit einer Plane abgedeckt, als wäre er seit Langem nicht benutzt worden. Konráð fragte sich, ob es damit zu tun hatte, dass Alfons' Frau vor einigen Jahren verstorben war.

»Ich muss leider darauf bestehen«, sagte der Mann, noch höflicher als zuvor. »Es ist nichts Persönliches, das gilt für alle. Alfons will sich ungestört unterhalten können.«

»Ohne abgehört zu werden, meinst du?«

»Wenn du so freundlich wärst.«

Konráð wollte sein Handy nur ungern bei dem Mann lassen, schließlich enthielt es seine persönlichen Daten, aber nach kurzer Verhandlung im Auto kamen sie zu einer Übereinkunft. Konráð würde ihm das Handy geben, unter der Bedingung, dass er es immer im Auge behalten dürfe. Der höfliche Mann meinte, darauf könne er sich einlassen.

Sie stiegen aus dem Auto und gingen zur Tür, die der Mann mit einem Schlüssel öffnete. Er brachte Konráð ins Wohnzimmer, ließ sich das Handy geben und stellte sicher, dass keine Aufnahme lief, bevor er es auf den Wohnzimmertisch legte. Dann bat er Konráð, sich zu setzen, und fragte ihn, ob er etwas trinken wolle. Konráð bat um ein Glas Rotwein, denn er wollte wissen, welchen Wein Menschen tranken, die einen zu einem Treffen quer durch die Bezirke aufs Land hinauskarrten. Der höfliche Mann öffnete einen eingebauten Weinschrank und meinte, er habe gehört, dass Konráð am liebsten einen australischen Shiraz namens The Dead Arm trinke, von dem er zufällig noch eine Flasche dahabe.

Konráð fragte nicht, woher der Mann das wusste. Vermutlich über Leó.

Dann warteten sie still, und der Mann behielt das Handy im Auge, bis die Haustür hinter ihnen aufging und Alfons eintrat, mit seiner großen Hornbrille und in einer alten Tweedjacke, klein gewachsen, der Rücken ein wenig krumm und mit überkämmter Glatze. Er sah aus, als wäre er ein freundlicher Komponist aus Kópavogur, bereit, sich ans Klavier zu setzen, um mit seinen Fingern ein schönes selbst komponiertes Lied hervorzuzaubern.

Ein Lächeln huschte über seine Lippen, als er Konráð zur Begrüßung die Hand reichte, ihn willkommen hieß und sich für die Unannehmlichkeiten entschuldigte. Er halte sich nur noch hier auf dem Land auf und fahre gar nicht mehr in die Stadt. Außerdem gestand er, diese vielen modernen Kommunikationstechniken nicht zu nutzen, weil er Angst habe, dass dadurch sensible Informationen in die falschen Hände geraten könnten. Für seine Angestellten sei es die reinste Hölle, sagte Alfons und lächelte breit, und natürlich auch für alle anderen, die ihn erreichen wollten.

»Ich verstehe diese moderne Technik nicht und lasse tunlichst meine Finger davon«, sagte er. »Alles, was man sagt, steht sofort im Internet. Alles, was man tut, wird fotografiert oder gefilmt.«

»Ist Leó hier?«, fragte Konráð.

»Nein, Leó ist in der Stadt. Wir machen uns Sorgen um ihn. Um seine Familie. Er hat immer schon viel getrunken, aber in letzter Zeit ist es noch schlimmer geworden. Der arme Mann redet oft wirres Zeug über Dinge, die nie passiert sind.«

»Du machst dir also Sorgen um ihn?«

»Ja, natürlich.«

»Nein, ich meine, machst du dir aus einem bestimmten Grund Sorgen um ihn?«, sagte Konráð und blickte sich um.

Der höfliche Mann war unauffällig aus dem Wohnzimmer in einen separaten Küchenbereich gegangen. Alfons lächelte.

»Soweit ich weiß, hast du ihn in letzter Zeit behelligt«, sagte er. »Das ist in seinem Zustand gar nicht gut für ihn. Leó ist Alkoholiker und benötigt professionelle Hilfe. Das Letzte, was er braucht, sind alte Kollegen von der Polizei, die sich irgendeinen Unsinn aus der Vergangenheit zusammenspinnen.«

»Meinst du mich?«

»Ich wollte fragen, ob du mir einen Gefallen tun könntest. Im Gegenzug kann ich hoffentlich auch etwas für dich tun. Was auch immer du willst.«

»Was für einen Gefallen?«

»Ich will dich bitten, Leó in Frieden zu lassen.«

»Ich denke nicht, dass ich gerade das größte Problem in seinem Leben bin«, sagte Konráð.

»Den Rest lass meine Sorge sein.«

»Ich habe mich nur bei ihm nach dem Skafti-Fall erkundigt«, sagte Konráð. »Die Polizei hat ihm dieselben Fragen gestellt. Die Leute wollen wissen, wie es dazu kam, dass der falsche Mann für den Mord an Skafti ins Gefängnis musste. Leó hat bei den Ermittlungen eine wichtige Rolle gespielt. Es ist völlig normal, dass er befragt wurde.«

»Er hat die Fragen beantwortet, und der Polizei genügen diese Antworten«, sagte Alfons. »Der Einzige, der noch darauf herumreitet, bist du. Und aus irgendeinem Grund hört Leó auf dich. Er hört auf das, was du sagst. Ihr wart Freunde. Niemand weiß das besser als ich. Ihr habt damals viel für mich getan, wofür ich sehr dankbar bin. Das habe ich nicht vergessen.«

Die Drohung hatte einen sanften Klang, beinahe wie der Liedtext eines Schlagers. Konráð tat so, als hätte er sie nicht gehört.

»Warum hast du Leó in der Nacht von Skaftis Verschwinden angerufen?«

»Ich habe Leó nicht angerufen«, sagte Alfons. »Da hast du etwas falsch verstanden.«

»Dóra erinnert sich daran, als wäre es gestern passiert«, sagte Konráð. »Du hast Leó angerufen, und er ist in dieser Nacht zu dir gefahren. Sie hat ihn an ihrem Geburtstag den ganzen Tag lang nicht gesehen. Und als er endlich wieder nach Hause kam, war er nicht er selbst, sondern angespannt und verzweifelt. Ihren Geburtstag hatte er völlig vergessen.«

Konráð hatte die Geschichte ein wenig ausgeschmückt. Angespannt und verzweifelt hatte er selbst hinzugefügt.

»Leó hat mir erzählt, dass du das behauptest, also bin ich der Sache nachgegangen«, sagte Alfons. »Ich habe ihn oft angerufen, manchmal auch spätabends und sogar in der Nacht, in der Hinsicht hatte die arme Frau durchaus recht. Ein möglicher Grund dafür war etwa, dass irgendeiner meiner Geschäftspartner oder ein wichtiger Kontakt betrunken am Steuer erwischt wurde und ich der Meinung war, dass Leó helfen könnte. Ich gebe zu, dass ich die familiären Verbindungen manchmal ausgenutzt habe, aber er war immer sehr hilfsbereit, also ... also ist es vielleicht öfter passiert, als unbedingt nötig gewesen wäre. Menschen kommen oft mit allerlei Problemen zu mir, und meine Schwäche ist, dass ich eine Bitte nur schwer abschlagen kann. Das gebe ich zu. Kann sein, dass ich Leo wegen etwas in der Art kontaktiert habe, aber bestimmt nicht an dem Tag, von dem du sprichst, und es hatte definitiv nichts mit diesem Skafti zu tun.«

»Aber ich habe offenbar einen wunden Punkt getroffen«, sagte Konráð. »Du lässt mich hier aufs Land bringen, nur um mir das zu erklären. Warum in aller Welt machst du dir diese Mühe?«

»Es kursieren so einige Geschichten über mich, die nichts mit der Wahrheit zu tun haben. Das stört mich, und ich will nicht, dass du diesen Unsinn weiterverbreitest. Dóra erinnert sich einfach nicht richtig. Das kann sie dir auch selbst sagen.«

»Kanntest du Skafti?«

»Skafti? Nein.«

»Hat er irgendwann für dich gearbeitet?«

Alfons sah Konráð durch die große Brille an, als fehle ihm für derartige Fragen die Geduld.

»Wie ist Skafti dort in der Grube gelandet?«, fragte Konráð.

»Das fragst du mich allen Ernstes«, sagte Alfons völlig ruhig.

»Weißt du es?«

Alfons griff nach Konráðs Handy und hielt es ihm hin.

»Sprich noch einmal mit Dóra«, sagte er.

»Ich habe kein Interesse daran, mit Dóra zu sprechen«, sagte Konráð.

»Sprich mit ihr«, sagte Alfons. »Ich denke, das bist du mir noch schuldig. Für Elísabet.«

Konráð versuchte, sich nicht anmerken zu lassen, wie sehr es ihn irritierte, ihren Namen aus Alfons' Mund zu hören.

»So heißt sie doch?«, fuhr er fort. »Deine Schwester?«

Sechsundzwanzig

Konráð nahm das Handy zögernd entgegen. Er sah abwechselnd Alfons und das Telefon an, war unsicher, was er tun sollte. Am anderen Ende hörte er Dóra.

»Hallo, Dóra«, sagte er schließlich und entschuldigte sich für die späte Störung, aber er wolle noch einmal mit ihr über die Sache von neulich sprechen, den Anruf, den Leó bekommen hatte, und …

Er hätte sich seine Worte sparen können, Dóra hatte bereits mit dem Anruf gerechnet. Sie wusste, worum es ging, und wollte ihre damalige Aussage unbedingt richtigstellen.

»Ja, Konráð, ich hatte das falsch in Erinnerung«, warf sie schnell ein, bevor er weiterreden konnte. »Ich weiß nicht, warum ich das gesagt habe, und wollte deswegen noch mal mit dir sprechen. Ich habe noch mal über alles nachgedacht, und mir ist klar geworden, dass ich mich vertan haben muss, als ich meinte, Alfons hätte Leó in der Nacht angerufen. Das war erst ein Jahr später, Konráð, also … das war nicht in der Nacht, in der dieser … dieser Skafti verschwunden ist. Das war im Jahr darauf. Und als du schon weg warst, ist mir wieder eingefallen, dass es um einen Bekannten von Alfons ging, der Probleme mit der Polizei hatte.«

»Verstehe«, sagte Konráð. Er hatte nicht vor, in diesem Moment mit ihr zu diskutieren. »Kann passieren, Dóra. Dass man sich falsch erinnert. Ich kann das sehr gut nachvollziehen.«

»Ja, genau, ich habe mich falsch erinnert, genau so war es«, sagte Dóra. »Entschuldige den dummen Fehler.«

»Mach dir keine Gedanken, Dóra, das passiert mir auch ständig, ich denke, ich würde mich glasklar erinnern, aber dann stellt sich heraus, dass es völliger Unsinn war. Entschuldige noch einmal die späte Störung.«

»Schön, von dir zu hören, Konráð. Es hat früher immer gutgetan, mit dir zu reden. Wir sollten uns mal treffen und über die schönen Dinge sprechen, die wir zusammen erlebt haben.«

Sie verabschiedeten sich, und Konráð steckte das Handy in seine Tasche.

»Alles ein Irrtum ihrerseits«, sagte er. »Sie hat sich falsch erinnert, und das jetzt klargestellt.«

»Dóra ist ein guter Mensch«, sagte Alfons. »Sie hat immer zu Leó gehalten. Auch nach der Scheidung.«

»Sind wir dann hier fertig?«, fragte Konráð. »Ist alles geklärt?«

Er sah Alfons an, geschniegelt und gestriegelt, mit der großen Hornbrille und dem freundlichen Gesichtsausdruck, der in keiner Weise zu seiner Hartnäckigkeit und der verbrecherischen Vergangenheit passte, ohne die er es nicht geschafft hätte, sich in seiner Branche durchzusetzen. Konráð wusste über vieles Bescheid, weil er manchmal selbst seine Finger mit im Spiel gehabt hatte. Das war, nachdem Leó seinen Onkel gebeten hatte, einige seiner Handwerker und Arbeiter zu ihm zu schicken, um das Haus fertigzustellen, das seine Frau

Erna und er in Árbær bauten. Ohne seine Hilfe wären sie zahlungsunfähig gewesen. Konráð erzählte Erna erst viel später, dass er sowohl Arbeitskräfte als auch Baumaterialien von Alfons angenommen hatte und den Brüdern dafür mit einigen Gefälligkeiten entgegengekommen war. Das bedeutete vor allem, ein Auge zuzudrücken, wenn in ihren Restaurants und Clubs nicht alle Gesetze eingehalten wurden. Außerdem hatte er von der Militärbasis der US-Amerikaner in Keflavík Alkohol und Tabak geschmuggelt, und Leó und er hatten die Brüder gewarnt, wenn die Polizei oder Zollbehörde Razzien auf Frachtschiffen plante, mit denen sie illegale Geschäfte machten. Drogen waren damals immer beliebter geworden, und die Brüder waren auf diesen Zug aufgesprungen, manchmal mit Leós Hilfe und Konráðs Mitwissen. Die Einnahmen wuschen sie über ihre Bauunternehmen. Als ihre Firma immer größer wurde, nahmen die illegalen Aktivitäten nach und nach ab, bis sie irgendwann der Vergangenheit angehörten, aber Leó erzählte Konráð manchmal noch, meist wenn er betrunken war, von der Schamlosigkeit der Brüder, von Bestechungsgeldern für Grundstücksverträge, Betrug beim Erstellen von Angeboten und sogar von Drohung und Erpressung, wenn es darum ging, eine Genehmigung für ihre Bauvorhaben zu bekommen.

»Ich bin nicht dein Feind«, sagte Alfons und nahm Konráðs Hand. »Vergiss das nicht. Ich war es nicht, als Leó und du für uns herumgefahren seid, und bin es auch jetzt nicht. Als deine Schwester angegriffen wurde, war es für mich eine Selbstverständlichkeit, dir zu helfen. Dafür verlange ich nichts im Gegenzug. Leó ist ein guter Freund und mein Neffe, und ich kann nur schwer mitansehen, wie mit ihm umgesprungen wird. Ich weiß, ihr seid nicht mehr so gut befreundet wie früher, aber ich bin mir sicher, dass du ihm nichts Böses willst.«

»Leó konnte sich meist selbst helfen«, sagte Konráð. Der höfliche Chauffeur war aus der Küche hervorgetreten.

»Danke dir, Konráð«, sagte Alfons, »und gute Fahrt zurück nach Reykjavík. Grüße an Beta«, fügte er hinzu, als wäre es ihm plötzlich eingefallen. »Beta, so wird sie doch genannt? Deine Schwester? Ich hoffe, es geht ihr gut.«

»Richte ich aus«, sagte Konráð ruhig.

»Es war damals alles andere als schön zu hören, dass sie so brutal angegriffen wurde. Das ist doch erst wenige Monate her, nicht wahr?«

»Ja«, erwiderte Konráð.

»Wir müssen aufpassen, dass es nicht wieder passiert«, sagte Alfons, löste den Handschlag und tätschelte Konráðs Arm. »Wir müssen verhindern, dass es wieder passiert.«

»Das wird es nicht.«

»Und wie heißt er noch mal, Húgó, nicht wahr, dein Sohn? Zwillinge, soweit ich weiß. Die Enkelkinder.«

Konráð antwortete ihm nicht.

»Ich weiß, wie wichtig Familie ist«, sagte Alfons. »Deshalb will ich Leó helfen. Ich hoffe, das verstehst du. Und ich hoffe, dir ist deine eigene Familie genauso wichtig.«

»Was willst du damit sagen? Ist das eine Drohung?«

Alfons lachte kurz.

»Ich will nur sagen, dass Familie wichtig ist. Das ist keine Drohung, sondern eine Tatsache.«

»Was hast du zu Dóra gesagt?«, fragte Konráð, der genug von den Anspielungen hatte. »Was hast du zu ihr gesagt, damit sie plötzlich etwas anderes behauptet?«

»Dóra war schon immer eine sehr vernünftige Frau«, sagte Alfons. »Es war nur eine falsche Erinnerung. Das hat sie dir mit Sicherheit alles erklärt.«

Konráð starrte ihn lange an und erkannte, dass es nichts brachte, mit dem Mann zu diskutieren. Er war froh, wieder an der frischen Luft zu sein, streckte sich und versuchte, sich zu beruhigen. Dann nahm er im Auto des höflichen Mannes Platz und überlegte, dass er Dóra so schnell wie möglich besuchen musste, um herauszufinden, was zur Hölle hier vor sich ging.

Sie fuhren zurück in die Stadt, und Konráð hielt sein Handy in der Hand, als es klingelte. Es war Eygló, und obwohl er vor dem Mann nicht unbedingt mit ihr reden wollte, ging er ran und sprach leise.

»Ach, habe ich dich etwa geweckt?«, fragte Eygló, als sie seine gedämpfte Stimme hörte. »Ich weiß nie, wie spät es ist …«

»Nein«, sagte Konráð und versuchte, deutlicher zu sprechen. »Ich bin nur … alles in Ordnung.«

»Hast du schon die Telefonnummern überprüft, die wir im Sommerhaus gefunden haben?«, fragte sie ohne Umschweife.

»Nein, ich bin noch nicht dazu gekommen«, sagte Konráð. Er hatte noch keine Gelegenheit gehabt, sich die Nummern aus dem alten Telefonbuch anzusehen, das sie in einem Papierstapel im Sommerhaus von Anton und Gústaf gefunden hatten.

»Ich schon, ich habe alles überprüft«, sagte Eygló. »Damals hatten Telefonnummern nur fünf Ziffern statt sieben, also habe ich ausprobiert, vorne zwei Zahlen dranzuhängen, so, wie es bei der Umstellung auf das neue System gemacht wurde, und habe meist mit der Fünf angefangen, die ja am häufigsten vorkommt.«

»Und?«

»Es kann sein, dass eine der Nummern von einem Henning ist.«

»Henning?«, flüsterte Konráð.

»Ja.«

»Aber nicht etwa Ragnarsson? Oder?«

»Doch, ganz genau. Henning Ragnarsson.«

»Hast du versucht, ihn anzurufen?«

»Nein. Ich weiß, dass wir irgendwann einmal zu ihm gefahren sind.«

»Ob er nicht schon tot ist, der alte Mann? Als ich ihn zuletzt gesehen habe, lag er im Krankenhaus und hat mich angelogen, dass er nie mit Anton zusammen bei den Freimaurern war.«

»Warum sollte er bei diesem Thema lügen?«

»Aus irgendeinem Grund wollte er es nicht zugeben. Aber ich habe auch so herausbekommen, dass er zur selben Zeit wie Anton dort war.«

»Warum hat er gelogen?«

»Das ist die Frage«, sagte Konráð. »Jedenfalls ist es sehr seltsam.«

»Anton Heilman hatte jedenfalls seine Nummer. Sie standen in Kontakt, so muss es gewesen sein. Er wollte vermutlich nicht, dass du davon erfährst, oder?«

»Irgendetwas hatte er zu verstecken. Henning hat behauptet, Anton nicht zu kennen. Er hat einfach gelogen! Das war alles nicht wahr«, flüsterte Konráð. »Der verdammte Kerl hat die ganze Zeit gelogen!«

Siebenundzwanzig

Henning war sein Leben lang ein kleiner Beamter im öffentlichen Dienst gewesen und hatte sich einen guten Ruf erarbeitet, das erzählte jedenfalls seine Tochter, als Konráð sie anrief und sie um ein Treffen bat. Er hatte herausgefunden, dass Henning kürzlich in hohem Alter verschieden war und die Beerdigung auf Wunsch des Verstorbenen in aller Stille stattgefunden hatte. Seine sterblichen Überreste seien verbrannt und die Asche auf dem Grundstück des Sommerhauses der Familie in der Nähe von Skálholt verstreut worden, wie die Tochter erzählte. Konráð hatte eine kurze Ankündigung der Beerdigung in einer Zeitung gefunden und ihren Namen gesehen. Mein geliebter Vater … Karen Henningsdóttir. Außer ihr wurden keine weiteren Angehörigen erwähnt. Sie wunderte sich über den Anruf. Konráð meinte, er habe ihren Vater ein wenig gekannt, im Zusammenhang mit einem Fall in seiner eigenen Familie, dem er gerade nachgehe. Er fragte, ob sie sich vielleicht treffen könnten. Die Frau war Bauingenieurin und zum Zeitpunkt seines Anrufs beschäftigt, also antwortete sie, dass sie ihm vermutlich nicht weiterhelfen könne, dass er aber gerne bei ihr auf der Baustelle auf dem Gelände der Uniklinik an der Hringbraut vorbeisehen dürfe. Dort arbeite sie die meiste Zeit.

Konráð bedankte sich für das Verständnis und fuhr etwa eine Stunde später zur Uniklinik, wo südlich des alten Gebäudes ein neues errichtet wurde. Die Baustelle war riesig, schließlich platzte das alte Spital längst aus allen Nähten, und wie bei so vielen Großbaustellen schieden sich darüber die Geister. Am schwierigsten war es gewesen, die Bürger der Stadt davon zu überzeugen, dass es am besten wäre, das Monstrum auf diesem kleinen Fleck in der Nähe der Innenstadt zu errichten, wo sich schon davor immer der Verkehr gestaut hatte, weil die Stadt die Verkehrsproblematik nun einmal seit Jahren ignorierte. Die Straßen in dem Gebiet waren ein einziger Wirrwarr, und wie es den Rettungswagen während der Stoßzeiten gelingen sollte, das Gebäude zu erreichen, blieb vielen ein Rätsel.

Gerade wurde das Fundament gegossen, und nachdem Konráð einen Sicherheitshelm und eine Zutrittserlaubnis bekommen hatte, ging er auf Karen zu, die am Rand der großen Fläche stand und die Arbeiten beobachtete. Konráð blickte sich um. Zum letzten Mal hatte er ein solch gigantisches Unterfangen gesehen, als Erna und er vor vielen Jahren nach Ostisland gereist waren, um sich die irrsinnigen Arbeiten am Staudamm bei Kárahnjúkar anzusehen. Die unberührte isländische Natur wurde unter Wasser gesetzt, nur um einen amerikanischen Milliardär ein paar Dollar reicher zu machen.

Konráð stellte sich als der Mann vor, mit dem sie gerade am Telefon über Henning gesprochen hatte, und sie wunderte sich, wie schnell er gekommen war, und fragte, ob die Sache denn wirklich so dringend sei. Konráð meinte, er wolle sein Anliegen schnell erledigen, aber dafür brauche er ihre Erlaubnis.

Sie sah ihn fragend an, und er war sich nicht sicher, ob sie ihn akustisch verstanden hatte. Um sie herum war es sehr laut, schließlich waren sie auf einer Baustelle, Maschinen, Rufe und Schreie erklangen aus allen Richtungen, und sie gab ihm ein Zeichen, ihr in einen kleinen Container mit Kaffeeküche zu folgen. Dort saßen ein paar Bauarbeiter, die sie aber sofort allein ließen. Karen trank von dem schlechten Kaffee und knabberte an einem Butterkeks, bevor sie fragte, was er eigentlich von ihr wolle.

»Bist du Hennings einzige Tochter?«, fragte Konráð.

»Also gut, ich will nicht unhöflich sein, aber ich weiß nicht, was dich meine Familie angeht, entschuldige … deinen Namen hab ich …«

»Konráð.«

»Stimmt, Konráð, ich weiß nicht, warum ich dir aus heiterem Himmel diese persönlichen Fragen beantworten sollte. Ich habe keine Ahnung, wer du bist, was du von mir willst und was du mit meinem Vater zu tun hattest.«

»Natürlich«, sagte Konráð. »Im Grunde begann alles hier in dem alten Gebäude«, sagte er und blickte aus dem Fenster auf das alte Krankenhaus, das etwas weiter den Hügel hoch stand, mit der Vorderseite zur Baustelle, als würde es die Bauarbeiten misstrauisch beobachten.

»Dort hat Anton J. Heilman seine Patienten empfangen, darunter ein junges Mädchen namens Nanna«, sagte Konráð. »Ihre Mutter war Putzfrau im Krankenhaus, lebte in einer heruntergekommenen Nissenhütte etwas weiter oben auf der Anhöhe, wo heute die Kirche steht …«

»Ja, weißt du, ich hab keine Ahnung, wovon du redest«, sagte Karen ungeduldig. Also …«

»Ich rede von dem Mord an einer Zwölfjährigen im

Jahre 1961, nachdem sie von dem Arzt und vielleicht auch von weiteren Männern aus seinem Umfeld missbraucht worden war. Eine Art Missbrauchsring. Jedenfalls gibt es noch weitere Opfer dieser Männer. Jungen aus einem Erziehungsheim.«

Karen meinte, sie erinnere sich, in den Nachrichten von dem Fall des Mädchens im Stadtteich und Anton Heilman und seinen Sohn Gústaf gehört zu haben.

»Am Telefon vorhin hast du erwähnt, dass jemand versucht hat, Anton mit irgendwelchen Fotos zu erpressen?«

»Ja, das war mein Vater«, sagte Konráð. »Und genau diese Bilder suche ich. Ich vermute, dass Anton sie zurückbekommen hat, aber sie sind nirgendwo zu finden.«

»Soll das heißen … willst du damit sagen, mein Vater habe sie gehabt? Dass er einer dieser Männer war?«, fragte Karen verstört. »Wie hast du es genannt, einen Missbrauchsring?«

»Das ist schwer zu sagen.«

»Aber du vermutest es?«

»Sie kannten einander, dein Vater und Anton. Hat dein Vater ihn irgendwann einmal namentlich erwähnt? Ihn oder einen Polizisten namens Nikulás? Oder den Schneider Haraldur Haraldsson?«

Karen überlegte, aber konnte nichts dazu sagen.

»Ich glaube nicht«, sagte sie. »Sie gehörten jedenfalls nicht zu seinen engeren Freunden.«

»Henning hat mich angelogen, als ich ihn damals gefragt habe, ob er jemals bei den Freimaurern war. Aber das waren diese Männer alle. Warum hätte dein Vater deswegen lügen sollen? Wegen so etwas Unbedeutendem, wie Mitglied der Freimaurer zu sein?«

Karen meinte, sie könne nicht wissen, was ihrem Vater damals durch den Kopf gegangen war. Sie wisse nichts über seine Zeit bei den Freimaurern. Meinte, er sei vielleicht zwanzig Jahre in der Loge gewesen, aber sie habe keine Ahnung, warum er eingetreten sei, und auch nicht, warum er beschlossen habe, wieder auszutreten. Um diese Zeit herum sei seine Frau nach schwerer Krankheit verstorben. Sie hätten sich sehr nahegestanden, und ihr Tod sei hart für ihn gewesen, er habe danach nicht wieder geheiratet oder eine Beziehung gehabt. Karen sei in der Zeit fürs Studium ins Ausland gegangen, habe sich dort niedergelassen und eine Familie gegründet, um dann wieder nach Island zurückzukehren. Sie wisse also nicht viel über das Leben ihres Vaters während dieser Jahre, auch nicht, mit wem er in dieser Zeit zu tun gehabt habe.

»Ich frage mich, ob er gelogen hat, weil er seine Verbindungen zu Anton und diesen Männern verheimlichen wollte«, sagte Konráð. »Und dann stellt sich natürlich die Frage, warum?«

»Ja, dazu kann ich … ich kann dir nicht sagen, ob er die Männer gekannt hat. Ich weiß es einfach nicht.«

»Es ist nicht lange her, dass dein Vater gestorben ist«, sagte Konráð.

»Nein, wenige Wochen erst.«

»Bist du den Nachlass bereits durchgegangen?«

»Dazu bin ich noch nicht gekommen«, sagte Karen und zeigte auf die Baustelle vor dem Fenster. Ich bin so gut wie Tag und Nacht hier.«

»Also ist die Wohnung noch so, wie Henning sie zurückgelassen hat?«

»Ja«, sagte Karen und wunderte sich über die Frage.

»Dürfte ich vielleicht dort nach den Bildern suchen?«,

fragte Konráð. »Ich habe viel Erfahrung mit derlei Suchaktionen und würde keine Unordnung machen. Du würdest mir damit einen großen Gefallen tun.«

Karen schüttelte den Kopf, als sei sie von der Idee alles andere als überzeugt.

»Ich würde diese Bilder wirklich gerne finden«, sagte Konráð.

»Denkst du, dass es sie nach all der Zeit überhaupt noch gibt?«

»Ich habe keine Ahnung«, antwortete Konráð, »aber ich muss alle Optionen in Betracht ziehen. Ich weiß, dass ich dich damit überrumple, aber ich habe keinerlei böse Absichten, dieser Fall hängt schon mein ganzes Leben lang wie eine dunkle Wolke über mir, und die will ich unbedingt loswerden.«

»Ich kann dir nicht erlauben, in dem Besitz meiner Eltern herumzuwühlen«, sagte Karen. »Das musst du verstehen. Ich kenne dich ja gar nicht. Das ist alles ziemlich … ziemlich seltsam.«

»Du würdest natürlich dabei sein.«

»Nein, ich … tut mir leid«, sagte Karen, »das geht nicht. Mein Vater hatte keine Fotos, die etwas mit Kindesmissbrauch zu tun haben. Das ist völlig absurd. Er wäre damit sofort zur Polizei gegangen, also … das ist nicht … Er wäre damit zur Polizei gegangen«, wiederholte sie, wie um sich selbst davon zu überzeugen. »Ich habe keine Zeit für so was, tut mir leid.«

Konráð riss ein Stück von einer Tageszeitung ab, die auf dem Tisch lag, notierte schnell seine Nummer und reichte sie ihr.

»Du kannst mich jederzeit anrufen«, sagte er. »Rund um die Uhr. Falls du es dir anders überlegst.«

Sie nahm den Zettel, betrachtete ihn kurz und steckte ihn schließlich ein. Dann schüttelte sie erneut den Kopf, bevor sie wieder hinaus zum Fundament des neuen Krankenhauses ging.

Achtundzwanzig

Noch am selben Tag fand Konráð einen ähnlichen Lada wie den, der am Tag von Péturs Verschwinden gestohlen worden war. Es gab nicht mehr viele von diesen Autos auf den Straßen Reykjavíks. Er hatte in letzter Zeit die Augen danach offen gehalten, aber keinen einzigen von demselben Typen wie damals gesehen.

Beim Mittagessen in einem Hamburgerrestaurant in Skipholt erzählte er seinem Sohn Húgó von seinem Anliegen. Ihr Verhältnis hatte sich abgekühlt, als herausgekommen war, dass Konráð Húgós Mutter mit einer anderen Frau betrogen hatte. Doch nach dem Angriff auf Konráð hatte Húgó sich um Versöhnung bemüht. Konráð hatte eine Weile auf der Intensivstation um sein Leben gekämpft, und Húgó hatte Tag und Nacht nach ihm gesehen und sichergestellt, dass er die bestmögliche Versorgung bekam. Als sich sein Vater langsam erholte, sprachen sie sich aus, und ihr Verhältnis besserte sich.

Wie sich herausstellte, kannte Húgó eine Psychiaterin, deren Mann bei der Kfz-Behörde arbeitete, wo auch die zentrale Zulassungsstelle war. Húgó versprach, ihn zu kontaktieren. Am Nachmittag rief Konráð auf gut Glück bei einem Oldtimerverein an, aber keines der Mitglieder besaß einen Wagen dieses Typs. Doch dann rief kurz darauf der Mann von der Kfz-Behörde an und fragte, ob Konráð nach Ladas eines bestimmten Baujahres suche. Konráð bejahte das, und der Mann meinte, es gebe tatsächlich noch ein paar wenige dieser Autos auf den Straßen der Stadt. Er nannte ihm die Namen von zwei Besitzern und betonte, dass er das nicht von ihm habe, falls jemand danach fragen sollte.

Konráð brauchte nicht lange, um einen der Eigentümer aufzuspüren, und erklärte ihm, er interessiere sich für alte Ladas, hätte gerne selbst einen, und fragte, ob er sich vorstellen könne, seinen zu verkaufen. Der Mann reagierte freundlich und meinte, das Auto habe schon seinem Vater gehört, er habe es vor allem im Gedenken an ihn fahrtauglich gehalten. Der Lada habe einen emotionalen Wert und stehe nicht zum Verkauf, er sei ohnehin nicht mehr viel wert. Konráð fragte dann, ob er ihn sich zumindest ansehen könne, und wurde sofort eingeladen.

Am späten Nachmittag stand Konráð also vor einem schlichten mit Wellblech verkleideten Haus im Vogar-Viertel und schüttelte die Hand eines Mannes in seinem Alter, der ihn zu der angrenzenden Garage brachte. Der Mann war von Beruf Maurer, lächelte viel mit seinem großen Mund und hatte trockene schwielige Hände und Schmerzen in den Knien. In der Garage stand sein Lada, senfgelb lackiert, viertürig und mit Kofferraum. Von außen sah er sehr gut aus, und auch der Innenraum war sehr gepflegt. Die Vordersitze waren etwas abgenutzt, aber ansonsten gut erhalten, und hatten die gleiche Farbe wie das Auto. Die Knöpfe und Schalter auf dem Armaturenbrett schienen intakt und die Anzeigen in einem guten Zustand zu sein.

Der Besitzer öffnete die Tür und zeigte Konráð die paar kleineren Reparaturen, die er vorgenommen hatte, und fragte, woher sein Interesse für Ladas rühre. Konráð sah keinen Grund, den Mann zu belügen, der so freundlich auf seine Anfrage reagiert hatte, und erklärte ihm, dass ein Lada wie dieser möglicherweise eine Rolle in einem alten Vermisstenfall spiele, mit dem er sich gerade befasse. Er sei lange bei der Polizei gewesen und müsse immer wieder an alte Fälle zurückdenken, die ihn dann nicht mehr losließen, und das, obwohl er bereits in Rente sei. Er schilderte ihm den Fall von Pétur in knappen Worten, und der Mann erinnerte sich sogar noch schwach daran.

»Also bist du nicht wirklich an einem Kauf interessiert«, sagte er. Immer wenn er den Mund öffnete, roch es unangenehm.

»Nicht wirklich, nein«, sagte Konráð und versuchte, den Mundgeruch nicht einzuatmen.

»Und was hat der Lada mit dem Fall zu tun?«, fragte der Mann und konnte seine Neugier nur schwer verbergen.

»Ich bin nicht sicher«, sagte Konráð und achtete jetzt genauer auf seine Wortwahl, weil ihm auffiel, wie neugierig der Mann war, der sich offenbar mit dem Fall auskannte, also bestimmt bemerkte, dass die Sache mit dem Lada noch nicht lange bekannt war. Und solche neuen Erkenntnisse mussten so lange wie möglich geheim bleiben.

»Ist es … das ist doch nicht etwa dieser Lada hier?«, fragte der Mann.

»Nein, mit Sicherheit nicht«, sagte Konráð schnell. »Den Wagen gibt es nicht mehr. Falls er überhaupt eine

Rolle gespielt hat. Das ist nur eine Idee, die ich hatte, aber ich glaube tatsächlich, dass sie eher weit hergeholt ist.«

»Was ist mit dem Wagen geschehen? Weißt du, was aus dem Lada geworden ist?«

»Nein«, sagte Konráð kurz angebunden. »Würde es dir was ausmachen, mir den Kofferraum zu zeigen?«, fragte er und ging hinter das Auto.

»Überhaupt nicht«, sagte der Mann und öffnete die Tür zum Kofferraum mit seinem Schlüssel, hilfsbereit, wie er war. »Hier ist nichts«, sagte er. »Alles leer.«

Der Kofferraum war genauso sauber und ordentlich wie der Rest des Autos, mit einer dünnen Decke ausgelegt und vermutlich frisch gesaugt. Konráð musterte ihn eindringlich und sah dann den Wagenbesitzer an.

»Darf ich?«, fragte er.

»Was?«

»Darf ich versuchen ...«

»Willst du in den Kofferraum kriechen?«, fragte der Mann verwundert.

»Wenn es dir nichts ausmacht.«

»Bitte schön«, sagte der Wagenbesitzer und öffnete die Tür so weit wie möglich. »Lass dich von mir nicht aufhalten.«

Konráð war nicht gerade gelenkig und brauchte eine Weile, um in den Kofferraum zu klettern, aber mithilfe des Mannes gelang es ihm, sich mit angezogenen Beinen, gekrümmtem Rücken und eingezogenem Kopf hineinzulegen.

»Warum machst du das?«, fragte der Mann verwundert.

In dem Moment klingelte Konráðs Handy. Er zog es

mit Mühe aus der Tasche und sah, dass es Marta war. Erst wollte er sofort rangehen, aber dann fiel ihm ein, dass er im Kofferraum eines Lada lag und über ihm ein Mann stand, der ihn ansah, als hätte er den Verstand verloren. Er drückte den Anruf weg und bat stattdessen den Mann, den Kofferraum zu schließen. Der Mann zögerte kurz, Konráðs Verhalten verwunderte ihn mittlerweile sehr, aber dann ließ er die Tür zufallen. Sie schloss ohne Probleme, und Konráð lag im finsteren Kofferraum, als sein Handy erneut klingelte. Wieder war es Marta. Diesmal ging er ran.

»Stör ich etwa?«, fragte sie.

»Nein, nicht wirklich«, ächzte Konráð in seiner völlig verknoteten Körperhaltung. »Kann ich ... dich gleich zurückrufen?«

»Was, hast du eine Frau bei dir?«

»Ich melde mich in fünf Minuten.«

Er hörte, dass sie ihn noch weiter aufziehen wollte, also legte er auf und klopfte auf die Kofferraumtür, um zu signalisieren, dass er mit seiner Untersuchung fertig war. Der Mann reagierte sofort und half ihm wieder hinaus.

»Ich muss dich bitten, unser Gespräch für dich zu behalten«, sagte Konráð ernst und reckte seine Arme und Beine. »Es könnte den Lauf der Ermittlungen beeinflussen. Das verstehst du hoffentlich.«

»Ist es das, was passiert ist?«, fragte der Mann. »Hat man ihn in einen Lada verfrachtet? Wirklich?«

»Das weiß ich nicht«, sagte Konráð. »Ich wollte es nur ausprobieren, mehr nicht. Ich gehe davon aus, dass dieses kleine Experiment unter uns bleibt.«

Der Mann starrte Konráð an.

»Selbstverständlich«, sagte er. »Ich weiß gar nicht, wem ich davon erzählen sollte.«

»Danke dir.«

»Kein Problem.«

Kurz darauf saß Konráð wieder in seinem Jeep und rief Marta zurück.

»Was hast du gemacht?«, fragte Marta ohne Einleitung. »War jemand bei dir?«

»Nein, es war niemand bei mir. Worum geht's?«

»Wie war das noch mal mit den Ladas? Was hast du dir da für einen Unsinn zusammengesponnen?«

»Als Pétur verschwunden ist, wurde am selben Tag ein Lada in Reykjavík gestohlen.«

»Und?«

»Erinnerst du dich? Alte oder fahruntüchtige Ladas wurden manchmal an die Besatzung von russischen Trawlern verkauft oder verschenkt? Diese Geschäfte müssten um die Zeit herum ihren Höhepunkt erreicht haben. Mittlerweile ist da längst Gras darüber gewachsen, aber ich habe herausgefunden, dass ein russischer Trawler, der im Kalten Krieg vermutlich zu Spionagezwecken an den Küsten Islands eingesetzt wurde, an dem Tag von Péturs Verschwinden im Hafen von Reykjavík lag ...«

»Und was?«

»Ich hatte diese verrückte Idee, dass der gestohlene Lada vielleicht benutzt worden ist, um Pétur in den Trawler zu bringen.«

Ein langes Schweigen breitete sich aus.

»Konráð?«

»Was?«

»Hast du noch alle Tassen im Schrank? Warum sollten die Russen Pétur entführen?«

»Der Trawler war vom russischen Geheimdienst!«

Wieder schwiegen sie beide.

»Ich glaube, du wirst langsam verrückt«, sagte Marta schließlich. »Was hast du in der Hand, um diesen Zusammenhang herzustellen?«

»In der Hand? Nichts. Das war nur eine Idee.«

»Hast du irgendwelche Beweise?«, fragte Marta. »Worauf stützt du …?«

»Ich bin im Kalten Krieg aufgewachsen. Darauf stütze ich mich«, sagte Konráð. »Vielleicht hat Pétur mit den Russen irgendetwas ausgeheckt. Du weißt eben nicht, wie es damals war.«

»Ja, genau, immer schön, wenn du so von oben herab mit mir sprichst.«

»Du solltest prüfen, welche russischen Trawler zu der Zeit in Reykjavík angelegt haben.«

»Mit diesem Vermisstenfall beschäftige ich mich gar nicht mehr«, sagte Marta.

»Vielleicht solltest du das tun.«

»Mir ansehen, welche Ladas auf russische Spionagetrawler gebracht wurden?«

»Ja.«

»Du glaubst also wirklich, dass es da einen Zusammenhang gibt?«

»Ihr solltet davon ausgehen«, sagte Konráð. »Oder es zumindest in Betracht ziehen. Gibt es Neuigkeiten von Franklíns Fall?«

»Nein, ich plaudere keine Informationen mehr aus. Das macht alles nur komplizierter«, seufzte Marta. »Hast du was von Leó gehört?«, fragte sie dann, wie um das Gespräch zu beenden.

»Nicht viel«, sagte Konráð vorsichtig.

»Der verdammte Idiot!«

»Warum sagst du das?«

»Er hätte gestern wegen des Skafti-Falls kommen sollen, aber hat sich nicht blicken lassen, und wir erreichen ihn nicht. Weißt du, wo er steckt?«

»Nein«, sagte Konráð, was ja auch stimmte. »Ich habe keine Ahnung. Was …?«

»Nichts«, sagte Marta und legte auf.

Neunundzwanzig

Konráð fuhr an der Wäscherei vorbei und sah, dass er zu spät dran war. Ívan hatte bereits abgeschlossen und Feierabend gemacht. Er ging zum Haupteingang und lugte durch das Glas, sah aber keine Bewegung. Dann blickte er auf das glänzende Schild neben der Tür, auf dem der Name der Wäscherei stand: Pétursborg.

Er ging am Gebäude entlang zum Hintereingang und griff nach dem Türknopf. Die Tür war fest verschlossen, und Konráð bemerkte den Sticker einer Sicherheitsfirma an der Innenseite des Fensters. Der gleiche Sticker hatte auch deutlich sichtbar vorne am Haupteingang geklebt. Konráð wusste, dass die Hintertür direkt in den Raum mit den Waschmaschinen und den übrigen Geräten führte und dass davor der Eingangsbereich und die Empfangstheke lagen. Die Kaffeeküche war auch im Erdgeschoss und daneben ein kleiner Lagerraum. Er sah durchs Fenster, überall Wäsche in allen Größen und Farben, jeder freie Zentimeter wurde genutzt.

Das Gebäude war zweistöckig und stand ein wenig abseits, nur wenige hatten einen Grund, es von hinten zu betreten. Hinter dem Haus gab es eine überdachte asphaltierte Fläche für die Mülltonnen. Die Büros befanden sich im oberen Stockwerk, das früher eine Wohnung gewesen war. Die Bewohner waren damals, am Tag von Péturs Verschwinden, nicht zu Hause gewesen. Sie hatten einen Familienausflug nach Nordisland gemacht und waren erst einige Tage später zurück in die Stadt gekommen. Sie hatten immer nur das Beste über Pétur zu berichten, er habe immer darauf geachtet, dass der Betrieb sie nicht störe, und ihnen sein Interesse an der Wohnung bekundet, falls sie jemals verkaufen wollten. Wenn man sich die letzten Wochen in Péturs Leben also ansah, wurde einem schnell klar, dass er Pläne geschmiedet und über die Zukunft nachgedacht hatte. Es wirkte nicht so, als hätte er vorgehabt, diese Welt in nächster Zeit zu verlassen.

Ívan lebte in einem gepflegten Reihenhaus in Breiðholt, und als Konráð ankam, sah er die offene Garagentür und Ívan, der an einem Rasenmäher herumwerkelte, der sich offenbar nicht starten ließ. Konráð bot ihm seine Hilfe an, aber Ívan, der sich über den Besuch wunderte, meinte, er müsse ihn wohl zur Reparatur bringen. Als hätte man nichts Besseres zu tun, fügte er noch hinzu. Eigentlich hatte er dieses Jahr frühzeitig mit den Frühjahrsarbeiten beginnen wollen, aber jetzt musste er sie wohl noch ein wenig verschieben.

»Dieser amerikanische Schrott«, sagte er und trat gegen den Rasenmäher.

Er lächelte Konráð zu und ging mit ihm in den schönen Garten hinter dem Haus zu einer Sonnenterrasse mit Stühlen und einem Tisch. Der Garten war groß, der gepflegte Rasen von Bäumen umringt. Der Frühlingsabend war mild, und in den Bäumen zwitscherten Vögel, als sie sich setzten, die Gartenmöbel hatte Ívan erst vor Kurzem nach draußen gebracht. Konráð erzählte ihm, was er in den letzten Tagen über gestohlene Ladas und Spionageschiffe herausgefunden hatte, und Ívan hörte ihm aufmerksam zu.

»Hat dein Vater jemals etwas über seltsame Geschäfte zwischen Isländern und Russen erzählt?«, fragte Konráð.

»Ja, tatsächlich, ich glaube, er fand das ganz schön interessant«, sagte Ívan. »Ich erinnere mich gut an diese Geschäfte, aber uns hat das nicht betroffen. Wir hatten mit dem Ganzen nichts zu tun.«

»Und dein Vater bestimmt auch nicht?«

»Nein.«

»Ich bin nämlich auf diese Ladas aufmerksam geworden«, sagte Konráð. »Und versuche, drei Dinge miteinander zu verbinden. Es muss nicht unbedingt etwas heißen, aber ich würde gerne hören, was du dazu sagst. Drei Dinge also: Ein Lada wird in Reykjavík gestohlen. Zur gleichen Zeit liegt ein sowjetischer Trawler im Hafen von Reykjavík, der höchstwahrscheinlich einmal benutzt wurde, um die amerikanische Loran-C-Anlage hier auf Island auszuspionieren. Und dann verschwindet Pétur.«

Ívan fügte die Punkte schnell zusammen. Er betrachtete mit einer Mischung aus Ungläubigkeit und Verwunderung erst das Gras und dann Konráð.

»Meinst du ...?«

»Ich glaube, Pétur hätte in den Kofferraum eines Lada gepasst«, sagte Konráð. »Ich habe es ausprobiert. Oder er wurde auf den Rücksitz gesteckt.«

»Willst du damit sagen, dass die Russen ihn auf diese Weise entführt haben?«

»Ich weiß es nicht«, sagte Konráð. »Ich habe viel darüber nachgedacht, wie das womöglich abgelaufen ist. Vielleicht haben sie ihm etwas über den Kopf gezogen, damit er sich nicht wehren konnte, oder ihn mit einer Waffe bedroht, ihn irgendwie heimlich in den Lada verfrachtet und mit dem Trawler weggebracht. So blieb er am Leben, und sie hatten die Möglichkeit, ihn an Bord zu verhören. Soweit ich weiß, wurden diese Geschäfte der russischen Seeleute mit den Ladas nicht überwacht. Unten am Hafen hat jedenfalls niemand etwas Ungewöhnliches bemerkt.«

»Aber …?«

Ívan versuchte, aus Konráðs Worten schlau zu werden.

»Der Lada ist nie aufgetaucht«, sagte Konráð. »Genau wie dein Vater.«

»Aber was ist mit ihm passiert? Was haben sie mit ihm gemacht?«

»Vielleicht besaß er wichtige Informationen«, sagte Konráð.

Er bemerkte die Bestürzung in Ívans Gesicht.

»Entschuldige, ich wollte nicht … ich weiß es nicht«, sagte Konráð. »Das ist nur eine Hypothese in einem komplizierten Fall.«

Als Konráð ausgeredet hatte, saß Ívan lange still da.

»Wusstest du etwas davon?«, fragte Konráð schließlich.

»Nein«, sagte Ívan. »Das ist …«

In dem Moment klingelte Konráðs Handy. Er erkannte die Nummer nicht und drückte den Anruf weg, aber es klingelte sofort wieder.

»Geh ruhig ran«, sagte Ívan.

Konráð stand auf und trat ein paar Schritte zur Seite in den Garten. Er brauchte eine Weile, bis er verstand, dass der Mann am Telefon der alte Türsteher war, der mittlerweile als Kellner in einem Restaurant am Laugavegur arbeitete und den er vor Kurzem getroffen hatte. Konráð hatte ihm seine Nummer gegeben, und jetzt wollte der Mann ihm mitteilen, dass er seitdem viel über den Fall nachgedacht und mit dem erwähnten Aushilfstürsteher gesprochen hatte. Er habe ihm gesagt, Skafti sei kurz vor der Rauferei mit Natan noch in einen weiteren Zwischenfall verwickelt gewesen.

»Er ist bereit, mit dir zu sprechen«, sagte der Mann. »Er will aber keine Scherereien, wenn du verstehst, was ich meine. Das müsste zwischen euch bleiben.«

»Natürlich«, sagte Konráð, ließ sich Namen und Nummer des Mannes geben und bedankte sich für die Hilfsbereitschaft.

Dann wandte er sich wieder Ívan zu und meinte, er müsse los, aber Ívan solle sich melden, falls ihm noch etwas zu der Sache einfalle.

»Dazu fällt mir nichts mehr ein«, sagte Ívan.

Konráð bemerkte, dass er leicht zögerte.

»Bist du sicher?«

»Ja, das ... nein, das war nichts.«

»Du kannst es mir sagen«, versicherte Konráð und hatte das Gefühl, dass Ívan irgendwie alarmiert war.

Ívan zuckte nur mit den Schultern, immer noch sprachlos nach den unerwarteten Neuigkeiten.

»Habe ich mich schon bedankt, dass du dich der Sache angenommen hast?«, fragte er. »Kaum jemand hat sich so sehr damit auseinandergesetzt wie du.«

»Sag Bescheid, wenn dir etwas auf dem Herzen liegt«, sagte Konráð.

»Das mache ich, noch einmal vielen Dank.«

Dreißig

Als Konráð weg war, setzte sich Ívan wieder in den Garten und lauschte den Vögeln, mit den Gedanken war er aber woanders. Es ging ihm nicht gut, eigentlich hätte er die Informationen, die er vor Kurzem so unerwartet und zufällig erhalten hatte und die nur schwer zu glauben gewesen waren, nur zu gern mit dem Polizisten geteilt. Die Sache ging ihm nicht aus dem Kopf, und gleichzeitig quälten ihn Zweifel und die Angst, einen großen Fehler zu machen. Konráð hatte ihn gefragt, ob jemand in die Wäscherei gekommen sei und am Telefon Russisch gesprochen hätte, und Ívan wusste, dass er ihm früher oder später die Wahrheit sagen musste.

Es war beinahe drei Wochen her, dass der Mann unverhofft bei ihm aufgetaucht war. Die anderen Mitarbeiter waren bereits gegangen, und Ívan hatte sich gerade vom letzten Kunden des Tages verabschiedet, als der Mann die Wäscherei betrat und dabei, soweit Ívan hören konnte, auf Russisch telefonierte. Der Mann war etwa so alt wie er, und nachdem er sein Telefonat beendet hatte, wandte er sich höflich an ihn und fragte, ob er Ívan sei. Er sprach Englisch mit einem leichten slawischen Akzent und trug Outdoor-Bekleidung, wie viele Touristen, die nach Island kamen.

»Ja, ich bin Ívan.«

»Und das ist deine Wäscherei?«, fragte der Mann und blickte sich um.

»Ja.«

»Die deinem Vater gehört hat?«

»Ja«, sagte Ívan und wunderte sich über den späten Besuch und seine Fragen. »Wer ... wer bist du?«

»Verzeihung«, sagte der Mann. »Ich beschäftige mich schon lange mit dem Fall deines Vaters.«

»Meines Vaters?«

»Und mit seinem Freund, Nicolai. Soweit ich weiß, waren sie eng befreundet.«

»Nicolai?! Den Namen habe ich noch nie ... wer bist du?«

»Vielleicht setzen wir uns besser«, sagte der Mann höflich. »Ich habe dir viel zu erzählen ...«

»Über meinen Vater?«

Der Mann nickte.

»Weißt du, ob dein Vater Verbindungen zur isländischen Heringskommission hatte?«, fragte er.

»Heringskomm...? Nein, darüber weiß ich nichts«, antwortete Ívan.

»Sagt dir der Name Friðgeir etwas?«, fragte der Mann, der sich immer noch nicht vorgestellt hatte.

»Friðgeir?«

»Er war in der Kommission.«

»Ich weiß nichts über diese Kommission. Wer bist du? Was willst du von mir?«

Der Mann entschuldigte sich erneut.

»Verzeihung, dass ich so unangekündigt hereinschneie«, sagte er. »Das alles kommt vermutlich etwas plötzlich, das ist mir bewusst. Aber soweit ich herausgefunden habe, wurde Nicolai, der Freund deines

Vaters, 1983 in Moskau wegen Spionage umgebracht – zusammen mit einem Verwandten und einem Mittelsmann. Ich kannte Nicolais einzigen Sohn. Er kam mit sechs Jahren als Waisenkind in meine Familie, ich bin mit ihm aufgewachsen wie mit einem Bruder. Er erinnerte sich noch gut an seine Eltern, und später fand ich heraus, was mit ihnen passiert ist. Ich bin Historiker.«

»Umgebracht?«

»Er hieß Pjotr«, sagte der Mann. »Nicolais Sohn. Wir haben uns immer gut verstanden, was unter den Umständen nicht selbstverständlich war. Ich glaube, er wurde nach deinem Vater Pétur benannt. Wie gesagt, Nicolai und dein Vater standen sich sehr nahe.«

Ívan war völlig verwirrt. Er starrte den Mann lange schweigend an, bis der sich erneut entschuldigte und fragte, ob sie sich nicht setzen könnten. Ívan bat ihn zögerlich in sein Büro, und der Mann, der sich als Aleksi vorstellte, erzählte ihm seine Geschichte, mit derselben stillen Bescheidenheit, die sein gesamtes Auftreten kennzeichnete. Er war sehr schlank, die eingefallenen Augen verliehen ihm einen müden Gesichtsausdruck, und er bewegte sich langsam. Ívan überlegte, ob er vielleicht mit einer Erkrankung zu kämpfen hatte. Er meinte, er sei um die fünfzig und in einem Außenbezirk von Moskau aufgewachsen. Ein Einzelkind. Seine Eltern waren Grundschullehrer in ihrem Viertel, seine Mutter sogar Schulleiterin. Beide waren überzeugte Kommunisten gewesen und Mitglieder der Partei. Eines Tages zog völlig unangekündigt ein Junge namens Pjotr aus einem Heim zu ihnen. Aleksi erfuhr, dass er ein Waisenkind war. Man erzählte ihm, die Eltern des Jungen seien bei einem Autounfall ums Leben gekommen, er sei vorher in einem Waisenhaus gewesen und würde ab jetzt bei ihnen wohnen, zumindest für eine Weile.

Aleksi und Pjotr freundeten sich schnell an, auch wenn sie nicht gleich alt waren. Und obwohl seine Eltern ihm verboten hatten, Pjotr über das Waisenheim und seine Eltern auszufragen, weil das nur schlimme Erinnerungen wecken würde, erzählte Pjotr ihm schon bald ein paar Dinge, die nicht zur Geschichte vom Autounfall passten. Mit den Jahren entstand zwischen den beiden Jungen ein besonderes Vertrauensverhältnis, und Pjotr, der sonst sehr zurückhaltend war, teilte mit Aleksi, was er über seine Eltern wusste. Er erinnerte sich an einen liebevollen Vater, eine Mutter, die ihn auf dem Arm hielt, und eine ältere Frau, die öfter zu ihnen kam und die er Oma nannte.

»Entschuldige«, sagte Aleksi und unterbrach seine Erzählung, »dürfte ich um ein Glas Wasser bitten?«

Er hatte die Outdoorjacke aufgeknöpft und Mütze und Handschuhe auf den Tisch gelegt, und während Ívan ihm ein Glas Wasser holte, erzählte er, dass er eine geführte Tour über den Golden Circle gemacht habe, einen großen Geysir und den Wasserfall Gullfoss gesehen habe und sehr begeistert von der isländischen Natur sei.

»Ich wünschte, ich könnte länger bleiben«, sagte er. »Und ich hätte vorher Bescheid sagen sollen«, fügte er hinzu, als er sah, dass Ívan sich immer noch über den seltsamen Besuch wunderte.

»Schon in Ordnung«, sagte Ívan. »Aber ich weiß nicht, was mich das angeht. Oder meinen Vater.«

»Nein, natürlich, da muss ich dich noch um etwas Geduld bitten. Eines Tages dann wurde Pjotr ganz plötzlich aus seinem Zuhause gerissen.«

Pjotr war alt genug gewesen, um sich daran zu erinnern, was an dem schrecklichen Tag passiert war. Er wusste noch genau, wie Männer mit langen Mänteln und uniformierte Polizisten in die Wohnung stürmten, ihn aus den Armen seiner Mutter rissen und sie mitnahmen. Er erinnerte sich daran, dass sie sich gewehrt und ihn so lange wie möglich festgehalten hatte, aber gegen die Übermacht nicht ankam. Er wurde an eine junge Frau weitergereicht, die kurz versuchte, ihn zu beruhigen, bevor sie mit ihm nach draußen in ein wartendes Auto eilte, das sie schnell wegbrachte.

Er erinnerte sich auch an das Kindergewusel im Waisenheim, aber er wusste nicht mehr viel über die Zeit dort zu berichten. Eines Tages wurde er plötzlich abgeholt, in frische Kleidung gesteckt und zu Aleksis Eltern gebracht. Pjotr war seit drei Jahren Teil der Familie gewesen, als Aleksi seine Geschichte erfuhr, und als er seinen Eltern davon erzählte, meinten sie, das sei nur Unsinn, reine Hirngespinste des Jungen. Pjotrs Eltern seien bei einem Autounfall gestorben. Das hätte man ihnen im Waisenheim erzählt, und es gebe keinen Grund, das anzuzweifeln. Mehr wurde über die Sache nicht gesprochen.

Pjotr war neun Jahre alt, als Aleksi und er zusammen mit anderen Kindern auf einem schönen See am Rande ihres Viertels Schlittschuh liefen und das Eis plötzlich unter ihnen einbrach. Vier Kinder landeten im kalten Wasser, und zwei konnten sich nicht wieder zurück aufs Eis retten. Einer davon war Pjotr. Aleksi trauerte sehr um ihn und vergaß nie, was er über seine Mutter erzählt hatte, die von ihrem Zuhause weggebracht worden war, und über den Vater, den er nie wieder gesehen hatte, und auch von der Großmutter hatte er berichtet, die ebenfalls spurlos verschwunden war. Der Name seines Vaters war Nicolai gewesen, und auch die Namen seiner Mutter und Großmutter hatte Pjotr ihm genannt. Außerdem hatte er von einem lustigen Onkel erzählt, der immer wieder zu Besuch gekommen war, mit ihm in einer Sprache namens Isländisch geredet und ihm Island auf einer Karte gezeigt hatte.

»Das war doch nicht etwa mein Vater?«, fragte Ívan.

»Nein, es war nicht dein Vater«, antwortete Aleksi.

Ívan fragte, ob er ihm etwas bringen könne. Die Geschichte setzte dem unverhofften Gast sichtlich zu, und er bat um ein weiteres Glas Wasser. Nachdem er sich ein wenig gefangen hatte, erzählte er, dass er später an der Universität Moskau Geschichte studiert und sogar promoviert habe, in Slawistik und Nordistik. Er habe unter anderem die Fahrten der Wikinger vor dem Jahr Eintausend nach Bjarmaland erforscht, dem Gebiet, wo heute Murmansk liegt. Das war in den Neunzigerjahren. Die Mauer war gefallen, und eine Welle der Umgestaltung hatte Russland erfasst.

»Das waren gute Zeiten«, sagte Aleksi. »Endlich konnten wir die Freiheit spüren, nach der wir uns so lange gesehnt hatten. Wir durften eine eigene Meinung haben. Durften sagen, was wir wollten. Die schreckliche Zeit, die hinter uns lag, verarbeiten. Bevor alles wieder umschwenkte und vielleicht schlimmer wurde als jemals zuvor, nachdem kriminelle Vereinigungen die Rohstoffe unter ihre Kontrolle brachten und wir dem Geheimdienst die Macht im Land überließen.«

»Ist das nicht, was die Menschen wollen?«, fragte Ívan. »Es gibt nicht viele, die sich dagegen wehren.«

Aleksi zuckte mit den Schultern.

»Wir kennen nichts anderes. Können nichts anderes. Es ist, als lägen uns die Angst und die Unterdrückung im Blut.«

Einunddreißig

Aleksi erzählte weiter, dass er beim Stöbern in Moskaus Archiven immer die Augen offen gehalten hatte nach irgendwelchen weiteren Informationen zu dem, was Pjotr ihm über seine Familie erzählt hatte. Als das Leben plötzlich offener und freier und somit auch Dokumente leichter zugänglich waren, die man früher vor kritischen Blicken versteckt hatte, begann er, gezielter nach Informationen über den Jungen zu suchen, der in seine Familie gekommen und bei einem Unfall ertrunken war. Während er die Seefahrten der Wikinger erforschte, sah er sich Dokumente über die Verbindungen zwischen isländischen Kommunisten – immerhin hatte Pjotrs Onkel Isländisch gesprochen – und der Kommunistischen Internationalen an, die fast wie eine Abteilung des alten sowjetischen Geheimdienstes KGB organisiert war. Monate vergingen, ohne dass Aleksi etwas Relevantes herausfand, und schließlich Jahre, doch er suchte weiter nach Dokumenten mit Bezug zu Island, über Handelsinteressen, Ölgeschäfte und kulturelle Zusammenarbeit. In einer der Mappen, die er in die Hände bekam, entdeckte er eines Tages endlich den Namen Nicolai, offensichtlich ein hochrangiger Beamter im Technik- und Wissenschaftsrat der Partei, der anscheinend so einiges über das sowjetische Atomwaffenprogramm gewusst hatte.

In dem ganzen Chaos, das auf den Zusammenbruch der Sowjetunion folgte, schien jemand in dem alten Archiv der internationalen Abteilung des Zentralkomitees einen Fehler gemacht zu haben. Die Papiere, die hier plötzlich vor Aleksi lagen, waren geheime Dokumente zu Spionageaktivitäten und hätten nie ans Licht der Öffentlichkeit geraten, sondern in irgendwelchen verschlossenen Schränken der Partei verjähren sollen. Aus irgendeinem Grund waren sie zwischen Akten geraten, die sich mit Aspekten der isländischen Politik befassten, ein paar wenige säuberlich verfasste Papiere mit einem leichten Gelbstich. Aleksi hatte sich einiges davon eilig notiert, aber als er die Mappe wenige Tage später noch einmal ansehen wollte, war sie nicht mehr zugänglich.

»Die Russen haben also hier spioniert?«, fragte Ívan.

»Natürlich. Tagein und tagaus. Zwei Abteilungen waren dafür zuständig. Der KGB natürlich, aber vor allem die Hauptverwaltung für Aufklärung GRU, die Spionageabteilung des russischen Militärs. Dort arbeiteten Abhörspezialisten, die die Spionageaktivitäten hier auf Island koordinierten, was ungewöhnlich war, denn in anderen Ländern war der KGB dafür zuständig. Die beiden Behörden stritten um die Vormachtstellung, und ich könnte mir vorstellen, dass die Dokumente, die ich gefunden habe, vielleicht falsch einsortiert wurden, weil es Unstimmigkeiten gab, wo sie aufbewahrt werden sollten.«

Aleksi erzählte, dass er in alten Berichten der verschiedenen Kommissionen der Partei geblättert hatte, um einen Überblick darüber zu bekommen, wie die sowjetischen Diplomaten in den nordischen Ländern und vor allem in Island gearbeitet hatten. Über einige Jahre hinweg war immer wieder von sogenannten Handelsdelegierten die Rede gewesen, die zur Zeit des Kalten Kriegs in der sowjetischen Botschaft in Reykjavík tätig waren und meist mit dem Geheimdienst zusammenarbeiteten. Die neue Offenheit nach dem Fall des Eisernen Vorhangs und vor allem die Unzufriedenheit mit dem eigenen Lebensstandard nach dem jahrelangen Dienst für ihr Land hatten ihre Zungen gelockert. In dem Zusammenhang war auch der Name Pétur gefallen. Pétur von der Wäscherei. Ein Mittelsmann. Er hatte diese »Handelsdelegierten« an der sowjetischen Botschaft in Reykjavík unterstützt. Aleksi hatte mit früheren Mitarbeitern des Ministeriums gesprochen, und einer von ihnen hatte ihn sogar an einen Gefängniswärter des Lefortowo-Gefängnisses weitergeleitet, der zu dem Zeitpunkt kurz vor seinem Tod stand.

»Hat dein Vater jemals über diese Dinge mit dir gesprochen?«, fragte Aleksi und unterbrach seine Erzählung.

»Welche Dinge?«

Ívan wusste nicht, was er von alldem halten sollte. Er hatte zugehört, wie die Abkürzungen von dieser und jener Behörde aus dem Mund des Historikers gesprudelt waren, hatte Erzählungen aus längst vergangenen Zeiten gelauscht, aber nur wenig davon war tatsächlich bei ihm hängen geblieben.

»Ich habe dich wohl etwas überrumpelt«, sagte Aleksi. »Das war nicht meine Absicht, aber es war mir wichtig, dich zu treffen. Mit dir zu sprechen.«

»Ich ... mein Vater hat nie über diese Dinge geredet«, sagte Ívan. »Ein Mittelsmann ...?«

Aleksi meinte, er habe sich noch mehr Dokumente

aus anderen Archiven angesehen und sich aus den schriftlichen Aufzeichnungen und den Gesprächen mit Mitarbeitern der Botschaft ein Bild von den Vorfällen rund um Nicolai und Pjotrs Familie gemacht, das er für absolut plausibel hielt.

Lange hatte er nicht gewusst, was er mit diesen Informationen anfangen sollte. Manches davon war zweifelhaft, soviel war ihm klar, aber so war es schließlich immer, wenn es Leerstellen zu füllen gab. Andere Aspekte waren eindeutiger. Er meinte, er habe keine Zweifel daran, dass die Theorien, die er aus seinen Recherchen abgeleitet habe, für Ívan von großer Bedeutung seien und ihm Antworten auf offene Fragen zum Schicksal seines Vaters liefern könnten.

»Hast du die ganze Zeit davon gewusst?«, fragte Ívan schließlich nach langem Schweigen.

»Ich habe mich viele Jahre mit diesem Fall beschäftigt, aber nicht durchgehend«, sagte Aleksi. »Und ich weiß im Grunde immer noch nicht viel. Es war nicht leicht, an diese Informationen zu kommen. Ich musste sehr vorsichtig sein und kann nichts davon beweisen. Das ist eher wie ein … wie ein Hobby, kann man sagen. Eine alte Geschichte. Ich weiß nicht einmal, ob sich überhaupt noch jemand dafür interessiert.«

»Warum kommst du jetzt damit zu mir?«

»Ich bin auf einem Zwischenstopp aus den USA«, sagte Aleksi. »Dort gibt es bessere Ärzte, doch auch sie können nichts mehr für mich tun. Morgen früh fliege ich zurück nach Moskau, aber ich wollte dich treffen, zu dir in die Wäscherei kommen und deine Seite der Geschichte hören, diesen Ort mit eigenen Augen sehen. Wie eine Art Pilgerfahrt. Wie das Ende einer seltsamen Reise.«

»Bist du also …?«

»Sie geben mir noch zwei bis drei Monate«, sagte Aleksi. »Ich wäre dankbar, wenn du mich aus der Sache raushältst. Wegen der Situation in meinem Heimatland. Menschen werden festgenommen, wenn sie die Wahrheit sagen.«

»Ist Aleksi dein richtiger Name?«

Der Russe schüttelte den Kopf. Ein Lächeln huschte über seine Lippen, aber sein Gesichtsausdruck war alles andere als fröhlich.

»Ich habe Familie in Moskau. Drei Kinder. Ich hoffe, das kannst du verstehen.«

Zweiunddreißig

Der Mann nahm das Gespräch sofort an. Konráð stellte sich vor und erklärte sein Anliegen und woher er die Nummer bekommen hatte, und bat ihn um ein Treffen. Der Mann konnte ihm folgen, er wunderte sich zwar über die Vehemenz, aber für ihn sprach nichts dagegen, Konráð zu treffen, der eine Viertelstunde später bereits im Hauptsitz des Finanzunternehmens stand, in dem der Mann arbeitete. Er war nicht etwa Broker, sondern Nachtwächter, und nachdem Konráð sich ein paarmal verlaufen hatte, fand er ihn in einer der vielen Toiletten des Gebäudes, wo er gerade eine verstopfte Kloschüssel frei machte. An der Tür hing ein Schild mit der Aufschrift »Außer Betrieb«, und der Mann kauerte in grellgelben Handschuhen mit Abflussreiniger und Saugglocke über der Schüssel.

»Ich weiß nicht, was sie hier in die Toiletten stopfen«, seufzte er und wischte sich mit dem Arm über die Stirn. »Unmöglich, das Zeug rauszubekommen.«

»Vielleicht ist es schon länger verstopft«, sagte Konráð und betrachtete die Toilette.

»Ich muss wahrscheinlich den Klempner rufen«, sagte der Mann lächelnd und zog sich die Handschuhe aus. »Wäre nicht das erste Mal. Die Abflüsse in dieser Etage sind alle kaputt.«

Er hieß Vigfús und arbeitete seit etwa zehn Jahren in dem Gebäude, hatte über die Jahre aber bereits alle möglichen Jobs gehabt. Davor hatte er in einem Schweinemastbetrieb und in einer Fischverarbeitungsfabrik in Nordisland gearbeitet, einmal war er sogar an einem Autohaus beteiligt gewesen, das schließlich pleitegegangen war. Außerdem hatte er Erfahrungen als Bauarbeiter, Staplerfahrer und Fischer. Er habe drei Kinder mit zwei verschiedenen Frauen und denke darüber nach, als Nachtwächter aufzuhören und sich nach all den vielen Arbeitsjahren zur Ruhe zu setzen, sagte er und starrte auf die Toilette, graubärtig, abgemagert, mit gekrümmtem Rücken und einer großen Brille, die immer auf die Nase rutschte. »Wenn sie mich nicht sowieso feuern«, sagte er und schob die Brille hoch. »Sie reden oft von Kündigungen. Vermutlich kommt nicht genug Geld rein.«

All das erzählte er freimütig, nachdem Konráð gefragt hatte, was genau er in dem Gebäude mache. Schnell lenkte er das Gesprächsthema aber auf die Zeit, als der Mann als Türsteher in einem Tanzlokal ausgeholfen hatte.

»Ein Bekannter meines Vaters war Toilettenmann dort, und über ihn habe ich den Job als Aushilfe am Wochenende bekommen. Das ging nicht lange gut. Ich mochte die Arbeit nicht. Die Gäste waren oft ziemlich betrunken, und man musste sie rauswerfen, ich war noch nie gut darin, mich mit Gewalt durchzusetzen. Also ja, ich glaube, ich war höchstens ein halbes Jahr dort.«

Er war gut über den Skafti-Fall informiert und wusste genau, welche Rolle das Tanzlokal dabei spielte. An

Skafti konnte er sich sogar noch erinnern, er sei eigentlich immer friedlich gewesen, bis auf dieses eine Mal, als er in eine Schlägerei mit einem betrunkenen Mann geraten war, den er schließlich hinausgeworfen hatte.

»War das kurz bevor Natan und Skafti aneinandergeraten sind?«, fragte Konráð.

»Ja. Das war vielleicht zwei Wochen davor, ich weiß es nicht mehr genau. Ich habe seitdem eigentlich nie über diese Vorfälle gesprochen und bin etwas verwundert, dass du dich dafür interessierst.«

»Weißt du, was die Schlägerei ausgelöst hat?«

»Nein, es war ein Streit im Suff. So etwas war, ich würde nicht sagen, alltäglich, aber es ist so oft passiert, dass man sich nicht unbedingt an die Details erinnert, verstehst du. Aber dann haben alle über den Skafti-Fall geredet, und ich kannte den Typen ein wenig.«

»Der sich mit Skafti geschlagen hat?«

»Ja.«

Sie hörten ein Rumoren in der Toilette, und hervor kam ein Kondom, das auf dem trüben Wasser schwamm.

»Da hatte jemand seinen Spaß«, sagte Konráð.

Der Mann seufzte.

»Mist.«

»Was wolltest du noch sagen ...?«

»Ach so, ja, ich habe zwei Sommer lang für seinen Vater gearbeitet, also wusste ich, wer er war.«

»Du hast für seinen Vater gearbeitet?«

»Auf einer Baustelle«, sagte Vigfús. »Als das Unternehmen noch relativ klein und unbekannt war. Ich konnte gut mit ihm. Er hat uns Arbeiter fair behandelt. Jetzt gehört er zu den großen Fischen in der Branche.«

»Wer war das?«

»Er hieß Alfons.«

Konráð starrte den Mann an, als hätte er nicht richtig gehört.

»Hast du Alfons gesagt?«

»Ja.«

»War es Alfons' Sohn, hat er sich die Schlägerei mit Skafti geliefert?«

»Ja«, sagte Vigfús bestimmt. »Ich erinnere mich gut an den Jungen, der immer wieder mit seinem Vater auf die Baustelle gekommen ist. Hat natürlich keinen Finger gerührt, dafür war er sich zu fein. Sein Spitzname war Silli.«

»Warte, das muss doch ein Irrtum sein«, sagte Konráð und versuchte, ruhig zu bleiben. Er spürte, wie sein Blutdruck in die Höhe schoss. »Bist du sicher?«, flüsterte er.

»Ja. Silli.«

Die Antwort ließ keinen Raum für Zweifel.

»Es war Alfons' Sohn, der in dem Tanzlokal mit Skafti aneinandergeraten ist?«

»Ja.«

»Haben das noch andere mitbekommen?«

»Nein, das denke ich nicht. Es waren noch nicht viele da. Und ich habe ihn sofort rausgeworfen.«

»Warum hast du der Polizei nicht davon erzählt? Damals?«, fragte Konráð.

»Was meinst du?«

»Warum hast du der Polizei nicht davon erzählt?! Das ist alles relevant. Das sind wichtige Informationen.«

»Hab ich doch«, sagte der Mann und wunderte sich über die Frage. »Ich habe der Polizei alles erzählt, und der, mit dem ich gesprochen habe, hat sich bedankt und gemeint, er würde sich den Fall ansehen. Ich habe ihm gesagt, dass der Junge, Alfons' Sohn, ein ziemlicher Nichtsnutz war, dass er viel getrunken und ständig herumgepöbelt hat.«

»Mit wem hast du gesprochen? Weißt du das noch?«

»Ich glaube, er hat die Ermittlungen geleitet. Ich habe mich bei der Polizei gemeldet, und dann ist er gekommen, um mit mir zu sprechen.«

»Weißt du noch, wie er hieß? Erinnerst du dich an den Namen?«

»Nein, den Namen weiß ich nicht mehr.«

Konráð holte sein Handy hervor und öffnete den Browser. Er wusste, wo er suchen musste, die alten Nachrichtenseiten über den Skafti-Fall kannte er in- und auswendig und fand schnell ein Bild aus der Zeit, zoomte näher und hielt es dem Mann hin.

»War es der hier?«

Vigfús schob die Brille höher und betrachtete das Bild.

»Das könnte passen, ja«, sagte er. »Das ist der Mann.«

Konráð nahm das Handy und starrte auf das Bild. Es zeigte Leó.

Die Worte von Vigfús hallten in seinem Kopf wider.

»Ich habe ihm alles erzählt, und er hat sich bedankt und gemeint, er würde sich den Fall ansehen. Danach habe ich nichts mehr von ihm gehört. Habe dann aus den Nachrichten erfahren, dass dieser Natan den Mord gestanden hat ...«

Dreiunddreißig

Nach ein paar vergeblichen Versuchen, Leó zu erreichen, beschloss Konráð, zu ihm nach Hause zu fahren. Er musste mit ihm sprechen und herausfinden, ob es wirklich stimmte, was Vigfús behauptet hatte. Konráð war aufgefallen, dass Leó sich seit dem Leichenfund auf Öskjuhlíð verändert hatte. Er war nervös und verängstigt. Er hatte ausgesehen, als wäre er völlig am Ende, als Konráð ihn vor dem illegalen Casino beobachtet hatte.

Konráð parkte den Jeep auf der Straße vor Leós Haus, das ein wenig abseits stand, an einer Stichstraße in einem grünen Viertel der Oststadt. Dóra und er hatten sich seinerzeit ein schönes Heim gebaut. Nach der Trennung hatte Leó das Haus behalten, aber Konráð hatte seit Jahren keinen Fuß mehr hineingesetzt.

Auf dem Weg zum Eingang hörte er laute Musik, viel Bass und Schlagzeug, ein ziemlicher Lärm, den man eigentlich kaum noch als Musik bezeichnen konnte. Konráð betrachtete den neuen weißen Range Rover in der Einfahrt und klingelte, aber der Lärm übertönte das Geräusch. Er hämmerte gegen die Tür, doch auch das war kaum hörbar. Als er die Klinke drückte, flog die Tür auf. Sie war nicht abgeschlossen. Sofort stieg ihm ein starker Marihuana-Geruch in die Nase. Vorsichtig trat er ein und rief Leós Namen, fragte, ob er zu Hause, ob er da drinnen sei.

»Leó?!«

»Leó!«

Konráð warf einen Blick in die Küche, wo ziemliche Unordnung herrschte. Das Waschbecken war voll mit dreckigem Geschirr, Essensreste lagen auf dem Tisch und leere Pizzaschachteln und Takeaway-Verpackungen waren auf dem Boden verstreut. Er ging ins Wohnzimmer und sah einen Mann um die dreißig, der an einem Tisch saß und sich irgendetwas in die Nase zog. Der Mann drehte ihm den Rücken zu und bemerkte ihn nicht. Das Wohn- und Esszimmer sah nicht viel besser aus als die Küche. Es wirkte fast, als hätte sich dort jemand geprügelt. Deko-Gegenstände waren auf den Boden gefallen und zerbrochen. Ein Ledersessel war umgekippt. Weinflaschen und Bierdosen lagen überall herum. Gemälde hingen schief an den Wänden, und eines davon war heruntergefallen.

Der Flur hinter dem Esstisch führte zu einem Schlafzimmer, dort war es dunkel, aber soweit Konráð erkennen konnte, lag jemand im Bett. Unter der weißen Decke lugte ein nackter Frauenfuß hervor.

Konráð sah sich nach den Lautsprechern um, von denen der unerträgliche Lärm ausging, und entdeckte sie schließlich im Regal. Er ging hin und brauchte eine Weile, um herauszufinden, wie er das höllische Gebrüll ausschalten konnte. Der Mann beobachtete ihn dabei, ohne sich auch nur einen Zentimeter zu bewegen. Als es Konráð endlich gelang, die Musik auszuschalten, machte sich eine angenehme Stille im Haus breit.

»Warum hast du das getan?«, fragte der Mann im

Wohnzimmer. Vor ihm auf dem Tisch lagen Glaspfeifen, Löffel und Feuerzeuge. Er war high wie ein Heißluftballon.

»Wer bist du?«, fragte Konráð.

»Du kannst doch nicht einfach die Musik ausmachen! Was ist los mit dir?«

»Ist Leó da?«

»Wer bist du?«

»Ich muss mit ihm reden«, sagte Konráð. »Weißt du, wo er ist?« Der Mann starrte Konráð an, schien aber in einer völlig anderen Welt zu verweilen.

»Er ist nicht hier, du musst also … verzieh dich einfach.«

Der Mann sah ihn mit glasigen Augen an, sein Gesicht war eingefallen, aber die Frisur ordentlich, er trug eine schwarze Hose aus hochwertigem Stoff und ein weißes aufgekrempeltes Hemd. Von einem Ohrläppchen baumelte schöner Goldschmuck, beide Arme waren tätowiert, und am Finger trug er einen edlen Ring. Er sah kräftig aus, und Konráð hatte den Eindruck, dass er viel Zeit im Fitnessstudio verbrachte, wenn er sich nicht gerade in Leós Haus zudröhnte.

»Weißt du, wer er ist?«, fragte Konráð wieder und blickte sich um. Der Mann saß ruhig am Wohnzimmertisch, umgeben von Drogen, völlig unbekümmert davon, dass Konráð durchs Haus ging und nach Leó rief. Er wusste von einem Keller und ging vorsichtig über die steile Treppe nach unten, machte das Licht an und sah sich um, aber auch dort war von Leó keine Spur.

Er ging zurück zu dem Mann und fragte ihn nach seinem Namen, ob er ein Verwandter von Leó sei, aber der Mann antwortete ihm nicht, sondern saß regungslos da und schloss langsam die Augen. Konráð verlor die Geduld und rüttelte ihn wieder wach.

»Woher kennst du Leó?«, fragte er.

»Leó? Er ist nicht hier.«

»Hat er dir erlaubt, hier zu sein? Darfst du hier wohnen?«

»Was ist los mit dir? Warum machst du solchen Lärm? Wer bist du? Verschwinde einfach wieder.«

In dem Moment hörte Konráð ein leises Stöhnen aus dem Schlafzimmer.

»Wer ist die Frau da drinnen?«

»Frau?«

»Im Zimmer.«

»Die?«, fragte der Mann, als hätte er sie völlig vergessen. »Sie ist gestern Nacht mitgekommen. Wollte ficken …«

»Ist mit ihr alles in Ordnung?«

Der Mann schnaubte, schloss dann wieder die Augen und neigte den Kopf nach hinten. Sein Mund stand weit offen. Konráð sah sich die Drogen auf dem Tisch an, Kokain in kleinen Dosen, gepresste Haschwürfel und noch so einiges, das er nicht auf den ersten Blick erkannte. Im Esszimmer entdeckte er auf dem Boden eine Lederjacke und fand eine Kreditkarte in der Tasche. Kristján Óskar Sigvaldason stand darauf. Er steckte sie wieder zurück, doch in der Tasche waren auch noch ein paar lose Tabletten, die er herausnahm und betrachtete. Er meinte, das Medikament zu erkennen. Knabberte vorsichtig mit dem Scheidezahn an der Pille, um sich zu vergewissern.

Er eilte zu der Frau ins Schlafzimmer, machte Licht an und zog vorsichtig an der Decke, bis ihr Gesicht zu sehen war. Sie lag nackt im Bett, das Gesicht voller blauer Flecken und Prellungen, ihre Lippe war aufgeplatzt, und sie hatte weitere Verletzungen am ganzen Körper. Konráð versuchte, sie zu wecken, aber sie schien immer noch unter dem Einfluss der Tabletten zu stehen.

Als sie schließlich aus der Bewusstlosigkeit erwachte, hörte er ein leises Geräusch hinter sich und spürte eine starke Hand, die sich um seinen Hals schloss und seinen Kopf nach unten drückte, vom Bett wegzerrte und ihn auf dem Boden festhielt, bis ihm schwarz vor Augen wurde und er das Bewusstsein verlor.

Vierunddreißig

Eygló hatte in irgendeiner Zeitschrift ein Rezept für ein Pastagericht gefunden und wollte ausprobieren, ob es bei ihr genauso appetitlich aussehen würde wie auf dem Bild. Sie hatte sich die Zutaten notiert, die nicht weiter kompliziert waren, Spaghetti, Cocktailtomaten, Pesto, Knoblauch und Olivenöl. Viel Olivenöl. Und dazu Weißwein. Viel Weißwein.

Eigentlich kochte sie nicht oft und interessierte sich auch nicht wirklich dafür. Meist vergaß sie, einkaufen zu gehen, aber wenn all ihre Teevorräte erschöpft waren und sie eine Woche lang Fladenbrot mit geräuchertem Lammfleisch und Toast mit Marmelade gegessen hatte, bekam sie manchmal Lust auf Abwechslung.

Sie hatte viel über Konráð und ihren Ausflug nach Skorradalur nachgedacht und fragte sich, ob er schon etwas im Zusammenhang mit Henning Ragnarsson herausgefunden hatte, dem eine der Nummern gehörte, die sie in dem Telefonbuch im Sommerhaus von Gústafs Familie entdeckt hatten. Konráð hatte seine Neugier nicht verbergen können, als sie ihm dort von ihrem Exfreund erzählt hatte, mit dem sie eine Zeit lang in der Weststadt zusammengewohnt hatte. Zwar war es ihr gelungen, das Gesprächsthema schnell zu wechseln, aber die Erinnerungen ließen sich nicht so leicht verdrängen. Sie hatte schon lange nicht mehr an den Mann gedacht, als er in dem Sommerhaus am See so plötzlich wieder in ihrem Kopf aufgetaucht war. Darauf war sie nicht vorbereitet gewesen. Mit so einem ungewöhnlichen Anlass wie einem alten Telefonbuch hatte sie nicht gerechnet. Es war ein seltsames Gefühl gewesen, mit dem Finger über ihre damalige Adresse zu fahren. Die alte Nummer zu sehen, die Erinnerungen an ihre Beziehung und die Trennung weckte. Seitdem hatte sie keine längere Beziehung mehr gehabt und fragte sich manchmal, was hätte sein können.

Einmal hatte sie den Drang verspürt, mehr darüber in Erfahrung zu bringen, warum sie diese Erscheinungen hatte. Bildete sie sich das alles nur ein? Waren die Erscheinungen, die Wahrträume und der Sinn für das Spirituelle nur die Folge irgendeiner Art Gehirnschaden, oder konnte sie tatsächlich Kontakt zu Verstorbenen aufnehmen?

Sie hatte schon als Kind gemerkt, dass sie anders war als die anderen, wenn sie in den unterschiedlichsten Situationen Menschen bemerkte, die außer ihr niemand sehen konnte. Ob bei Kindergeburtstagen, Besuchen bei Freundinnen oder im Schulbus. Sie lernte, diese Erscheinungen von realen Menschen zu unterscheiden, und suchte Rat bei ihrem Vater, der selbst ein Medium war, auch wenn er seine Fähigkeiten an den Alkoholismus verloren hatte, der ihn schließlich auch das Leben kostete. Er erzählte ihr von dem Sinn, den manche Menschen für diese Dinge hatten, und dem Äther, den Seelen der Toten und der Grenze zwischen dem Leben und dem Jenseits. Wir leiten nur Botschaften weiter, hatte er gesagt. Wir helfen den Menschen, sich zu erinnern und vielleicht Frieden zu schließen. Mehr nicht. Wir sind keine Seelenhirten, nur Boten.

Der Mann hatte früher ein paar ihrer Séancen besucht und sie ziemlich unsicher und verlegen angesprochen. Im Rahmen des Studiums forschte er zu übersinnlichen Wahrnehmungen, Todeserfahrungen und Ansichten zum Jenseits und fragte Eygló, ob sie an seiner Studie teilnehmen wolle. Er habe bereits mit einigen Medien gesprochen, die ihm alle sehr geholfen hätten. Sie lehnte ab, und er akzeptierte das, aber danach trafen sie sich trotzdem immer wieder und unterhielten sich über ihre gemeinsamen Interessen im Bereich der Parapsychologie. Sie fühlte sich in seiner Nähe wohl, und eins führte zum anderen, sie kamen zusammen, und Eygló zog zu ihm in die Nähe des alten Hafens in der Weststadt.

Kurz darauf fing er an, von Kindern zu sprechen, was bei Eygló nicht auf viel Gegenliebe stieß. Sie wolle keine Familie, das sagte sie ihm ganz direkt, als sie sich über das Thema immer öfter stritten. Er versuchte, auf sie einzureden, aber vergeblich. Sie hatten beinahe fünf Jahre zusammengelebt, als er begann, sich anderweitig umzusehen.

Oft, wenn sie an diese Zeit zurückdachte, erinnerte sie sich auch an eine prägende Situation, die sie als Kind mit ihrer Mutter zusammen erlebt hatte. Als der Mann einmal gefragt hatte, wann Eyglós übernatürliche Wahrnehmungen angefangen hätten, erzählte sie ihm von dieser schlimmen und schmerzlichen Erfahrung. Später spielte er das gegen sie aus. Als die Beziehung bereits zu zerbrechen drohte und die Beschimpfungen nur so hin und her flogen, Worte, die sie besser für sich behalten hätten, behauptete er einmal, dass dieses Erlebnis vermutlich der Grund dafür sei, dass sie keine Kinder wolle.

Sie war mit ihrer Mutter ins Schwimmbad gegangen, und auf dem Weg nach Hause hatten sie an einer großen Kreuzung angehalten und hinter sich einen ohrenbetäubenden Lärm gehört. Dann sahen sie einen Lastwagen, der laut hupend und in voller Fahrt über eine rote Ampel raste und auf einen Pkw zusteuerte, der gerade über die Kreuzung fuhr, sodass es zu einem schrecklichen Zusammenprall kam. Der Lastwagen schob den Pkw vor sich her und auf die andere Straßenseite hinüber, bis er mit voller Wucht gegen einen Schutthaufen prallte. Der Lastwagenfahrer hatte am Steuer einen Herzinfarkt erlitten und war auf die Hupe gefallen, sein Fuß stand immer noch auf dem Gaspedal. Der Fahrer des Pkw konnte nicht mehr reagieren und war auf der Stelle tot. Seine Tochter, die auf dem Rücksitz gesessen hatte, ebenfalls.

Sie war in Eyglós Alter und hatte ihr in dem Moment, als die Hupe des Lastwagens erklang, gerade hinter der Scheibe zugewinkt. Eygló hatte lächelnd zurückgewinkt und immer noch die Hand hochgehalten, als der Lastwagen vor dem Schutthaufen zum Stehen kam.

Eygló war damals sechs Jahre alt gewesen und erinnerte sich an keine Erscheinungen aus der Zeit davor. Als sie sich an dem Abend hinlegte, konnte sie nur schwer einschlafen. Und als sie irgendwann aufwachte, saß das Mädchen, das verunglückt war, in ihrem Zimmer, sie lächelte, wie sie es in den letzten Sekunden ihres Lebens auch getan hatte.

Eygló war noch tief in ihre Gedanken versunken, und das Essen stand unangerührt auf dem Tisch, als sie plötzlich ihr Handy hörte. Sie wusste nicht, wo sie es liegen gelassen hatte, und musste dem Klingeln folgen, bis sie es endlich unter einer Einkaufstüte auf dem Tisch neben dem Eingang fand. Sie blickte auf die Nummer. Es war die Mutter von Skafti.

Fünfunddreißig

Konráð kam nur langsam wieder zu Bewusstsein. Sein Kopf und sein Hals schmerzten, und so blieb er eine Weile auf dem Boden liegen und versuchte, sich zu orientieren. Dann erinnerte er sich an Leós Haus, den Junkie und die junge Frau im Schlafzimmer. Er richtete sich langsam auf und sah beim Aufstehen Sterne, spürte das Blut in seinem Kopf pulsieren und Schmerzen, die sich bis zur Stirn zogen. Als er wieder schärfer sehen konnte, fiel ihm auf, dass die junge Frau verschwunden war, genau wie das Bettzeug.

Er stand da und versuchte, die Situation zu verstehen. Dann ging er langsam Richtung Wohnzimmer und sah, dass der Mann aufgeräumt und ihn im Haus allein gelassen hatte.

Konráð holte sein Handy hervor. Er musste Marta anrufen und ihr erzählen, was passiert war, auch wenn er nicht genau wusste, was das alles zu bedeuten hatte. Er hatte keine Ahnung, wer die junge Frau war, und alle Spuren der Tat waren verschwunden. Den Namen des Mannes hatte er auf der Kreditkarte gesehen und schon einmal gehört, er musste ein Verwandter von Leó sein.

Auf der Suche nach irgendwelchen Beweisen irrte er durchs Haus, aber er fand nichts. Jemand hatte ein altes

Fotoalbum hervorgeholt, das offen auf dem Boden vor einem Bücherregal lag. Konráð blätterte darin, es waren Fotos von Leó und Dóra in den Siebzigerjahren, und da waren auch er selbst und Erna, sie hatten zu viert einen Campingausflug gemacht.

Marta nahm den Anruf schnell entgegen, und er schilderte ihr die Ereignisse. Sie müsse diesen Mann finden, Kristján Óskar Sigvaldason, und eine Frau, die bewusstlos im Schlafzimmer gelegen hatte. Der Mann sei vermutlich schwer drogenabhängig und habe die Frau aller Wahrscheinlichkeit nach vergewaltigt.

»Wie kommst du darauf?«, fragte Marta.

»Er hatte Tabletten dabei. Rohypnol. Anscheinend hat er ihr was verabreicht.«

»Im Drink untergejubelt?«

»Könnte gut sein. Ich weiß nicht, ob er es in irgendeinem Club oder hier im Haus getan hat, aber danach sah es aus. Du musst ihn so schnell wie möglich finden. Vielleicht hält er die Frau gewaltsam fest.«

Er hörte, wie Marta jemandem etwas befahl. Sie nannte auch den Namen des Mannes.

»Was hattest du bei Leó zu suchen?«, fragte sie, als sie wieder an den Hörer ging.

»Ich wollte mit ihm reden«, sagte Konráð. »Eine Sache zwischen uns. Kannst du herausfinden, ob sie verwandt sind? Leó und dieser Kristján? Hatte die Polizei schon öfter mit ihm zu tun? Sagt dir der Name etwas?«

»Nein«, sagte Marta, und er hörte sie schnell etwas tippen, um Antworten auf seine vielen Fragen zu finden.

»Du bist offenbar noch im Büro?«, sagte er.

»Ich wollte gerade gehen. In der Datenbank steht

nicht wirklich was über ihn. Geschwindigkeitsübertretungen. Falschparken. Nur kleine Ordnungswidrigkeiten.«

»Ich glaube, er ist Leós Cousin. Kannst du das herausfinden?«

Für eine Weile schwiegen sie, nur das Klappern der Tastatur war zu hören.

»Kristjáns Vater ist Sigvaldi Alfonsson«, sagte Marta schließlich. »Sigvaldi und Leó sind Cousins ersten Grades, ihre Väter sind Brüder.«

»Dann muss er Alfons' einziger Sohn sein, dieser Sigvaldi? Stimmt das?«, fragte Konráð. Er hatte sich noch nicht wirklich mit Alfons' Stammbaum auseinandergesetzt.

Marta brauchte eine Weile, um zu recherchieren.

Konráð fiel wieder ein, was der Türsteher ihm über Alfons' Sohn erzählt hatte, dass er zwei Wochen vor seinem Verschwinden in eine Auseinandersetzung mit Skafti geraten war. Das musste dieser Sigvaldi sein, der Türsteher hatte ihn Silli genannt. Er wollte Marta gerade davon erzählen, aber dann zögerte er. Vielleicht war er noch etwas benebelt, hatte Schmerzen in Kopf und Hals, aber er meinte zu verstehen, warum Alfons ihn zu sich zitiert und gebeten hatte, Leó in Ruhe zu lassen. Der alte Mann beobachtete offenbar mit Sorgen, wie der Fall sich entwickelte. Und irgendwie hingen diese Sorgen mit Leó zusammen und dem Anruf in der Nacht von Skaftis Verschwinden. Konráð wollte erst mit Leó sprechen, bevor er Marta von seinen Vermutungen erzählte. Er wollte es von ihm selbst hören. Ob er die Wahrheit über Skafti kannte, vielleicht schon seit Langem.

»Ja«, sagte Marta schließlich. »Ich sehe keine Geschwister. Sigvaldi ist ein Einzelkind.«

Kurze Stille.

»Hier steht etwas über ihn in einem alten Artikel«, sagte sie. »Das kannst du auch selbst nachsehen. Ein Bild von ihm vor einem Neubau, anscheinend wird er Silli genannt …«

Die Zeugin berichtete, dass sie nach einem langen Nachtflug von Keflavík gekommen sei und eine junge Frau in schlechter Verfassung am Wegrand in Hafnarfjörður gesehen habe, deren Anblick ihr nicht geheuer gewesen sei. Sie habe angehalten, um ihr zu helfen, und die Frau sei beinahe auf ihr Auto gefallen. Sie konnte kaum sprechen. Also ging die Zeugin sofort von einer Überdosis aus. Sie war Krankenpflegerin und kannte die Symptome. Außerdem sah es so aus, als wäre die Frau geschlagen worden, hatte Blutergüsse im Gesicht und eine aufgeplatzte Lippe.

Sie hatte ihr ins Auto geholfen, und die Frau hatte ihr undeutlich und mit vielen Unterbrechungen erzählt, dass sie sich zuletzt daran erinnere, in der Stadt ausgegangen zu sein, also in Reykjavík. Sie sei allein unterwegs gewesen und habe sich mit einem Mann unterhalten, der etwas älter war als sie. Sie erinnerte sich vage an ein Auto, ein Schlafzimmer und eine Auseinandersetzung und dass jemand sie aus einem Auto gezerrt und am Straßenrand ausgesetzt hatte. Ihr ganzer Körper tat ihr weh.

Für die Zeugin kam nichts anderes infrage, als mit der Frau zu einer Anlaufstelle für Missbrauchsopfer zu fahren, wo ihre Vermutung bestätigt wurde, dass sie brutal vergewaltigt worden war.

Sie wusste nichts mehr über den Täter zu sagen, außer, dass er sich Kósi genannt hatte.

Komm zu Kósi, hatte sie im Rausch gehört.

Komm zum kleinen Kósi …

Sechsunddreißig

Eygló bereute schnell, sich in die Sache eingemischt zu haben. Sie hätte Skaftis Mutter am Telefon besser zuhören sollen, dann wäre ihr vielleicht aufgefallen, dass sie betrunken war und vor allem jemanden zum Reden brauchte. Sie hatte so getan, als ginge es um eine dringende Angelegenheit und als wüsste sie nicht, an wen sie sich sonst wenden sollte. Eygló machte sich sofort Sorgen, weil die Frau so aufgewühlt wirkte, und sie war sofort bereit, alles zu tun, um ihr zu helfen. Ohne lange nachzudenken, versprach sie, bei ihr vorbeizusehen.

Wie sich herausstellte, hatte Lovísa den ganzen Tag getrunken, war einsam und etwas besänftigt vom Alkohol, auch wenn sie ihre direkte und spitzzüngige Art nicht völlig abgelegt hatte. Eygló war kaum durch die Tür getreten, als sie bereits loslegte und erzählte, dass ihr der letzte Besuch nicht viel gebracht habe und Menschen wie Eygló vermutlich wirklich nur Scharlatane seien, genauso, wie sie es schon immer gesagt habe. Sie überlege trotzdem, ihr noch eine Chance zu geben, aber dann müsse auch wirklich etwas Ordentliches dabei herauskommen.

Eygló hörte ihr kommentarlos zu, und bald war ihr klar, dass dieser Besuch nicht viel bringen würde. Sie beschloss, nicht lange zu bleiben, damit Lovísa ihren

Rausch ausschlafen könnte. Morgen würde sie dann anrufen und sich nach ihrem Befinden erkundigen. Eygló urteilte nicht über sie. Sie konnte sich kaum vorstellen, was Lovísa seit Skaftis Tod durchgemacht hatte, und jetzt schien die ganze Sache von vorne anzufangen, und diesmal war es fast noch schlimmer als beim letzten Mal.

»Du hast am Telefon gesagt, dass du dich hier seit meinem Besuch nicht mehr wohlgefühlt hast«, sagte Eygló. »Kannst du das genauer beschreiben? Hat sich etwas verändert?«

»Mich fröstelt. Mir ist kalt und unbehaglich zumute.«

»Als würdest du krank werden?«

»Ich fühle mich einfach nicht gut.«

»Und du hast das Gefühl, es hatte mit meinem Besuch zu tun?«

»Es geht mir schon lange nicht gut«, sagte Lovísa und fragte, ob sie ihr etwas zum Trinken anbieten könne, während sie in die Küche ging und ihr eigenes Glas auffüllte.

Eygló bat um ein Wasser, und Lovísa schnaubte leise, als wäre es völlig abwegig, dass Eygló nichts Richtiges mit ihr trinken wollte. Sie reichte ihr ein Glas und erzählte, sie habe schon zweimal die Polizei angerufen, einmal am Morgen und dann wieder am Nachmittag, aber man hatte ihr lediglich gesagt, dass in dem Fall ermittelt werde und er höchste Priorität habe und so weiter und so fort. Sie habe den Eindruck, die Polizei komme nicht richtig in die Gänge. Anwälte hätten sie bereits kontaktiert und ihre Hilfe angeboten. Die vielen Anrufe von Journalisten würden sie auch nerven, sie sei aber in Verhandlungen mit einem Online-Magazin, mit dem sie zu sprechen bereit sei. Ins Fernsehen traue sie sich nicht, auch wenn die Sender nicht locker ließen und behaupteten, ihre Geschichte gehe alle Bürger des Landes etwas an.

»Und das stimmt natürlich auch«, sagte sie und trank einen Schluck aus ihrem Glas. »Das stimmt natürlich. Eine Frau wie ich hat viel zu erzählen.«

Sie setzte sich hin und wirkte plötzlich nicht mehr so mürrisch wie zuvor.

»Willst du nicht reinkommen?«, fragte sie, als sie sah, dass Eygló immer noch in der Tür stand und noch nicht einmal ihre Jacke ausgezogen hatte.

»Nein, weißt du, ich glaube, ich sollte wieder los«, sagte Eygló. »Ich … ich muss morgen früh raus und …«

»Entschuldige, dass ich dich belästige«, sagte Lovísa. »Du warst nur die Erste, an die ich gedacht habe.«

»Natürlich.«

»Die Sache hängt seit Jahren wie eine dunkle Wolke über unserer Familie«, sagte Lovísa und griff nach der Uhr, die Skafti gehört hatte und die sie nach dem Leichenfund von der Polizei bekommen hatte. »Ich hätte ihn vielleicht besser behandeln können«, sagte sie und starrte auf die Uhr.

»Denken das nicht die meisten, wenn sie einen geliebten Menschen verlieren?«, sagte Eygló. »Ist das nicht normal? Niemand geht durchs Leben, ohne jemals zu leiden.«

»Ich habe jahrelang nicht getrunken«, sagte Lovísa und starrte in ihr Glas. »Ich bin nur … Das Problem ist, seit er gefunden wurde, scheint alles wieder von vorne anzufangen. Der ganze Schmerz ist wieder da. Die ganze Wut und Verzweiflung und Angst vor dem, was ihm zugestoßen sein könnte. Nur diesmal ist es irgendwie schlimmer. Ich bekomme keine Antworten. Wir wissen nicht, was passiert ist. Alles wird geprüft. Warum wurde er angegriffen? Warum landete er in dieser Grube auf Öskjuhlíð?«

Lovísa brach in Tränen aus, und Eygló ging zu ihr, nahm ihr das Glas aus der Hand und legte tröstend den Arm um sie. Sie versuchte, ihr zu sagen, dass der Mord an ihrem Sohn bald aufgeklärt und die Wahrheit ans Licht kommen würde. Dann könne sie endlich mit dem Fall abschließen, was für alle wichtig wäre. Sie dürfe nicht die Hoffnung verlieren.

»Denkst du das?«, fragte Lovísa. »Denkst du, der Fall wird jemals aufgeklärt?«

»Da bin ich mir ganz sicher«, sagte Eygló und starrte in eine Ecke im Wohnzimmer. »Mir scheint alles auf dem richtigen Weg zu sein.«

»Ist er hier?«, flüsterte Lovísa.

»Hier?«

»Mein Junge? Ist er hier bei mir? Ich habe manchmal das Gefühl, als wäre er hier bei mir.«

Lovísa griff nach ihrem Arm.

»Kannst du mir sagen, ob er bei mir ist?«

»Nein«, sagte Eygló. »Das ist er nicht.«

»Kannst du ihn zu dir rufen? Kontakt mit ihm aufnehmen?«

»Nein. Auch das kann ich nicht.«

»Geht es ihm besser? Jetzt, wo er gefunden wurde? Geht es ihm besser?«

»Ganz bestimmt«, sagte Eygló, eigentlich gegen ihre Überzeugung. »Ich bin sicher, es geht ihm besser.«

Sie tat so, als würde sie die Frau im Blumenkleid mit den offenen Haaren nicht sehen. Sie hatte die ganze Zeit im Wohnzimmer in einer Ecke gestanden. Die Nähte an ihren Augen waren verschwunden, und sie starrte Eygló stumm und regungslos an. Hinter ihr waren im Dunkeln die blassen Umrisse einer weiteren Person auszumachen.

Siebenunddreißig

Konráð wachte am nächsten Tag erst spät auf und brauchte lange zum Aufstehen. Er hatte immer noch Halsschmerzen und Schwierigkeiten beim Schlucken, außerdem klang seine Stimme heiser. Die Kopfschmerzen waren aber weggegangen, und er hatte sich in der Nacht gut erholt, also ging er in die Küche und machte sich Kaffee. Er dachte über die Geschehnisse des gestrigen Abends nach und wusste, dass es wichtiger denn je war, Leó so schnell wie möglich zu finden.

Er ahnte nichts Böses, als es plötzlich an seiner Tür klingelte, aufdringlich und immer wieder. Er ging in den Vorraum, um aufzumachen, aber fragte zur Sicherheit erst, wer dort sei. Die Antwort kam wie aus der Pistole geschossen.

»Ich bin's, du verdammter Idiot!«, rief Marta.

Er machte auf, und sie stürmte wütend an ihm vorbei und direkt in die Küche, sah den frischen Kaffee in der Kanne und schenkte sich eine Tasse ein. In der Hand hielt sie ihre E-Zigarette. Eigentlich hatte sie vor Kurzem verkündet, sie habe damit aufgehört, also musste es sich wohl um einen Rückfall handeln. Der süße Vanillegeruch breitete sich in der Wohnung aus.

»Warum kriechst du in die Kofferräume von alten Ladas?!«, fragte sie, zog ein Papier aus ihrer Tasche und knallte es auf den Küchentisch. »Hast du jetzt völlig den Verstand verloren?«

Konráð nahm das Papier, es war der Ausdruck eines Online-Artikels, der einen Post aus den sozialen Medien zitierte, demzufolge ein ehemaliger Polizist namens Konráð neue Theorien zu einem alten ungelösten Kriminalfall habe, bei dem es um das Verschwinden von Pétur ging. Es habe unter anderem mit Geschäften zu tun, die Isländer früher mit alten Ladas gemacht hätten.

Er überflog den Text, es war eine detaillierte Beschreibung davon, wie er in den Kofferraum eines Lada gekrochen war und sich dort zusammengerollt hatte, als wollte er seine neuen Theorien selbst überprüfen oder gar beweisen. Konráð war sofort klar, dass der Maurer aus dem Vogar-Viertel, dem der Lada gehörte, sein Versprechen zu schweigen gebrochen hatte. Auf die Beschreibung von Konráðs Besuch folgten ausführliche Spekulationen über Péturs Verschwinden. Obwohl der Mann keinerlei Beweise hatte, war er sich sicher, dass diese neuen Informationen mit der letzten Islandreise von Péturs ehemaligem Geschäftspartner Franklín zu tun hatten, der ermordet bei Hafravatn gefunden worden war.

»Ich habe ihn gebeten, das für sich zu behalten«, sagte Konráð zu seiner Entschuldigung und warf den Ausdruck auf den Tisch. »Offensichtlich ist die Presse darauf aufmerksam geworden.«

»Das ist immer nur eine Frage der Zeit«, sagte Marta und stieß den Nikotindampf aus. »Alle sind sehr gespannt auf diese neuen Theorien, die du da hast.«

»Ach, das ist ... nur Unsinn ... hat er auch etwas über russische Trawler gesagt?«

»Nein, von Trawlern hat er nichts gesagt«, antwortete Marta. »Warum musst du mich andauernd in solche Situationen bringen?«, stöhnte sie dann wütend. »Ich wurde vorhin zu den Chefs zitiert und gefragt, ob ich was davon wisse und etwa schon vergessen hätte, dass du Einfluss auf die Ermittlungen zum Tod deines Vaters genommen hast. Dann wurde mir noch einmal unmissverständlich jeglicher Kontakt zu dir untersagt.«

»Ja, aber Marta ...«

»Ich wollte sie nicht anlügen und habe erzählt, dass ich im Zusammenhang mit Franklíns Tod ein paarmal mit dir gesprochen habe, weil du damals im Fall von Péturs Verschwinden ermittelt hast, und ich dachte, das könnte vielleicht hilfreich sein. Sie waren nicht amüsiert, das kann ich dir sagen. Meine Position soll jetzt neu bewertet werden und ... Ich weiß nicht, ob ich danach noch einen Job habe, Konráð. Keine Ahnung.«

Konráð schüttelte den Kopf.

»Ich wusste nicht, dass er vorhatte, was zu sagen.«

»Nein, es gibt viel, was du nicht weißt.«

»Die Lada-Theorie ist aber eigentlich nicht schlecht.«

»Deine Theorien kannst du dir sonst wo hinschieben«, sagte Marta und ließ sich auf einen der Küchensessel fallen. »Ich habe keine Lust, deinetwegen meinen Job zu verlieren.«

»Das ist doch Unsinn«, sagte Konráð. »Du verlierst doch nicht deinen Job. Habt ihr schon diesen Kristján Óskar gefunden?«

Marta sah ihn resigniert an. Scrollte dann durch ihr Handy und zeigte ihm ein Bild von der jungen Frau, der Konráð versucht hatte zu helfen.

»Ist sie das?«, fragte sie.

»Ja, das ist sie«, bestätigte Konráð. »Wurde sie vergewaltigt?«

»Ja. Aber sie kann sich an nichts mehr erinnern. War feiern gegangen und in irgendeiner Bar gelandet, hat sich erst wieder erinnert, als sie irgendwann in Hafnarfjörður am Straßenrand aufgesammelt wurde.«

Marta verstummte plötzlich.

»Ich, ähm … mit mir stimmt was nicht, jetzt erzähle ich dir schon wieder alles, was ich weiß.«

»Ganz ruhig, ich bin ein Zeuge, falls sie einen braucht. Hat sie was über den Täter gesagt?«

Marta holte tief Luft.

»Sie glaubt, dass er sich Kósi genannt hat«, sagte sie. »Das setzt sich aus den Anfangsbuchstaben von Kristján Óskar zusammen. Sie meint, dass er es gewesen sein muss. Wir versuchen noch, ihn zu finden. Er ist nicht wieder nach Hause gekommen. Warum warst du bei Leó?«

Konráð zögerte einen Augenblick. Er wusste, dass er Marta Ehrlichkeit schuldete, aber er war noch nicht bereit, ihr von seinen Erkenntnissen der letzten Tage zu berichten. Erst musste er mit Leó sprechen. Deshalb erzählte er nur, dass Leó wieder viel zu viel trinke, und seine Ex-Frau Dóra hätte ihn gebeten, nach ihm zu sehen.

»Ich dachte, ihr redet nicht mehr miteinander«, sagte Marta. »Leó und du.«

»Wir haben uns in letzter Zeit ab und zu getroffen«, sagte Konráð. »Wir sind zu alt, um wegen irgendwelcher unwichtigen Kleinigkeiten immer noch auf dem Kriegsfuß zu stehen.«

»Warum habt ihr euch getroffen?«

»Einfach so, ich weiß es gar nicht genau«, sagte Konráð. Er schämte sich für die Unehrlichkeit und konnte seiner Freundin nicht in die Augen sehen, also drehte er sich um und tat so, als würde er mit irgendetwas im Waschbecken hantieren.

»Sag mir bitte, dass Péturs Sohn deine Lada-Theorien kennt«, sagte Marta. »Damit er nicht aus dem Internet davon erfahren muss.«

»Ich habe mit ihm gesprochen«, sagte Konráð und war froh über das neue Gesprächsthema. »Ívan und ich verstehen uns gut, er ist ein prima Junge.«

Marta blieb noch eine Weile bei ihm sitzen, und ihre Wut legte sich etwas. Sie unterhielten sich über Pétursborg und Franklíns Leiche beim Seeufer. Sie konnten keine möglichen Verbindungen zwischen den beiden Fällen ausmachen, aber Konráð wollte trotzdem nicht völlig ausschließen, dass es sie geben könnte. Er berichtete, was Níels Finnsson über seinen Freund und dessen frühere Hobbys gesagt hatte, dass er nämlich gerne in der Umgebung von Reykjavík fotografiert und mit einem hochwertigen Fernglas Vögel beobachtet hätte. War das vielleicht eine Tarnung? Hat er sich dabei etwa auch auf Reykjanes herumgetrieben, in der Umgebung der US-Militärbasis auf Miðnesheiði?

»Denkst du, Franklín hat für die Russen spioniert?«, fragte Marta.

»Könnte gut sein«, sagte Konráð.

»Und dass er dabei geholfen hat, Pétur zu entführen?«

Konráð zuckte mit den Schultern.

»Ich weiß es nicht.«

»Und dann? Hat Franklín jetzt nach all den Jahren

ein schlechtes Gewissen bekommen und ist nach Island gereist, um mit der Wahrheit herauszurücken, und die Russen haben es wie einen Unfall bei Hafravatn aussehen lassen?«

»Wir wissen von einem gestohlenen Lada. Einem russischen Trawler im Hafen von Reykjavík an dem Tag von Péturs Verschwinden. Einem Mord an Péturs Freund vor vielen Jahrzehnten. Einer Botschaft, die ganz sicher im Kalten Krieg Spionage betrieben hat. Jede andere Annahme wäre jedenfalls naiv, denn besagter russischer Trawler war nun einmal zwanzig Jahre davor tatsächlich ein Spionageschiff.«

»Denkst du wirklich, die Russen werden solche Verbrechen jetzt plötzlich zugeben?«

»Ich weiß es nicht.«

»Das ist wirklich ... Wäre es für die Russen nicht am einfachsten gewesen, alles abzustreiten und weiterzumachen? Falls Franklín irgendwelche Geheimnisse auspacken wollte?«

»Vielleicht hat sich nach dem Ende des Kalten Krieges etwas verändert?«

»Ist der denn zu Ende?«, fragte Marta und stand auf. »Sag Leó liebe Grüße von mir. Wenn er sich nicht bald stellt, werden wir uns seine Handydaten ansehen.«

Achtunddreißig

Kurz nachdem Marta die Tür mit einem lauten Knall hinter sich zugemacht hatte, klingelte Konráðs Handy. Er brauchte ein wenig, um es zu finden, doch als er endlich ranging, fragte eine Frauenstimme, ob er Konráð sei und einmal bei der Polizei gearbeitet habe. Beides konnte Konráð nicht abstreiten. Die Frau erzählte weiter, sie habe im Internet von der Theorie mit den Ladas gelesen, die vielleicht im Zusammenhang mit dem Vermisstenfall aus dem Jahr 1983 stand. Dort sei sein Name genannt worden, und sie habe einfach mal anrufen wollen, um zu sehen, ob sie nicht helfen könne.

»Was meinst du?«, fragte Konráð verwundert.

»Du hast mit einem Mann über einen gestohlenen Lada gesprochen.«

»Ja.«

»Mein Mann und ich haben einmal versucht, einen Lada an einen russischen Trawler zu verkaufen«, sagte die Frau. »Es war tatsächlich genau in dieser Zeit. Vielleicht war es sogar derselbe Trawler.«

»Warum denkst du das?«

Plötzlich wirkte die Frau abgelenkt und entschuldigte sich, sie könne nicht lange telefonieren, sie sei Krankenpflegerin und rufe von der Arbeit aus an. Konráð schlug ein Treffen nach ihrer Schicht vor, und die Frau willigte ein und verabschiedete sich schnell.

Nach dem Telefonat blieb Konráð eine Weile sitzen. Vielleicht hatte sein Besuch bei dem Besitzer des Lada am Ende doch noch etwas Gutes. Er griff wieder nach dem Handy und rief Eyvindur an, den ehemaligen Handballer mit dem Fitnessstudio. Er fragte ihn, ob er noch mehr über Franklín und seine Freundschaft mit Pétur herausgefunden oder im Zusammenhang mit Péturs Verschwinden je etwas von alten Ladas oder russischen Trawlern gehört habe. Irgendwelche Gerüchte, vielleicht sogar nur Anekdoten. Irgendwas.

Eyvindur meinte, ihm nicht helfen zu können. Er gehöre nicht zu den Menschen, die Gerüchte verbreiten, fügte er hinzu. Von russischen Trawlern wisse er nichts.

»Aber ich wurde genau deswegen angerufen«, sagte Eyvindur dann. »Der Mann hat mir erzählt, dass er mit dir gesprochen hat, der Arme. Ich wusste nicht, was er meinte.«

»Wer hat angerufen?«

»Ívan. Péturs Sohn. Er hat erzählt, du hättest mit ihm über diese Ladas gesprochen.«

»Ach so?«

»Ja, und Franklín, nach dem hat Ívan auch gefragt. Du hast ihn irgendwie schrecklich aufgewühlt.«

»Was ist mit Franklín? Was wollte er über Franklín wissen?«

»Er hat nach seinen Hobbys gefragt, seinen Vogelbeobachtungen. Das war schon vor zwei oder drei Wochen. Ich meinte zu ihm, er könne mit meinem Geschäftspartner Hendrik sprechen. Er hat auch Vögel beobachtet, genau wie Franklín. Hast du ihn nicht gesprochen?«

»Ívan wollte etwas über Franklíns Hobby wissen?«

»Ja, was Franklín da genau gemacht hat.«

Konráð hatte sich noch nicht richtig von Martas Besuch erholt.

»Warum hat er gefragt?«

»Na ja, da habe ich nicht weiter nachgebohrt, ich dachte, es hat vielleicht mit seinem Vater zu tun.«

»Und er hat schon mal danach gefragt?«

»Ja. Ich ... spielt das denn eine Rolle? Hab ich dir das nicht erzählt?«

»Hatte Franklín noch mit anderen Kontakt, als er hier in Island war?«, fragte Konráð. »Fällt dir da noch wer ein?«

»Ich weiß es nicht. Vielleicht hat er mit Teitur gesprochen, das war ein alter Freund von ihm, oder mit Silli, der war auch mit uns beim Handball.«

»Silli?«

»Ja, Sigvaldi.«

»Sigvaldi?«

»Ja, Sigvaldi Alfonsson.«

»Sigvaldi Alfonsson? Silli? Warte ... meinst du den Sohn des Bauunternehmers?«

»Ja.«

»Kannten er und Franklín sich?«

»Ja, schon seit der Kindheit.«

Für einen Moment verschlug es Konráð die Sprache.

»Seit ihrer Kindheit?«, wiederholte er dann.

Eyvindur fluchte, weil jemand im Fitnessstudio auf dem Laufband gestürzt war, und verabschiedete sich schnell. Konráð hatte kaum das Handy weggelegt, als es wieder klingelte.

»Lass gefälligst Dóra in Frieden«, hörte er jemanden lallen.

»Leó, wo bist du?«, fragte Konráð. »Ich muss mit dir reden.«

»Auf keinen Fall. Du hast mir verdammt noch mal nichts zu sagen!«

»Leó!«

»Du weißt nicht ... du weißt nicht, was du ... was du da tust. Du weißt nichts ... nichts.«

»Leó, so geht das nicht. Du musst kommen und mit uns reden. So kann das nicht weitergehen.«

»Sag mir nicht, was ich tun soll. Ich gehe nirgendwo hin.«

»Wo bist du? Ich kann dich abholen.«

»Du hast keine Ahnung, Konráð. Hattest du noch nie.«

»Was solltе ich denn wissen, Leó? Erzähl mir, was passiert ist.«

»Ich habe nur eine Bitte an dich: Lass mich einfach in Frieden. Hast du gehört? Lass mich einfach in Frieden.«

»Ich war bei dir zu Hause, Leó. Das war nicht schön. Dein Cousin Kristján Óskar war da.«

Schweigen.

»Er hatte eine Frau abgeschleppt und sie vergewaltigt. Bei dir zu Hause, Leó. Findest du das in Ordnung?«

»Du Lügner ... was für ein verdammter Unsinn. Das ist doch alles frei erfunden. Lass uns einfach in Ruhe. Lass uns in Frieden, oder du wirst es noch bereuen.«

»Was willst du mir nicht sagen, Leó? Wovor rennst du davon?«

Er bekam keine Antwort. Leó hatte aufgelegt.

Neununddreißig

Konráð trank schnell seinen Morgenkaffee aus und machte sich auf die Suche nach Leó. Er rief noch einmal alle an, von denen er glaubte, dass sie vielleicht Kontakt mit ihm haben könnten. Aber die Antworten waren die gleichen, niemand hatte von ihm gehört oder wusste, wo er war. Konráð suchte im Internet nach Sigvaldi Alfonsson, der immer Silli genannt wurde, aber außer seiner Adresse in Garðabær fand er nichts. Die Telefonnummer tauchte nirgendwo auf, und er wurde in keinem der Unternehmen seines Vaters als Mitarbeiter geführt. Über seinen Familienstand und eventuelle Kinder konnte er auch nichts herausfinden. Konráð fand keine Accounts in den sozialen Medien, aber vielleicht hatte er auch nicht genau genug gesucht, in der Hinsicht war er kein Experte.

Dóra hatte ihm erzählt, dass sie zwei Tage die Woche als Buchhalterin bei einem kleinen Importunternehmen arbeite, und Konráð beschloss, zu ihr zu fahren. Er wollte sie fragen, ob sie etwas von Leó gehört hatte. Er wollte sie eigentlich nicht zu sehr mit der Sache behelligen, schließlich waren Erna und er einmal gut mit ihr befreundet gewesen, aber er musste einfach noch einmal mit ihr über das Telefonat in Alfons' Sommerhaus sprechen, als sie gemeint hatte, sich im Jahr geirrt zu haben.

Sie saß gerade über Importdokumenten und Notizzetteln, als Konráð plötzlich in dem kleinen Büro der Firma auftauchte und fragte, ob er kurz stören dürfe. Er konnte sehen, dass sein Besuch sie überrumpelte, aber sie fing sich schnell wieder.

»Ich weiß nicht, wo Leó ist«, war das Erste, was sie sagte. »Er hat sich nicht bei mir gemeldet. Hört endlich auf, mich nach ihm zu fragen!«

»In Ordnung, ich … Er hat mich vorhin angerufen, und ich glaube, es geht ihm nicht gut.«

»Ich habe keine Ahnung, was los ist. Alle suchen nach ihm«, sagte sie. »Die Polizei hat mich schon zweimal angerufen. Alfons lässt mich nicht in Ruhe, und die Journalisten versuchen es auch immer wieder, aber bei denen kann ich einfach auflegen. Ich weiß nicht, wo der Mann ist. Keine Ahnung, wo er sich aufhält. Wir sind schon lange geschieden und hatten danach nicht mehr viel Kontakt. Das versuche ich auch den Leuten klarzumachen, aber …«

Sie war aufgestanden und redete vor lauter Sorge ununterbrochen weiter. Konráð versuchte, sie zu beruhigen, und erklärte ihr, dass sie nicht für Leó verantwortlich sei und sich keine Gedanken darüber machen müsse, was er getan hatte oder eben nicht. Es sei eine gute Entscheidung, nicht mit den Journalisten zu sprechen, und sie solle sich keine Sorgen machen, Leó komme schon selbst zurecht.

Er redete noch weiter auf sie ein und spürte, wie sie sich langsam beruhigte. Dann blickte er sich in ihrem Büro um. Aus den Plakaten an der Wand und ein paar Warenproben auf dem Schreibtisch schloss er, dass die Firma vor allem Kekse und Chips aus Großbritannien importierte.

»Also weiß Alfons auch nicht, wo Leó steckt?«

»Nein, oder … nein, bestimmt nicht. Er hat gestern angerufen und nach Leó gefragt. Angeblich macht er sich große Sorgen um ihn, ich soll ihn unbedingt anrufen, falls ich etwas von ihm höre. Das habe ich natürlich versprochen. Alfons war immer nett zu mir, das habe ich dir ja schon gesagt.«

»Übrigens, bei unserem letzten Gespräch meintest du, du hättest dich bei der Geschichte mit seinem nächtlichen Anruf im Jahr vertan.«

»Ja.«

»Und dass es bei dem Anruf um einen Bekannten ging, der Schwierigkeiten mit der Polizei hatte und Leós Hilfe brauchte.«

»Ja. So was in der Art.«

»So was in der Art«, wiederholte Konráð. »Es ist nur … erst hast du etwas ganz anderes erzählt. Du meintest, Alfons hätte in der Nacht von Skaftis Verschwinden angerufen.«

»Ja, da habe ich mich vertan.«

»Hat dir Alfons auf die Sprünge geholfen?«

»Was?«

»Damit du dich wieder richtig erinnerst?«

»Nein …«

Die Antwort klang nicht besonders überzeugend.

»Hat jemand nach unserem Gespräch mit dir gesprochen?«, fragte Konráð. »Wegen dieses Telefonats. Wegen Alfons und Leó?«

Dóra starrte ihn an.

»Ach Gott, Konráð, ich weiß nicht, was ich sagen soll«, seufzte sie dann. »Denkst du, Leó ist in Gefahr?«

»Ich weiß es nicht«, sagte Konráð. »Kann schon sein.

Ich will ihm helfen. Wir waren zwar nicht immer die besten Freunde, aber er steckt ordentlich in der Klemme, und ich muss mit ihm sprechen. Hat Silli nach ihm gefragt? Hat er sich nach Leó erkundigt?«

»Silli?«

»Sigvaldi? Alfons' Sohn? Er wird doch Silli genannt? Hat er nach Leó gefragt?«

»Nein, ich habe nicht mit ihm gesprochen. Hätte er das denn tun sollen?«

»Möglicherweise ging es bei dem nächtlichen Anruf damals um Silli. Es kann sein, dass er in dem Tanzlokal mit Skafti aneinandergeraten ist, etwa zwei Wochen vor Skaftis Verschwinden und diesem Anruf bei Leó.«

»Ach, Konráð, ich kann das nicht«, sagte Dóra. »Über diese Dinge musst du mit jemand anderem sprechen. Ich weiß doch nichts. Überhaupt nichts.«

»Hat Alfons dich angerufen, damit du das mit dem Telefonat richtigstellst? Hat er dir eingeredet, du hättest dich im Jahr vertan? War das seine Idee?«

Sie sank zurück auf den Stuhl.

»Dóra, hat er dich angerufen ...?«

Vierzig

Kurz nach Schichtwechsel traf Konráð sich mit der Frau, die ihn am Morgen angerufen und angeblich vor langer Zeit einmal versucht hatte, einen Lada an einen russischen Trawler zu verkaufen. Sie arbeitete in der Notaufnahme des Krankenhauses und schien heilfroh, endlich Feierabend machen zu können. Die Abteilung war seit Jahren unterfinanziert, und es gab viel mehr Patienten, als sie ordentlich versorgen konnten. Sie wurden sogar auf den Gängen und in großen Badezimmern geparkt, die Besucher drängelten sich um sie herum, und die Ärzte mussten Krankenakten vor aller Augen ausfüllen.

Die Situation sei völlig absurd, meinte sie, und auf dem Mist einer Regierung gewachsen, die nicht bereit sei, Pflegeberufe angemessen zu vergüten. Und währenddessen würden ihre Steuern in hirnrissige und korrupte Projekte von Politikern fließen, die sich offensichtlich erst dann wohlfühlten, wenn sie das Geld anderer Menschen ausgaben, um sich selbst zu bereichern. Island sei einfach total korrupt. Sie sollten sich endlich mal an die eigene Nase packen und ordentliche Gehälter zahlen, diese Vollidioten, statt die Straßen in der Stadt immer mehr zuzubauen und auf dem Land die Tunnel für irgendwelche ausländischen Großunternehmer zu sprengen! Dabei hatte Konráð nur gefragt, ob es ihr gerade passe.

Sie habe eine Doppelschicht hinter sich und genug von diesem Zirkus, eigentlich würde sie gerne in Rente gehen. Es fehle ihr an Wertschätzung, sie sei nicht mehr die Jüngste und mittlerweile völlig erschöpft.

»Und das neue Krankenhaus? Soll nicht alles besser werden? Wenn es denn irgendwann fertig wird?«

»Ich weiß nicht, wie sie die Leute überzeugen wollen, für diesen Hungerlohn dort zu arbeiten. Wir bräuchten Hunderte Fachkräfte, vor allem Pfleger. Aber bei dem Gehalt hat keiner Lust, sich zu versklaven. Wenn das so weitergeht, wird keiner dort arbeiten wollen.«

Sie saßen in der Cafeteria des alten Spitals, und die Frau, die Þuríður hieß, meinte, es spiele keine Rolle, wer an der Regierung sei, ob Linke oder Rechte, alle dasselbe nutzlose Pack.

Ihre Wutrede ging weiter, bis Konráð das Gespräch irgendwann auf den alten Lada lenken konnte, von dem sie am Telefon erzählt hatte. Sie konnte sich nicht an den Vermisstenfall erinnern und hatte auch noch nie von der Wäscherei gehört, bis sie im Internet von Konráð und dem Kofferraum des alten Lada gelesen und sich informiert hatte.

»Du denkst also, die Russen haben ihn entführt?«

»Das war natürlich nur eine belanglose Unterhaltung mit diesem Mann«, sagte Konráð und versuchte, die Sache kleinzureden. »Wenn ich gewusst hätte, dass er das Ganze weitererzählen würde …«

»Er sagt, du wärst in den Kofferraum des Lada gekrochen.«

»Ja, um ganz offen zu sein, und ich hoffe, das bleibt

unter uns, wurde an dem Tag von Péturs Verschwinden ein Lada gestohlen. Zu dem Zeitpunkt lag ein russischer Trawler im Hafen von Reykjavík, der womöglich nicht immer nur für den Fischfang eingesetzt wurde. Und russische Seeleute kauften Ladas von den Isländern oder bekamen sie geschenkt. Mehr weiß ich nicht.«

»Der womöglich nicht immer nur für den Fischfang eingesetzt wurde?«, wiederholte Þuríður.

»Dasselbe Schiff wurde auch benutzt, um an der Küste Islands U-Boote zu überwachen. Wobei das zu dem Zeitpunkt auch schon lange her war.«

Þuríður war sehr hilfsbereit und erzählte Konráð, dass ihr Mann den Lada in Nordisland gekauft habe, eine dieser Limousinen, mit H-Kennzeichen, und sie hätten ihn sehr gemocht, doch irgendwann sei er nur noch eine alte Klapperkiste gewesen. Dann hatten sie erfahren, dass sich die Russen für solche Autos interessierten, also waren sie schnell zum alten Hafen gefahren und hatten den Wagen das letzte Stück über die Anlegebrücke zum Trawler geschoben, aber bei den Verhandlungen mit den russischen Seeleuten seien sie nicht weit gekommen.

»Sie haben uns einfach weggeschickt, und dann ist da plötzlich ein Mann aufgetaucht, vermutlich der Kapitän, er ist völlig ausgerastet. Wir dachten, das wäre wegen uns. Sie hatten bereits einen anderen Lada an Deck und vielleicht deshalb kein Interesse.«

»Einen anderen Lada?«

»Er war unter einer Abdeckung, aber den hinteren Teil habe ich gesehen.«

»Erinnerst du dich an die Farbe?«

»Ja, das weiß ich noch genau. So bläulich.«

»Hast du gesehen, wie das Schiff hieß?«

»Orlik. Das war deutlich zu erkennen.«

»Bist du sicher?«, fragte Konráð und erinnerte sich an den Namen des Spionageschiffes.

»Ja«, versicherte Þuríður. »Wir haben ab und zu über die Sache gesprochen, mein Mann und ich, und darüber gelacht. Auf dem Rumpf stand noch ein anderer, älterer Name, der übermalt worden war, irgendwelche kyrillischen Buchstaben.«

»Konntest du sie lesen?«

Þuríður schüttelte den Kopf.

»Nemansky vielleicht?«, fragte Konráð.

»Ich weiß es nicht. Wir hatten ja eigentlich keine Ahnung, was wir taten. Danach haben sie abgelegt und sind sofort davongefahren, als würden sie vor der Pest fliehen, und wir standen allein mit dem Lada auf der Anlegebrücke. Das war dann auch das Ende unserer Russlandgeschäfte.«

»Waren es nicht vermutlich eher die Russen, die sich etwas zuschulden haben kommen lassen?«, fragte Konráð.

Die Frau zuckte mit den Schultern.

»Ich musste lachen, als ich das im Internet gelesen habe, über dich und den Lada und diesen Vermisstenfall«, sagte sie, »da ist mir nämlich plötzlich wieder etwas eingefallen.«

»Und was war das?«

»Ich hatte den Eindruck, dass sie sich geprügelt haben«, sagte Þuríður. »Die Russen an Bord. Es gab da bei dem Lada irgendeinen Aufruhr, und dann sind alle unter Deck gegangen.«

»Sie haben sich geprügelt?«

»Danach sah es aus. Mein Mann hat nichts gesehen, aber es gab da ganz sicher eine Auseinandersetzung. Und jetzt überlege ich, ob … wegen diesem Vermisstenfall … ob es vielleicht dieser Pétur war?«

»Habt ihr die Sache nie mit Pétur in Verbindung gebracht? Mit seinem Verschwinden? Darüber wurde seinerzeit viel berichtet.«

»Das ist uns absolut nicht in den Sinn gekommen«, sagte Þuríður. »Erst jetzt, als ich das im Internet gelesen habe.«

»Und dein Mann kann deine Aussagen bestätigen?«, fragte Konráð, als das Handy in seiner Brusttasche zu vibrieren begann.

»Nein, das kann er leider nicht.«

»Meintest du nicht, er wäre dabei gewesen?«, fragte Konráð, holte das Handy hervor und warf einen Blick auf die Nummer. Er kannte sie nicht, beschloss aber trotzdem ranzugehen. Diese Tage passierte zu viel, um Anrufe zu ignorieren.

»Er ist verstorben«, sagte Þuríður. »Vor drei Jahren. Wir waren geschieden, aber ich habe nie wieder so einen guten Mann getroffen wie ihn …«

»Verzeihung«, sagte Konráð und hielt das Handy ans Ohr.

»Ist da … ist da Konráð?«, fragte eine zögerliche Stimme.

»Mit wem spreche ich?«

»Hier ist die Tochter von Henning. Karen. Wir haben uns neulich unterhalten, ich bin die Ingenieurin, von der Baustelle beim Krankenhaus.«

»Ja, natürlich, entschuldige, darf ich dich gleich zurückrufen …«

»Ich habe einen Schlüssel gefunden.«

»Einen Schlüssel?«

»Zu einem Schließfach. In seiner Wohnung. Ich habe alles auf den Kopf gestellt und diesen Schlüssel gefunden. Ich wusste nicht, dass er ein Schließfach hatte. Das hat er nie erwähnt.«

»Hast du es schon aufgemacht?«

»Ich konnte mich nicht überwinden, nach allem, was du mir erzählt hast. Über diese Fotos.«

»Verstehe. Aber warum rufst du an? Willst du, dass ich …?«

»Würdest du das tun?«

»Natürlich. Ich bin ganz in der Nähe«, sagte Konráð, und sie verabredeten sich bei der Baustelle an der Hringbraut.

Konráð steckte das Handy zurück in die Brusttasche und entschuldigte sich erneut.

»Was hast du gesagt?«

»Nichts«, sagte Þuríður. »Gar nichts.«

Einundvierzig

Karen meinte, dass ihr Vater, soweit sie wisse, kein Testament hinterlassen und auch kaum über seine Wünsche für die Beerdigung gesprochen habe, bevor er eines Nachts in dem Pflegeheim verstarb, in das er erst kurz zuvor eingezogen war. Sie hatte versucht, mit ihm über diese Dinge zu sprechen, weil er bereits sehr alt und krank gewesen war, aber er hatte immer ausweichend reagiert. »Das ist mir egal«, hatte er zum Beispiel gesagt, als sie über die Möglichkeit einer Einäscherung gesprochen hatte. »Mach, wie es dir passt. Ich will nur in aller Stille beerdigt werden. Das ist mein einziger Wunsch.«

Karen hatte die Entscheidung also selbst getroffen, die Leiche verbrennen lassen und die Asche auf dem Grundstück seines Sommerhauses verstreut. Sie war aber noch nicht dazu gekommen, sich um den Nachlass zu kümmern. Seit seinem Tod hatte sie kaum einen Fuß in die Wohnung ihres Vaters gesetzt und deshalb ein schlechtes Gewissen gehabt, als sie dorthin gefahren war, um nachzusehen, ob Henning vielleicht mit dem Missbrauch von schutzlosen Kindern zu tun gehabt hatte. Möglicherweise sogar selbst Kinder missbraucht hatte. Die Vorstellung war unerträglich.

Sie wusste nicht genau, wonach sie suchte, aber sie hatte sich fest vorgenommen, Konráð sofort anzurufen, wenn sie etwas fand. Er hatte von Fotos erzählt, und nach denen hielt sie jetzt Ausschau, als sie die alten Dokumente aus dem Schreibtisch ihres Vaters durchging. Er war sehr ordentlich gewesen und schien nichts weggeworfen zu haben. Sie fand sogar jahrzehntealte Benzinrechnungen und Quittungen einer Kleiderreinigung. Außerdem einen Stapel Briefe, was sie nicht verwunderte, denn ihr Vater hatte immer viel geschrieben. Mappen mit vergilbten Steuererklärungen standen in den Regalen. Sie blätterte zögerlich darin, war aber entschlossen, alles zu durchkämmen. Nach einer Weile hatte sie die gesamte Wohnung abgesucht, aber nichts Unsittliches gefunden. Schon gar nicht etwas, das mit den schrecklichen Verbrechen, von denen Konráð gesprochen hatte, zu tun haben könnte. Darüber war sie heilfroh.

Erst als sie Hennings Kleiderschrank ein zweites Mal durchging, fand sie den Schlüssel zum Schließfach. Er lag in einer flachen Schublade für Krawattennadeln und Manschettenknöpfe, die ihr beim ersten Mal nicht aufgefallen war. Auf einem beiliegenden Zettel standen Informationen über die Zahlungen und den Standort des Schließfachs in einer nahe liegenden Bankfiliale.

Sie erwartete Konráð an der Baustelle, hatte den Helm abgenommen und die Kleidung gewechselt. Sie sprach ganz offen mit ihm, berichtete von der Suche in der Wohnung und sagte schließlich, dass sie sich bei ihm entschuldigen müsse.

»Ich habe dir etwas verschwiegen. Als du das Mädchen im Tjörnin und Anton erwähnt hast, bin ich einfach zu sehr erschrocken. Ich habe natürlich mitbekommen, dass sein Sohn für den schrecklichen Mord an seiner Nichte ins Gefängnis musste und dass es diese Beweise gegen Anton gab, die ihn mit dem Ertrinken des Mädchens in Verbindung brachten, aber ich brauchte einfach etwas Zeit, um mich zu sammeln.«

»Und das hast du jetzt gemacht?«, fragte Konráð. »Was hast du mir nicht erzählt?«

»Sie waren Freunde, mein Vater und der Arzt. Mein Vater und Anton.«

»Über die Freimaurer?«

»Anton war unser Hausarzt«, sagte Karen. »Er kam manchmal bei uns vorbei, aber meist gingen wir in seine Praxis in der Innenstadt. Ich erinnere mich gut an ihn. Er war sehr höflich und ernst, hat nie gelächelt, eigentlich war er völlig humorlos, aber er hat mich nie unsittlich berührt. Das kann ich versichern. Er war sehr professionell und meiner Ansicht nach ein guter Arzt. Für lange Zeit habe ich mir Ärzte immer genau so vorgestellt. Und als dann die Geschichten über ihn und das Mädchen im Tjörnin und seinen Sohn Gústaf und die junge Nichte die Runde machten, wollte ich sie einfach nicht glauben. Dass genau diese Geschichten schließlich auch dich zu mir geführt haben und mein Vater vielleicht … das musste ich erst verarbeiten.«

»Anton hat wahrscheinlich einen Unterschied zwischen dir und dem armen Mädchen aus der Barackensiedlung auf Skólavörðuholt gemacht«, sagte Konráð.

»Ja, ich weiß auch nicht.«

»Kannten sie sich zu dieser Zeit schon lange, dein Vater und Anton?«

»Schon seit der Schulzeit, glaube ich. Anton war aber kein Freund der Familie. Er oder seine Frau und die beiden Söhne wurden nie eingeladen. Die kannten wir nicht, nur den Arzt. Aber die beiden haben sich oft getroffen, mein Vater und er. Sie haben gemeinsam Bridge gespielt.«

»Und die anderen Männer, von denen ich dir erzählt habe? Der Schneider? Nikulás? Gehörten sie auch zu dieser Runde?«

»Die kannte ich nicht, also kann ich das nicht wissen. Es ist mir einfach nicht möglich, den Gedanken zu Ende zu denken, dass er mit ihnen unter einer Decke gesteckt haben und deine Vermutungen wahr sein könnten.«

Sie waren inzwischen losgefahren und Richtung Bank unterwegs. Konráð war schon bei ihrem letzten Treffen darauf zu sprechen gekommen, dass sein Vater Seppi an irgendwelche Fotos gekommen sei, die Anton gehört hatten und mit denen er dann den Arzt erpresst habe. Jetzt berichtete er ihr, dass es Henning gewesen sei, der das Konráð gegenüber erwähnt habe. Aber er habe so getan, als hätte er den Arzt nicht gekannt. Bei Konráð war jedoch der Eindruck entstanden, dass er mehr wusste, als er preisgab, also hatte er nicht lockergelassen. Henning hätte sich über seine Besuche damals nicht gerade erfreut gezeigt. Einmal war Konráð sogar zu ihm ins Krankenhaus gefahren, als es dem alten Mann ziemlich schlecht ging, und da war ihm eine Brandnarbe an seinem Bein aufgefallen.

»Mein Vater hatte einen Autounfall«, sagte Karen wie zur Erklärung.

»Ich dachte vielleicht, er hätte sich die Wunden in den Räucheröfen des Schlachtverbandes auf der Skúlagata zugezogen, in der Nacht, als mein Vater erstochen wurde«, sagte Konráð entschuldigend, nachdem er von seinem letzten Treffen mit Henning erzählt hatte und wie wütend der alte Mann geworden war, als Konráð ihn mit dem Mord an Seppi in Verbindung gebracht hatte.

Karen sah ihn an.

»Du warst da offensichtlich wirklich gnadenlos«, sagte sie.

»Ich war auf der falschen Fährte«, sagte Konráð. »Und das nicht zum ersten Mal.«

Sie wurden in den Keller der Bank geführt. Die Schließfächer befanden sich in einem gesonderten Raum hinter soliden Brandschutztüren, die der Mitarbeiter öffnete, um sie dann zum richtigen Fach zu bringen. Er würde draußen warten, falls sie etwas bräuchten, sagte er noch.

Karen hatte keine Eile. Sie schloss das Fach behutsam auf, holte eine längliche Metallbox hervor und legte sie auf einen Tisch in der Ecke des Raums. Es befanden sich jede Menge Papiere darin, wertlose Aktien einer alten Schifffahrtsgesellschaft und einer Fluglinie. Außerdem Hennings alte Reisepässe, ein paar Schwarz-Weiß-Fotos von Menschen, die Karen nicht kannte, und zwei Kuverts. Eines war leer, doch im anderen befand sich der Kaufvertrag zu einer Wohnung. Ein paar Briefmarken lagen auch noch in der Box sowie vier Kuverts mit Ersttagsstempeln aus den Zwanzigerjahren, zwei Bücher, die Autobiografie von Benedikt Gröndal aus dem Jahr 1923 und der 1906 erschienene Gedichtband *Hafblik* von Einar Benediktsson.

Karen sah sich den Gedichtband an, er war vom Autor signiert und mit einer Widmung an ihren Großvater väterlicherseits versehen. Als sie in dem Buch blätterte, fiel das Lesezeichen heraus, eine alte Weihnachtskarte.

Darauf war ein Ehepaar mittleren Alters zu sehen, die fein herausgeputzt und umgeben von üppigem Weihnachtsschmuck vor einer Bornholmer Uhr standen. Auf der Rückseite stand ein Weihnachtsgruß an Henning und seine Familie aus dem Jahr 1964, mit den besten Wünschen für das neue Jahr und Dank für das vergangene.

»Das ist Anton«, sagte Karen und zeigte auf den Mann, »und seine Frau vermutlich, die habe ich nie getroffen.«

Konráð bemerkte eine blasse Kritzelei auf dem Bild. Er hielt es ans Licht und kippte es, um besser zu sehen. Dann reichte er die Karte an Karen weiter, damit auch sie sehen konnte, was darauf stand.

»Sagt dir das was?«, fragte Karen.

Konráð nahm das Bild und las vor.

»Das Schloss«, flüsterte er. »Ist das seine Handschrift? Ist das die Handschrift deines Vaters?«

»Ja«, sagte Karen. »Das ist seine Handschrift. Was meint er damit? Was ist das für ein Schloss?«

»Gústaf hat kurz vor seinem Tod gesagt, dass die Fotos sicher aufbewahrt sind«, erinnerte sich Konráð. »Aber warum das hier steht, weiß ich nicht.«

»Ich auch nicht«, sagte Karen und betrachtete das Bild noch einmal genau. »Mit mir hat er nie über ein Schloss gesprochen.«

Zweiundvierzig

Am Abend holte Húgó ihn ab, und sie gingen in ein Restaurant in der Hverfisgata, nicht weit vom Hauptdezernat der Polizei entfernt. Húgó hatte Bereitschaftsdienst, seine Frau war mit den Zwillingen bereits in ihr Sommerhaus in Südisland vorausgefahren. Er wollte ein neues marokkanisches Restaurant ausprobieren, denn er interessierte sich für alles Kulinarische und freute sich, wenn es etwas anderes gab als die üblichen Rinderfilets und Kabeljaurücken. Außerdem kannte er sich gut mit Wein aus, deutlich besser als Konráð, der sich auch mit einem einfachen Tafelwein zufriedengab.

»Wie geht es deiner Geisterseherin?«, fragte Húgó, nachdem sie Hähnchen mit Pflaumen und Aprikosen sowie eine Lammhaxe mit Datteln und Granatapfelkernen bestellt hatten. Húgó musste noch fahren und trank Wasser, aber Konráð gönnte sich zum Essen eine Flasche südafrikanischen Rotwein. Das Restaurant war voller Menschen, die wie Húgó auf der Suche nach Abwechslung waren.

»Eygló geht es gut«, sagte Konráð. »Aber sie ist nicht *meine* Geisterseherin.«

»Sie denkt, dass sie Menschen sieht? Ist es das? Irgendwelche Geister aus dem Jenseits?«

»Ich bin nicht ganz sicher, was sie da genau erlebt«,

sagte Konráð. »Sie erzählt immer wieder von seltsamen Dingen, hat aber auch selbst ihre Zweifel, was das alles angeht. Sie meint, sie hätte gerne ihren Frieden.«

»Und was für eine Beziehung ist das, habt ihr schon … du weißt schon, schlaft ihr miteinander oder …? Möchtest du zu ihr ziehen …?«

»Nein, es ist nicht diese Art von Beziehung«, sagte Konráð. »Sie hat mir geholfen herauszufinden, was genau passiert ist, als Seppi erstochen wurde.«

Sie schwiegen eine Weile.

»Ich weiß nicht so recht, was ich von dem halten soll, was sie getan hat«, sagte Húgó. »Oma. Sie muss ganz schön verzweifelt gewesen sein. Ihren Mann auf diese Weise zu ermorden und es dann für den Rest ihres Lebens für sich zu behalten.«

»Sie wollte mich beschützen«, sagte Konráð. »Sie hat sich immer Sorgen um mich gemacht, wenn ich allein mit ihm war, und dann führte eins zum anderen. Ich habe irgendwie auch Mitleid mit ihr, aber sie hätte das natürlich nicht tun sollen. Mein Vater war gewalttätig und hat seine Familie misshandelt, er hatte nichts Besseres verdient, aber niemand sollte tun, was sie getan hat.«

»Nein, das sagt uns die Vernunft. Aber wir handeln nicht immer rational. Ich verstehe mittlerweile besser, warum du nie von deinen Eltern erzählt hast. Immer wenn ich nach Oma und Opa gefragt habe, hast du abgeblockt. Tante Beta hat mir viel mehr über sie erzählt als du. In meinen Augen war Oma immer nur eine gutmütige, liebevolle Frau.«

»An diesen Erinnerungen solltest du festhalten und das andere vergessen.«

»Hattest du sie im Verdacht?«

»Ich habe befürchtet, dass sie es war, ja«, sagte Konráð. »Jahrelang wollte ich nichts davon hören, als würde mich die ganze Sache nichts angehen. Aber als ich mich endlich auf die Suche nach Antworten begeben habe, wurde mir schnell bewusst, dass alles andere vermutlich keinen Sinn ergab. Die Vorstellung war natürlich nicht angenehm.«

Auf seine Worte folgte eine lange Stille. Die anderen Restaurantbesucher plauderten munter weiter, und Kellner gingen von Tisch zu Tisch, während arabische Musik an heiße Wüstennächste erinnerte.

»Ich vermisse Erna«, sagte Konráð. »Ich vermisse deine Mutter.«

Húgó sah seinen Vater an.

»Ich weiß, dass ich sie nicht immer gut behandelt habe«, sagte Konráð, »aber ich ... ich denke jeden Tag an sie und wünschte, ich könnte wiedergutmachen, wie ich mich ihr gegenüber verhalten habe, denn ich habe sie geliebt, Húgó, von ganzem Herzen, immer.«

Er atmete tief durch, und Húgó konnte sehen, wie leid es seinem Vater tat.

»Das habe ich immer. Und es vergeht kein Tag, an dem ich nicht an sie denke. Das solltest du wissen.«

»Ja, das weiß ich«, sagte Húgó. »Das habe ich immer gewusst, deshalb fiel es mir auch so schwer, deine Affären zu verstehen.«

Konráð wollte etwas antworten, aber in dem Moment sah er, wie zwei Männer das Restaurant betraten und Ausschau nach einem leeren Tisch hielten. Einer von ihnen war Kristján Óskar Sigvaldason, den alle nur Kósi nannten. Er bemerkte Konráð und flüsterte seinem

Freund etwas ins Ohr. Dann steuerten sie auf ihn zu, zogen zwei Stühle heran und setzten sich. Húgós verwirrter Blick wechselte zwischen den beiden Männern und seinem Vater, der ihm ein Zeichen gab, ruhig zu bleiben.

»Wir müssen aufhören, uns so zu treffen«, sagte Kósi.

»Ja, das wird langsam peinlich«, sagte Konráð und wischte sich schnell mit der Serviette über die Augen.

»Kann man das essen?«, fragte Kósi mit Blick auf ihre Teller, die gerade gekommen waren, steckte dann zwei Finger in Konráðs Gericht und leckte sie ab.

»Heute schon jemanden vergewaltigt?«, fragte Konráð und schob den Teller von sich weg.

»Ich weiß nicht, wovon du sprichst«, sagte Kósi. »Ich war tatsächlich gerade hier auf dem Dezernat, um das Geschwurbel dieser Tussi noch einmal durchzugehen. Ich überlege, ob ich sie nicht wegen Verleumdung anzeigen sollte. Sie dröhnt sich bei mir umsonst zu und bechert, als gäb's kein Morgen, nur um dann zu behaupten, sie wäre vergewaltigt worden. Diese Frauen sind alle völlig irre. Männer dürfen nicht mal mehr in ihre Richtung atmen, ohne gleich verhaftet zu werden oder den Job zu verlieren. Ist das nicht etwas seltsam? Sie wollten das auch nicht glauben. Deine Leute. Sie haben ihr das Geschwafel nicht abgekauft.«

Er lächelte, als wäre er der König der Welt.

»Ist das der Waschlappen?«, fragte er dann und sah Húgó an, der nicht verstand, was es mit dieser unerwarteten Störung auf sich hatte. »Der jämmerliche Arzt mit den Zwillingen? Ist er das?«

»Wer sind diese Männer?«, fragte Húgó seinen Vater. »Kennst du sie?«

»Ja, leider«, sagte Konráð. »Man sieht es Kósi hier

vielleicht nicht an, aber er jubelt Frauen Tabletten unter, bevor er mit ihnen ins Bett steigt, weil er sonst keinen hochbekommt. Der andere muss ein Freund von ihm sein, und beim Anblick seiner Fratze bekomme ich den Eindruck, dass er vermutlich gerne einmal mit seiner Schwester schlafen würde.«

Kósis Kumpel war ein ziemlicher Muskelprotz mit Unterarmen so dick wie die Schenkel einer durchschnittlichen Frau. Er brummte etwas, bevor er Konráð am Kragen packte und zu sich zog, sodass dieser seinen Mundgeruch einatmen musste. Húgó wollte seinem Vater helfen, doch Kósi griff nach seinem Arm und schlug ihn gegen den Tisch. Es knallte laut, und das Geschirr klirrte, die anderen Restaurantbesucher blickten von ihren marokkanischen Köstlichkeiten auf und drehten sich zu ihnen um. Kósi gab seinem Freund ein Zeichen, und er ließ ein wenig locker, bevor die Kellner einschritten und Konráð wieder auf seinen Stuhl zurücksank.

»Wollen wir uns nicht alle mal beruhigen?«, fragte Kósi.

»Ihr solltet euch jetzt verziehen«, sagte Konráð und richtete seinen Kragen. »Ihr stinkt.«

»Und du solltest uns in Ruhe lassen«, sagte Kósi, und die beiden standen auf. »Du musst aufhören, dich in Dinge einzumischen, die dich nichts angehen. Sonst könnte das schlimme Folgen für dich haben.«

»Stimmt es, dass man deinen Vater Silli nennt?«, fragte Konráð.

Die Frage überrumpelte Kósi.

»Was meinst du? Was ist mit ihm?«

»Ich weiß es nicht. Ist was mit ihm?«

»Warum fragst du?«

»Ich sollte vielleicht mal mit ihm sprechen.«

»Okay?«

»Hast du was dagegen?«

»Dagegen?«

»Wirkt jedenfalls so.«

»Lass uns einfach in Ruhe, du verdammter Idiot!«, fauchte Kósi.

Er sah Konráð gehässig an, trat dann den Stuhl um, auf dem er eben noch gesessen hatte, und stapfte hinaus. Sein riesenhafter Kumpel folgte ihm auf den Fersen. Húgó und einige weitere Gäste blickten ihnen hinterher, was Kósi offenbar irritierte, denn auf dem Weg nach draußen warf er im Vorbeigehen noch einen Teller um, der auf dem Schoß eines alten Mannes landete. Húgó wollte Kósi hinterherstürmen, aber Konráð hielt ihn fest und schüttelte den Kopf, wie um ihm zu sagen, dass es die Sache nicht wert sei. Zwei Kellner eilten zu dem älteren Mann mit dem Teller im Schoß und brachten ihn zur Toilette.

Húgó sah seinen Vater an.

»Wer zur Hölle waren diese Idioten?«, fragte er aufgebracht.

»Der eine ist Leós Cousin«, sagte Konráð. »Ich war auf der Suche nach Leó, und da habe ich diesen Nichtsnutz kennengelernt.«

»Warum weiß er, dass ich Zwillinge habe? Hast du ihm das erzählt?«

»Nein, wahrscheinlich Leó, ich weiß es nicht. So sind seine Verwandten nun einmal, aber die spielen sich nur auf. Kein Grund zur Sorge.«

»Und was ist mit Leó? Warum suchst du ihn?«

»Es geht um den Skafti-Fall«, sagte Konráð.

»Aha?«

»Leó hat damals die Ermittlungen geleitet«, sagte Konráð, »und jetzt ist er wie vom Erdboden verschluckt. Fast wie Skafti damals.«

Dreiundvierzig

Ívan parkte nicht weit von dem Zuhause des Mannes entfernt, ganz so, wie er es in den letzten Wochen schon dreimal getan hatte, und blieb eine Weile im Schein einer Straßenlaterne regungslos im Auto sitzen, um Mut zu sammeln. Ihm war bewusst, dass Konráð der Wahrheit mit jedem Tag näher kam, wenn er also zur Tat schreiten wollte, blieb ihm nicht mehr viel Zeit.

Der unerwartete Besuch des Russen in der Wäscherei ging ihm nicht aus dem Kopf. Seine Erzählungen hatten alle seine bisherigen Annahmen völlig über den Haufen geworfen. Wenn es stimmte, was der Russe herausgefunden hatte, stand das Verschwinden seines Vaters in einem völlig neuen und größeren Zusammenhang, den er immer noch nur schwer verstehen konnte.

Ívan blickte die Hauswand hinauf. Er war sofort nach dem Treffen mit Aleksi hierher gefahren, um reinen Tisch zu machen, hatte aber im letzten Moment den Mut verloren. Er fürchtete sich dabei vor allem vor seiner eigenen Reaktion und dachte immer noch darüber nach, zur Polizei zu gehen und ihr den Fall zu überlassen. Den Behörden zu vertrauen. Aber andererseits konnte er es kaum erwarten, dem Mann von Angesicht zu Angesicht gegenüberzustehen.

Er lebte allein im Haus, das hatte Ívan überprüft. Ansonsten hätte er einem anderen Plan folgen müssen, wenn man hierbei überhaupt von einem Plan sprechen konnte. Er zögerte immer noch, war unsicher und verwirrt. Er wusste nur, dass er erst dann entscheiden konnte, wie es weitergehen sollte, wenn er mit dem Mann gesprochen hatte.

Ívan stellte den Motor ab und beobachtete das Haus. Nach all der Zeit hatte er herausgefunden, welche Rolle der Mann beim Verschwinden seines Vaters gespielt und wie er den sogenannten »Handelsdelegierten« in der sowjetischen Botschaft in Reykjavík geholfen hatte. Ívan hatte endlich erfahren, was sein Vater getan und warum die Russen sich gerächt hatten.

Konráð war ihm dabei eine wichtige Stütze gewesen, und jetzt fühlte er sich beinahe, als würde er den alten Polizisten hintergehen. Es tat ihm leid, dass er bei Konráðs unerwartetem Besuch so getan hatte, als wüsste er nichts. Ívan war kurz davor gewesen, ihm alles zu erzählen, war aber im letzten Moment doch eingeknickt.

Er betrachtete das Messer, das wie fehl am Platz auf dem Beifahrersitz lag. Er dachte an seinen Vater, an Nicolai, an das, was Aleksi über die Vorfälle zu wissen meinte, und warum die Russen Pétur lebendig hatten holen wollen.

Er dachte über den Mittelsmann nach.

Starrte eine Weile auf das Messer, das im Licht der Straßenlaterne glänzte. Griff dann danach und schloss nach dem Aussteigen vorsichtig die Tür hinter sich.

Ívan schlich auf die andere Seite des Hauses und bemühte sich, leise zu sein. Die Straße war wenig befahren, und so spät abends war niemand mehr unterwegs.

Als ein paar Straßen weiter ein Hund bellte, hielt er inne und lauschte. Das Bellen erklang erneut, entfernte sich aber. Ein schmaler Gehweg führte am Grundstück entlang, und eine dichte Hecke umgab das Haus. Ívan fand eine Lücke und kroch hindurch, sodass er im Garten des Mannes stand. In der Küche ging Licht an, und der Mann tauchte am Fenster auf. Es war bereits dunkel, und Ívan bezweifelte, dass er ihn gesehen hatte. Der Mann hantierte mit etwas in der Küche, bevor er das Licht wieder ausmachte und ins Schlafzimmer nebenan ging, in dem ein großer Flachbildschirm flimmerte. Er setzte sich in einen Sessel und sah fern.

Ívan schlich über eine Treppe auf die Betonterrasse, von der eine Tür in die Küche führte. Sie war nicht abgeschlossen, also ging er vorsichtig hinein. Falls er irgendwelche Geräusche machte, wurden sie vom Film übertönt. Er war nicht ganz sicher, warum er so herumschlich. Warum er nicht einfach klingelte. Warum er nicht zur Polizei ging. Warum er das Messer dabeihatte.

Wie weit war er bereit zu gehen? Die Antwort darauf machte ihm Angst.

Ívan folgte dem Geräusch des Fernsehers und sah den Hinterkopf des Mannes über dem Sessel hervorragen. Für eine Weile stand er regungslos da und starrte auf den Bildschirm. Den Film kannte er nicht. Sein Blick fiel auf die Fernbedienung auf dem Tisch, er griff danach und schaltete den Fernseher aus. Auf einen Schlag wurde es dunkel, und die Finsternis hüllte das gesamte Haus ein.

Der Bewohner tastete nach der Fernbedienung, und als er sie nicht finden konnte, erhob er sich und stand plötzlich direkt vor dem Eindringling. In dem schwachen Licht der Straßenlaterne draußen sah er seine Umrisse und zuckte zusammen.

»Wer ist da?«, fragte er. »Wer bist du?«

Ívan antwortete nicht.

»Was willst du? Wie bist du hier reingekommen?«

Ihre Augen gewöhnten sich an die Dunkelheit, bis sie einander deutlich sehen konnten. Der Mann trat einen kleinen Schritt zurück, und seine Stimme klang ängstlich.

»Wer bist du? Ein Einbrecher? Was soll das? Was willst du von mir?«

»Ich bin gekommen, um dich nach meinem Vater zu fragen«, sagte Ívan und spürte das Herz in seiner Brust pochen. »Bevor ich zur Polizei gehe, wollte ich mit dir sprechen.« Er tastete nach dem Messer in seiner Tasche.

Der Mann trat einen weiteren Schritt zurück, und das blasse Licht fiel auf sein Gesicht. Er war einer von Péturs Handballfreunden und arbeitete in einem Fitnessstudio. Sein Name war Hendrik.

»Wer ... wer bist du?«

»Kennst du mich nicht?«, fragte Ívan. »Ich bin Péturs Sohn.«

»Péturs Sohn? Was machst du hier?«, fragte Hendrik erschrocken. »Wovon redest du? Was soll das, warum brichst du in mein Haus ein?«

Ívan zog langsam das Messer aus seiner Tasche und hielt es seitlich am Körper fest. Hendrik meinte zu erkennen, was er in der Hand hatte, und starrte abwechselnd auf Ívan und seine Waffe. Er trat einen weiteren Schritt zurück, bis er mit dem Rücken gegen den Bildschirm stieß.

»Weißt du, was mit meinem Vater passiert ist? Weißt du, was Pétur zugestoßen ist?«

»Warte, mein Junge«, sagte Hendrik, »pass bitte auf, was du sagst. Du … das ist ein Missverständnis. Ich kannte deinen Vater vom Handball. Mehr nicht. Du hast da was falsch verstanden.«

»Dein Name taucht in Moskauer Spionageberichten auf«, sagte Ívan. »Du hast das Auto gestohlen. Du hast den Lada beschafft. Dein Name wird explizit genannt.«

»Welche Berichte?«

»Die isländische Botschaft hat Berichte nach Moskau geschickt.«

»Nein, weißt du, das ist ein Missverständnis«, sagte Hendrik und nahm den Blick nicht vom Messer in Ívans Hand. »Pass auf, was du da sagst.«

»Wusste Franklín davon?«

»Franklín?«

»Der Freund von dir und meinem Vater? Wusste er, was du getan hast? Wollte er auspacken? Musstest du ihn deshalb mundtot machen?«

»Mein Junge, leg bitte das Messer weg.«

»Habt ihr unter einer Decke gesteckt?«

»Leg das Messer weg, dann können wir darüber reden wie erwachsene Männer«, sagte Hendrik. »Leg es beiseite.«

Ívan konnte nicht mehr klar denken, er ging zu dem Mann und holte mit dem Messer aus. Hendrik versuchte zu fliehen, aber er stand mit dem Rücken zum Bildschirm und konnte nicht ausweichen, die Messerklinge traf ihn in die Seite. Er schrie auf, und als Ívan das Messer wieder herauszog, sank er zu Boden. Blut strömte aus der Wunde, und Hendrik griff sich an die Seite. Ívan stand mit dem Messer in der Hand über ihm, als wollte er noch einmal zustechen.

»Nicht …«, bat Hendrik, »du willst das nicht …«

»Sag mir, was passiert ist.«

»Tu das nicht«, sagte Hendrik.

»Sag es mir.«

»Nicht … ich muss ins Krankenhaus.«

»Sag mir, was passiert ist. Sag es mir!«, rief Ívan.

Der Mann wimmerte vor Schmerzen. Er versuchte aufzustehen, aber Ívan versetzte ihm einen Tritt, und er fiel wieder zu Boden auf das blutverschmierte Parkett. Ívan holte sein Handy hervor.

»Erklär mir, was passiert ist, dann rufe ich Hilfe«, sagte er. »Du musst mir nur erklären, was passiert ist.«

Hendrik starrte auf das blutige Messer und Ívans hasserfüllte Augen, als der sich über ihn beugte, wie um noch einmal zuzustechen. Als wäre er bereit, ihn umzubringen.

»Tu es nicht«, bat Hendrik. »Tu es nicht, ich bitte dich … nicht …«

»Sag mir, was passiert ist!«, rief Ívan wieder und presste die Hand gegen die Wunde des Mannes, sodass dieser aufheulte.

»Er wollte dich überraschen«, stöhnte Hendrik. »Dein Vater wollte dich überraschen!«

»Was meinst du?«

»Er wollte dich überraschen«, wiederholte Hendrik. »Dein Vater. Er wollte dir ein Auto schenken. Das hat mir Franklín erzählt. Du solltest nichts davon erfahren. Pétur wollte dich überraschen.«

»Mir ein Auto schenken?«

»Er … er wollte etwas für dich tun.«

»Und was?«

»Er hatte nicht viel Geld, aber er wollte dir eine Freude machen. Das hat er Franklín erzählt.«

»Ein Auto?«

»Ein gebrauchtes, ja ... ich sollte Pétur beobachten, irgendetwas war, das sie mir verschwiegen haben, die Leute von der Botschaft, wegen Pétur ... du musst einen Krankenwagen rufen, ich verblute ...«

»Was wollten sie von meinem Vater? Die Leute von der Botschaft?«

»Ich weiß es nicht. Ich weiß von nichts. Ich sollte ihnen alles erzählen, was ich über Pétur wusste. Sollte mich mit ihm anfreunden. Mich mit ihm unterhalten und Informationen sammeln. Egal, wie unwichtig sie mir vorkamen. Und das hab ich getan und ihnen erzählt, dass er für dich ein billiges Auto kaufen wollte. Um dich zu überraschen. Mehr war es nicht. Ich habe deinen Vater für sie beobachtet, und eines Tages war er verschwunden. Ich wusste nicht, was passiert war. Das ist das Einzige, was ich weiß. Ich flehe dich an, ruf einen Krankenwagen, bevor ich ...«

»Warst du derjenige, der das Auto gestohlen hat?«, rief Ívan.

Der Mann verzog vor Schmerzen das Gesicht. Immer noch strömte Blut auf den Boden. Ohne Hilfe würde er bald sterben.

»Das ist das Einzige, was ich weiß ... das ist das Einzige, was ich weiß ... ich habe ihnen erzählt, dass er ein Auto für dich kaufen wollte ...«

Vierundvierzig

Es war bereits spät, als Eygló Konráð an der Tür empfing und ihn hineinbat. Er hatte sie tagsüber angerufen und gefragt, ob er noch vorbeikommen könne, auch wenn es vielleicht später werden würde. Eigentlich hatte er den Vorfall im Restaurant für sich behalten wollen, aber sie spürte, dass etwas nicht stimmte, und hakte nach, bis er ihr von den Auseinandersetzungen mit Leós Verwandten erzählte, von der vergeblichen Suche nach ihm und der Angst, dass ihm etwas passiert sein könnte.

Eygló wollte noch mehr wissen, aber Konráð hatte keine Lust, weiter darüber zu reden, also ließ sie es auf sich beruhen. Er erklärte ihr, warum er eigentlich gekommen war, und erzählte von Hennings Tochter, der Bauingenieurin, die den Schlüssel zu einem Bankschließfach ihres Vaters gefunden hatte. Sie habe ihn gebeten, beim Öffnen dabei zu sein, also gehe er davon aus, dass sie nichts vor ihm verheimlichen wolle. Er habe ihr gegenüber angedeutet, ihr Vater könnte etwas von dem Kindesmissbrauch gewusst haben.

»Und was war in diesem Schließfach?«, fragte Eygló.

Konráð öffnete die Fotogalerie auf seinem Handy und zeigte Eygló das neueste Bild.

»Wer ist das … was sind das für Menschen? Ist das Anton?«

»Ja, das ist Anton. Und seine Frau, nehme ich an. Es ist eine Weihnachtskarte, an Henning und Familie adressiert. Aus dem Jahr 1964, wie du siehst.«

»Wo hast du die gefunden?«

»Die Karte lag im Schließfach«, sagte Konráð. »In einem alten Buch. Hennings Tochter kannte Anton. Er war der Hausarzt der Familie, seine Frau hatte sie aber noch nie gesehen. Die beiden Söhne durften offenbar nicht mit aufs Bild. Hennings Tochter meinte, sie hätte die Weihnachtskarte noch nie gesehen. Henning hat etwas auf das Bild gekritzelt, das nicht so leicht zu entziffern ist ... schau, hier ...«

Er zoomte näher, damit sie besser sehen konnte.

»Das Schloss«, las Eygló. »Was soll das heißen?«

»Die Frage ist, wann das geschrieben wurde«, sagte Konráð. »Die Karte wurde als Lesezeichen benutzt und scheint in einem signierten Gedichtband von Einar Benediktsson vergessen worden zu sein. Gut möglich, dass Henning vor vielen Jahrzehnten etwas auf das Bild gekritzelt hat und es nur zufällig in dem Schließfach gelandet ist.«

»Ist damit das Zuhause von Anton gemeint?«, fragte Eygló. »Hat er es vielleicht sein Schloss genannt?«

»Kann sein. Kurz vor seinem Tod hat Gústaf gesagt, dass die Fotos sicher aufbewahrt seien«, sagte Konráð. »Ich wusste damals nicht, was er damit meinte, aber jetzt taucht plötzlich diese Weihnachtskarte von seinem Vater aus dem Jahr 1964 auf.«

»Das einzige Schloss, das ich in Island kenne, ist die Niederlassung der Heilsarmee, das Gebäude wird, soweit ich weiß, doch immer das Armeeschloss genannt«, sagte Eygló.

»Ja, aber ich denke nicht, dass die Heilsarmee etwas mit der Sache zu tun hat«, sagte Konráð.

Eine Weile saßen sie schweigend da, bis Eygló ihm von ihrem Besuch bei Lovísa erzählte. Der Frau gehe es nicht gut, der Fall ihres Sohnes mache ihr natürlich zu schaffen, und offenbar müsse sie das alles völlig allein durchstehen. Sie brauche dringend Hilfe und habe endlich zugestimmt, zu einer Psychologin zu gehen, einer Freundin von Eygló, gleich morgen früh.

Eygló wollte Konráð nicht von der Frau im Blumenkleid erzählen, weil er für diese Geschichten meist wenig empfänglich war, aber er schien zu merken, dass sie ihm etwas verheimlichte.

»Und was? Hast du bei ihr eine dieser Séancen abgehalten?«, fragte er.

»Nein«, sagte Eygló. »Keine Séancen. Da kannst du ganz unbesorgt sein.«

»Aber …«

»Nichts aber.«

»Du hast etwas gesehen?«, sagte Konráð.

»Da war nichts«, sagte Eygló.

»Bist du sicher? Irgendetwas verschweigst du mir doch.«

»Hör auf damit.«

Sie hatte das Gefühl, dass Konráð sie wie eine verrückte Hexe ansah, und schüttelte resigniert den Kopf.

»Da war eine Frau in einem Blumenkleid.«

»Eine Frau in einem Blumenkleid?«

»Ihre Augen waren erst zu, aber jetzt öffnen sie sich langsam«, sagte Eygló. »Das ist es. Sie öffnen sich.«

»Weiß Lovísa, wer sie ist?«

»Ich habe erwähnt, dass sich möglicherweise eine

Frau bei ihr aufhalte, die unzufrieden sei, aber mehr habe ich nicht gesagt.«

»Warum nicht? Warum hast du nicht mehr gesagt?«

»Lovísa hat schon genug Sorgen. Und was ich gesehen habe, war kein schöner Anblick.«

»Wer ist die Frau?«

»Ich weiß es nicht. Vielleicht jemand, mit dem Skafti als Kind viel zu tun hatte«, sagte Eygló. »Ich will mit dir nicht darüber reden, das bringt nichts. Lassen wir das Thema. Lass mich damit in Ruhe.«

»Hast du sie schon oft gesehen?«

»Ich habe ihre Anwesenheit jetzt insgesamt dreimal gespürt«, sagte Eygló, »und beim letzten Mal war noch jemand anderes bei ihr. Ein Mann. Es war, als hätte die Frau ihn heraufbeschworen, aber nicht vollständig.«

»Das war dann Skafti, oder was?«, fragte Konráð.

»Lass das«, sagte Eygló. »Das bringt doch nichts.«

»Denkst du, es war Skafti?«, fragte Konráð.

»Ich habe keine Ahnung.«

»Wer könnte es sonst sein?«

»Ich weiß es nicht. Er steht nur im Hintergrund, sonst macht er nichts«, sagte Eygló. »Frag mich nicht, warum. Ich habe keine Ahnung.«

Konráð hatte sich gerade von Eygló verabschiedet, als sein Handy klingelte. Er setzte sich in seinen Jeep und starrte auf die Nummer, erkannte sie aber nicht. Nach einer Weile beschloss er, trotzdem ranzugehen. Erst hörte er nur Hintergrundgeräusche, aber dann ein Keuchen, als würde jemand rennen.

»Wer ist da?«, fragte er.

»Konráð … Konráð? Bist du das?«

»Wer … ist das Ívan?«
»Es kann sein, dass ich …«
»Ívan? Was sagst du?«
»Kann sein, dass ich ihn umgebracht habe …«
»Umgebracht? Wen? Ívan?!«
»Er heißt Hendrik …«

Fünfundvierzig

Im selben Moment wurde die Verbindung unterbrochen, Konráð rief mehrmals zurück, konnte Ívan aber nicht mehr erreichen. Er kannte nur einen Hendrik, und das war der Handballer aus dem Fitnessstudio, also suchte er schnell seine Adresse heraus. Er brauchte etwa zehn Minuten, bis er dort war, parkte vor dem Haus, rannte die Treppe zum Eingang hoch und hämmerte gegen die Tür.

»Hendrik! Ist alles in Ordnung? Mach auf, Hendrik! Mach die Tür auf!«, rief er. Da er nichts hörte, spähte er durchs Fenster, konnte aber nichts erkennen. Er rief erneut den Namen des Mannes und hämmerte gegen die Tür, rannte schließlich durch den Garten hinters Haus und sah, dass die Terrassentür offen stand. Konráð eilte in die Küche und weiter ins Wohnzimmer, wo ein Mann auf dem Boden lag.

Hendrik versuchte um Hilfe zu rufen. Mit viel Mühe hob er den Kopf und starrte Konráð an, wollte etwas sagen, aber brachte nur ein Röcheln zustande, bevor sein Kopf wieder zu Boden sank.

Konráð rief einen Krankenwagen und begann sofort mit der Ersten Hilfe. Er stützte Hendriks Kopf mit einem Kissen ab und deckte ihn zu. Neben ihm lag ein Messer, von dem Konráð vermutete, dass es sich noch kurz zuvor in Ívans Händen befunden hatte. Er sah, dass der Mann aus der Seite blutete, drückte auf die Wunde und hörte ihn leise stöhnen. Konráð redete ihm gut zu, Hilfe sei auf dem Weg, er müsse nur wach bleiben, und schon kurz darauf hörte er die Sirene und sah das Blaulicht vor dem Fenster aufleuchten wie einen grellen Blitz.

Rettungssanitäter eilten herbei, verarzteten Hendriks Wunde und gaben ihm Sauerstoff, bevor sie ihn auf einer Trage zum Krankenwagen brachten und schließlich, begleitet von Sirenengeheul, hinter den Häusern verschwanden. Da es sich um eine schwere Körperverletzung handelte, wurde die Kriminalpolizei verständigt und der Tatort abgeriegelt, damit die Spurensicherung ihre Arbeit tun konnte.

Nachdem die Rettungssanitäter Hendrik mitgenommen hatten, versuchte Konráð auf gut Glück, Ívan anzurufen, doch der ging nicht ran. Er probierte es wieder und wieder, hatte jedoch keinen Erfolg.

Ein junger Kriminalpolizist befragte ihn. Konráð sah keinen Grund, etwas anderes als die Wahrheit zu sagen und dass man nach Ívan fahnden müsse. Er habe den Angriff auf Hendrik zugegeben, das Messer sei mit Sicherheit von ihm. Als der Polizist fragte, was Ívan Pétursson von Hendrik gewollt habe, meinte Konráð, diese Frage solle Ívan besser selbst beantworten.

»Warum hat er dich angerufen, dieser Ívan?«, fragte der junge Polizist.

»Wir kennen uns«, sagte Konráð. »Er weiß, dass ich einmal bei der Polizei war. Vielleicht wollte er euch nicht direkt anrufen, ich weiß es nicht. Ich weiß nicht, was in ihm vorgeht«, fügte er hinzu und wollte in dem

Moment nicht den ganzen Fall rund um Pétur von der Wäscherei darlegen.

»Denkst du, er ist bewaffnet?«

»Ich weiß es nicht«, sagte Konráð.

Nach der kurzen Befragung durfte er gehen, und obwohl es schon spät war, rief er Marta an und fragte, ob er bei ihr vorbeikommen dürfe. Marta war nicht gerade erfreut über die späte Störung, meinte aber, sie sei noch auf und habe von dem Vorfall gehört, Konráð solle sich aber bitte beeilen.

Etwa eine Viertelstunde später saßen sie beisammen, und Marta schenkte ihm ein Glas eines billigen Weins ein, an dem er nur notgedrungen nippte, während er ihr alles erzählte, was er über den Fall von Pétur aus der Wäscherei wusste. Dass möglicherweise die Russen etwas mit seinem Verschwinden zu tun hatten. Vielleicht hatte Ívan neue Informationen bekommen, die ihn zu Hendrik gebracht und dieses schlimme Ende herbeigeführt hatten, und vielleicht hatte er ja auch Franklín auf dem Gewissen.

Marta holte ihren Laptop und gab die Namen von Hendrik, Franklín, Pétur und Ívan in die Suchmaschine ein, während Konráð einen Schluck Wein trank und dabei das Gesicht verzog.

»Schmeckt dir der Wein nicht?«, fragte Marta.

»Er ist grauenhaft«, sagte Konráð und stellte das Glas ab.

Marta lächelte.

»Es muss drei Wochen her sein, dass ich ihn aufgemacht habe«, sagte sie. »Ich habe ihn schon damals nicht hinunterbekommen.«

Konráð sah sich in der Wohnung um. Er war lange

nicht mehr bei Marta zu Hause gewesen, aber es hatte sich nicht viel verändert. Sie war alles andere als ein ordentlicher Mensch und legte nicht viel Wert darauf, ihr Zuhause einladend oder gemütlich zu gestalten. Die Möbel waren eine bunte Mischung von überall her, Tische, Stühle und Schränke, meist aus Secondhandläden, die höchstens zufällig zusammenpassten. Bücher hatte sie nur wenige und behauptete auch oft mit Stolz, seit Jahren nichts Längeres mehr gelesen zu haben. In der Küche standen Essensverpackungen, die sie noch nicht weggeworfen hatte. Sie schien seine Gedanken lesen zu können.

»Entspann dich«, sagte sie, »ich wollte morgen aufräumen.«

»Verschiebe nicht auf morgen, was du heute kannst…«

»Das sagen auch nur Langweiler«, stöhnte Marta und tippte und scrollte weiter durch die Archive alter, längst nicht mehr bestehender Tageszeitungen. Schon nach kurzer Suche fand sie Fotos von Hendrik aus seiner Zeit als Handballer.

»Sie haben alle zusammengespielt, nicht wahr?«, fragte sie.

»Ja, Pétur und Eyvindur und Hendrik, die zusammen ein Fitnessstudio betreiben. Und Franklín auch.«

»Über Franklín haben wir einiges ausgegraben«, sagte Marta. »Er war früher tatsächlich ein Linker, und es kann gut sein, dass er mit der sowjetischen Botschaft etwas ausgeheckt hat. Wir haben ihn auf Bildern von einem dieser Protestmärsche nach Keflavík entdeckt.«

Sie zoomte an ein paar körnige Nachrichtenbilder heran und reichte Konráð den Laptop. Sie hatte Artikel aus den Siebzigerjahren über die Protestmärsche von Reykjavík nach Keflavík gefunden. Ganze Bilderserien von Menschen, die gegen die Stationierung des US-Militärs auf Island demonstrierten. Menschen mit großen Schildern. *Island aus der NATO – weg mit dem Heer! Für ein neutrales Land! Ohne Armee! Nieder mit dem amerikanischen Kapitalismus!* Bilder von Auseinandersetzungen mit isländischen Polizisten bei der Zollschranke der Militärbasis.

Auf einem davon war ein junger Mann mit schulterlangen Haaren zu sehen, der etwas abseits stand und das Geschehen beobachtete. Konráð meinte, Franklín zu erkennen. An einer anderen Stelle wurden zwei Männer und eine Frau in der Bildunterschrift mit Namen genannt. Der Mann in der Mitte hieß Hendrik.

»Warum wurde Franklín Jahrzehnte danach tot bei Hafravatn aufgefunden?«, überlegte Konráð laut.

Marta gähnte.

»Du musst mit Hendrik reden«, sagte Konráð. »Lass das nicht irgendwelche Idioten machen. Niemand weiß mehr über diese Fälle als du.«

»Spar dir das Schleimen«, stöhnte Marta. »Ich weiß genau, worum es dir in Wahrheit geht. Niemand weiß mehr … Du willst nur, dass jemand die Ermittlungen leitet, der dir Informationen durchstechen kann, wenn du etwas wissen willst. Hör auf mit dem Unsinn, Konráð. Du bist viel zu leicht zu durchschauen, es ist nicht witzig.«

»Möglicherweise hatten sich Hendrik und Franklín wegen Pétur in irgendetwas verstrickt. Du musst mit ihm sprechen, Marta. Wenn er überlebt.«

Sie sah ihn mit regungsloser Miene an, bis sie

schließlich erneut gähnte und meinte, es sei schon spät, er solle sich langsam auf den Weg machen. Damit war alles gesagt, mehr konnte Konráð aus seiner Freundin nicht herausbekommen, und sie bat ihn, sie nicht weiter mit irgendwelchen halbgaren Theorien zu behelligen, für die er keine Beweise habe.

»Erinnerst du dich an die Heringskommission?«, fragte er.

»Ich habe irgendwann schon einmal davon gehört«, sagte Marta. »Was ist damit?«

»Um diese Zeit herum, als Pétur verschwand, starb irgendwo in Österreich ein Mann aus dieser Kommission. Ein Mann namens Friðgeir.«

»Und?«

»Und nichts. Ich wollte dir nur davon erzählen. Ich weiß nicht, ob es etwas zu bedeuten hat. Es sei denn, die Russen hatten damit zu tun, dann … ich weiß es nicht. Die Heringskommission fuhr regelmäßig nach Moskau für lange Besprechungen über Geschäfte mit Hering und Öl. Sie hatten engen Kontakt zu den Russen. Wenn es hier um Spionage geht, …«

»Wie starb er, dieser Mann?«

»Keine Ahnung.«

Marta schüttelte den Kopf.

»Konni, die Heringskommission? Alte Ladas?«

Konráð zuckte mit den Schultern.

»Ich weiß, meine Liebe, aber wir sind hier in Island. Das ist hier nicht wie bei James Bond.«

»Geh schlafen«, sagte Marta. »Hör auf mit dem Unsinn.«

Konráð fand sich damit ab, bedankte sich für den schlechten Wein und fuhr nach Hause. Marta hatte ihm dennoch sehr geholfen. Beim Abschied hatte er sie gebeten, ihn über Neuigkeiten in den Ermittlungen auf dem Laufenden zu halten, aber darauf hatte sie nicht wirklich reagiert.

Er fuhr zu seinem Haus in Árbær, stellte den Motor ab und blieb noch eine Weile im Auto sitzen, um über Handballer, russische Trawler, Mittelsmänner und politische Glaubensgrundsätze nachzudenken, aber er wurde aus seinen eigenen Gedanken nicht schlau. Er dachte über Leó und seine Verwandten nach, doch auch in der Hinsicht kam er zu keinem Ergebnis.

Also wollte er schnell ins Haus und steckte gerade den Schlüssel ins Schloss, als er in der Finsternis ein Rascheln hörte.

»Ist er tot?«, hörte er jemanden flüstern. »Hendrik? Ist er tot?«

Konráð erkannte Ívan, der mit besorgtem Blick um die Ecke trat.

»Ist er tot …?«

Sechsundvierzig

Leó trank einen großen Schluck aus der Flasche und betrachtete Alfons' Porträt, das im Flur hing. Er erinnerte sich daran, dass sein Onkel es zum fünfzigsten Geburtstag bekommen hatte. Ein Geschenk des Betriebsrates, der es nach Fotos hatte anfertigen lassen, die seine Frau heimlich herausgesucht hatte. Die feierliche Überreichung fand im Rahmen einer großen Party im Hotel Holt statt. Eigentlich wollte Alfons seinen Geburtstag nichts großartig feiern, sondern lieber den Tag wie jeden anderen verstreichen, vielleicht sogar die Stadt für einen Ausflug hinter sich lassen. Sein Bruder aber, Partylöwe und Wirbelwind, der er war, hatte da andere Vorstellungen. Nur Journalisten waren nicht eingeladen. Es gab kaum Familienfotos von diesem Tag. Alfons wurde in dem Glauben gelassen, er würde sich mit seinem Bruder im Holt auf einen Kaffee treffen, wo ihn dann plötzlich zweihundert Menschen erwarteten, Kollegen, Freunde und Verwandte. Wirtschafts-Titane. Ein paar Parlamentarier. Zwei Minister.

Überraschung!, hatte sein Bruder gerufen.

Alfons hatte es ihm nie verziehen.

Das Gemälde hatte lange in einer Besenkammer in der Firmenzentrale gelegen, bis Alfons darauf hingewiesen wurde, dass es ein nett gemeintes Geschenk der Belegschaft und nicht gerade billig gewesen sei und also nicht zwischen lauter Krempel verkommen sollte. Alfons verzog das Gesicht. Ein Mitarbeiter wurde geschickt, um es zu holen, und einer der Bauarbeiter hängte es im Flur auf. Er wirkte darauf ein bisschen wie ein englischer Earl. Alfons saß im blauen Anzug auf einem Stuhl und starrte direkt nach vorne, sodass die Betrachter seinem Blick nicht entkamen. Seine Miene war freundlich, eine Hand lag im Schoß, und in der anderen hielt er einen Zirkel. Im Hintergrund waren Gebäude zu sehen, an deren Bau er beteiligt gewesen war.

Leó schnaubte, als er sich in einen der Sessel im Besprechungsraum fallen ließ und den Flachmann hervorholte. In dem Moment betrat der Porträtierte den Raum, geschniegelt und gestriegelt wie immer, mit der Hornbrille auf der Nase, und schloss hinter sich die Tür.

»Du solltest nicht so viel trinken«, sagte Alfons und setzte sich zu Leó. »Das hilft nicht.«

»Was weißt du schon darüber?«

»Hör auf damit, Leó«, sagte Alfons. »Werde nüchtern, ich helfe dir dabei. Du könntest in die USA gehen, wär das was? In eine dieser Entzugskliniken, wo auch mein Bruder war. Ich kann mich um alles kümmern, Leó, wenn du das willst. Lass mich dir helfen. Lass uns eine Lösung finden.«

»Eine Lösung«, äffte Leó nach. »Es gibt keine Lösung.«

»Leó, lass mich dir helfen.«

»Was hatte Kósi bei mir zu Hause zu suchen?«

Mit der Frage hatte Alfons nicht gerechnet.

»Ich weiß es nicht«, sagte er. »War er bei dir zu Hause?«

»Er hatte eine Frau dabei. Hat ihr was in den Drink gemischt. Sie vergewaltigt. In meinem Haus. Alfons! In meinem Haus …«

»Darüber weiß ich nichts, Leó. Nichts. Hat er denn einen Schlüssel zu deinem Haus? Vermutlich hat dich jemand angelogen.«

»Hast du mit Kósi gesprochen? Rede mit ihm! Frag ihn, was er getan hat. Frag ihn einfach!«

»Ich höre das zum ersten Mal«, sagte Alfons.

»Kósi weiß, wo der Ersatzschlüssel liegt. Niemand hat mich angelogen. Hast du deine Leute nicht im Griff? Können sie einfach durch die Stadt ziehen und Menschen vergewaltigen und zusammenschlagen, ohne dass du etwas dagegen unternimmst? Kannst du nicht wenigstens versuchen, dieses verdammte Pack unter Kontrolle zu behalten?«

Alfons antwortete ihm nicht.

»Und Silli«, fuhr Leó verächtlich fort. »Hast du ihn schon aus dem Land gebracht?«

Alfons sprang auf, verpasste Leó eine Ohrfeige und danach noch zwei weitere. Leó wehrte sich nicht.

»Reiß dich zusammen!«, fauchte Alfons. »Sei doch nicht so ein verdammter Schlappschwanz. Mir reicht's. Hörst du! Ich hab genug von deinem Herumgejammer. Hör auf zu trinken. Sieh dich an. Wie ein Penner. Steh gefälligst deinen Mann!«

Alfons sah Leó voller Wut und Verachtung an und ging dann zum Fenster des Besprechungsraumes, um in die Nacht hinauszublicken. Leó stand auf, strich seine Jacke glatt und legte die Hand auf die Brusttasche, wo der Flachmann war. Seine Kleidung war verschlissen und zerknittert, und er stank.

»Wir halten zusammen, Leó«, sagte Alfons. »Wir sitzen im selben Boot, das war schon immer so.«

»Ja, das war ein Fehler. Das habe ich dir damals schon gesagt, aber du wolltest nicht auf mich hören. Bereust du es mittlerweile?«

Alfons drehte ihm den Rücken zu und antwortete nicht.

»Weißt du noch, was du mich in der Nacht gefragt hast?«, sagte Leó. »Als du mich zu Hause angerufen und um Hilfe gebeten hast? Weißt du das noch?«

»Geh nach Hause, Leó. Schlaf deinen Rausch aus.«

»Ich muss andauernd an Natan denken. Es gibt immer eine Lösung, hast du gesagt. Und ich habe einen Weg gefunden. Eine Art Lösung. Aber am Ende war es keine. Es war nie eine Lösung.«

Alfons antwortete nicht.

»Ich wache morgens mit ihm auf«, sagte Leó. »Ich schlafe nachts mit ihm ein. Wenn ich überhaupt einschlafen kann. Ich träume von ihm. Aber es sind keine Träume, es ist die Hölle ...«

»Geh nach Hause, Leó. Hör auf, dich damit zu quälen. Ruh dich aus, und dann können wir reden. Sei nicht wie dein Vater. Sei nicht so ein Jammerlappen wie dein Vater.«

Leó schüttelte den Kopf.

»Ich würde lieber so sein wie er, als diese Sache auf dem Gewissen zu haben. Weißt du noch, Alfons? Weißt du noch, was ich in der Nacht gefragt habe?«

»Ich weiß nicht, wovon du redest.«

»Ich habe gefragt, ob du damit leben könntest. Weißt du noch, Alfons? Ob du dir das vorstellen könntest? Damit zu leben? Weißt du noch? War es das wert? Schau uns an. Schau mich an. Sieh mich an. Denkst du, das war es wert?«

»Alles wird gut«, sagte Alfons. »Geh nach Hause. Schlaf dich aus.«

»Ich kann das nicht mehr ertragen. Die Polizei ist hinter mir her. Ich kann nicht ewig vor ihr davonlaufen. Und Konráð ... er wird nicht aufgeben.«

»Es ist zu spät, etwas zu tun, Leó.«

»Es ist nie zu spät.«

»Der Fall ist komplizierter, als du denkst«, sagte Alfons. »Geh jetzt nach Hause, schlaf dich aus und reiß dich zusammen. Was geschehen ist, ist geschehen. Daran können wir nichts ändern.«

»Was meinst du mit komplizierter?«

Alfons drehte sich um und ging auf ihn zu.

»Der Abend, an dem Skafti ...«

Es fiel ihm schwer, das richtige Wort für den Tod des Mannes zu finden.

»Der Abend, an dem Skafti ... auf Öskjuhlíð das Leben verlor. Du weißt nicht alles. Wir haben dir nie die ganze Wahrheit gesagt.«

»Die ganze Wahrheit? Was fehlt noch? Was habt ihr mir nicht gesagt?«

»Wir haben dir nie von einer Sache erzählt, die auf dem Weg nach Öskjuhlíð passiert ist. Es spielt keine Rolle.«

Leó starrte seinen Onkel an und versuchte, aus seinen Worten schlau zu werden.

»Was ist passiert?«

»Zwing uns nicht, zur Ultima Ratio zu greifen«, sagte Alfons, ohne einen Hauch von Bedrohlichkeit in der Stimme. »Es ist schon genug passiert.«

Siebenundvierzig

Konráð versuchte, sich nicht anmerken zu lassen, wie sehr Ívan ihn erschrocken hatte. Er bat ihn hinein, und Ívan betrat zögerlich den Vorraum, wollte die Schuhe ausziehen, doch Konráð meinte, das sei nicht nötig, er könne einfach reingehen. Dann fragte er ihn, ob er bewaffnet sei und noch mehr anrichten wolle, aber in dem Moment brach Ívan zusammen, er vergrub das Gesicht in seinen Händen und meinte, er habe die Kontrolle verloren. Das sei ihm erst klar geworden, als er bereits auf den Mann eingestochen hätte. Er sei keineswegs seine Absicht gewesen, den Mann auf diese Weise anzugreifen. Das Messer war eigentlich zur Verteidigung gedacht gewesen, falls Hendrik ihn angreifen würde. Im schlimmsten Fall hatte er vorgehabt, mithilfe der Waffe die Wahrheit aus ihm herauszubekommen. Es war aber nicht sein Plan gewesen, ihn mit dem Messer ernsthaft zu verletzen. Das müsse Konráð glauben. Er sei kein gewalttätiger Mensch. Sei er nie gewesen, und er wolle das auch nicht sein.

Ívan kämpfte mit den Tränen und fragte Konráð, ob er jemanden anrufen könne, um sich nach Hendriks Befinden zu erkundigen. Konráð hatte Mitleid mit dem Mann und rief im Krankenhaus in Fossvogur an, gab sich als Verwandter aus und erfuhr, dass Hendrik auf der

Intensivstation liege und es ihm den Umständen entsprechend gehe.

»Intensivstation? Dann ist es also ernst«, seufzte Ívan.

»Er ist zumindest nicht tot«, sagte Konráð wie zur Aufmunterung. »Vielleicht kommt es nicht so schlimm, wie es im Moment aussieht. Du musst aber mit der Polizei sprechen, und je früher du das machst, desto besser. Ich kann dich zum Dezernat bringen, wenn du willst«, fügte er hinzu und warf einen Blick auf seine Uhr. »Das wäre kein Problem.«

Ívan sah ihn eine Weile an, als suche er in seinem Gesicht nach Rat und Hilfe, die schwierige Situation zu verstehen.

»Ich befürchte, du hast keine andere Wahl, mein Freund«, sagte Konráð.

»Hendrik hatte die Idee mit dem Lada«, sagte Ívan. »Er hat geholfen, meinen Vater zu entführen. Angeblich wollte mein Vater mich überraschen. Er wollte mir ein Auto schenken, einen Gebrauchtwagen. Einen neuen konnte er sich natürlich nicht leisten. Hendrik hat es von Franklín erfahren. Und so kam ihm die Idee mit dem Lada und dem russischen Trawler. Sie haben die Freundschaft zwischen Franklín und meinem Vater ausgenutzt.«

»Hat Hendrik das zugegeben?«

»Du weißt, wie sehr ich ihn vermisst habe«, sagte Ívan. »Es hat sich oft angefühlt, als hätten wir niemanden außer einander. Er war immer mein bester Freund und mein bester … er war der beste Mensch, den ich je gekannt habe. Das sagen natürlich viele über ihre Väter, aber ich glaube … unser Verhältnis war einzigartig. Und dann so etwas … du weißt, wie viel ich geweint und geflucht habe und wie wütend ich war, dass er einfach so verschwunden ist. Es kam mir vor, als hätte er mich alleingelassen. Als wäre er von mir gegangen. Als hätte er mich verraten. Ich dachte, er hätte Selbstmord begangen. Ohne etwas zu sagen. Ohne mit mir zu sprechen. Ich verstand nicht, was er sich dabei gedacht hat. Warum er das getan hat. Verstand nicht, warum er einfach verschwunden ist…«

»Du musst dich mir gegenüber nicht erklären, Ívan«, sagte Konráð.

»Und dann finde ich heraus, dass es vielleicht doch anders war. Er wäre nie einfach so abgehauen. Das hätte er mir nicht angetan. Und ich … es klingt vielleicht komisch, aber ich war beinahe erleichtert. So egoistisch es sein mag. Ich habe mich geschämt, dass es sich weniger schlimm angefühlt hat. Weniger schlimm für mich.«

»Es ist völlig nachvollziehbar, dass du so denkst«, sagt Konráð. »Du musst froh sein, endlich Antworten auf deine Fragen zu haben.«

»Ja, ich weiß, es ist nicht…«

»Weißt du, was er getan hat? Dein Vater?«

»Die Russen hielten ihn für einen Mittelsmann. Für sie bestand kein Zweifel, dass er bei Spionagetätigkeiten mitgewirkt hat.«

»Hat er das?«

»Ich habe mit einem Mann gesprochen, der das denkt«, antwortete Ívan.

Er erzählte Konráð von Aleksi, der zu ihm in die Wäscherei gekommen sei und seine Verbindung zu Péturs Freund Nicolai geschildert habe. Er sei Historiker und habe nach umfassenden Recherchen herausgefunden, dass die Russen Nicolai verdächtigt hätten, mithilfe von Isländern geheime Informationen an die amerikanischen Behörden weitergegeben zu haben. Und vermutlich hat er auch dafür gesorgt, dass seine Familie ins Ausland flüchten konnte. Der Fall sei für die Sowjets sehr unangenehm gewesen, über alles sei absolutes Stillschweigen gebreitet worden. Die Mitarbeiter der russischen Botschaft in Reykjavík durften allesamt im Land bleiben, was nicht selbstverständlich war, wenn derartige Aktivitäten aufflogen, und auch von der isländischen Botschaft in Moskau wurde niemand gebeten, sich zu verabschieden. Die Sache drang nie an die Öffentlichkeit. Nicolai wurde 1983 eines Nachts im Lefortowo-Gefängnis in Moskau erhängt, und niemand erfuhr von seinen Verbrechen gegen das Volk. Aber damit nicht genug. Sie haben seine ganze Familie ausgelöscht. Seine Frau wurde in ein Straflager geschickt und ist aller Wahrscheinlichkeit dort verstorben. Seine Mutter ebenfalls. Und sein Onkel wurde ermordet. Aleksi habe von einem ehemaligen Gefängniswärter erfahren, dass sie Nicolai vor seinem Tod angeschrien hätten, sie würden dafür sorgen, dass seinem Onkel, dem Vaterlandsverräter, das Gleiche widerfahren würde wie ihm. Sie seien beide der gleiche Abschaum.

»Sein Onkel?«

»Väterlicherseits, ja. Er kannte Leute in einer isländischen Handelsdelegation, die oft nach Moskau kam. War Dolmetscher bei ihren Treffen mit den Russen. Hatte sich selber Isländisch beigebracht, vor allem durch das Hören von isländischen Radiosendungen. Aleksi ging nicht davon aus, dass er je in Island gewesen war.«

»Mit dieser Handelsdelegation meint er wohl die Heringskommission.«

»So wurden die Informationen weitergegeben«, sagte Ívan und nickte. »Von Nicolai zu seinem Onkel und von dem zu jemandem in dieser Kommission, von dort zu meinem Vater und weiter zur US-Botschaft in Reykjavík. Aleksi denkt, dass mein Vater derjenige war, der diesen Weg ins Leben gerufen hat. Er soll vorgeschlagen haben, die Kommission und seine Wäscherei zu benutzen, und er soll einen Isländer in der Kommission überredet haben mitzumachen. Die anderen Mitglieder müssen nicht zwangsläufig davon gewusst haben. Wahrscheinlich wurden die Informationen bei den Treffen der Delegation ausgetauscht. Nicolais Onkel und das isländische Kommissionsmitglied hatten auch unauffälligen Briefkontakt. Etwas in der Art. Und sie nutzten die Wäscherei. Der Mann aus der Kommission brachte Wäsche zu meinem Vater, und eine Frau aus der US-Botschaft holte sie wieder ab. Die Nachrichten waren zwischen der Kleidung versteckt.«

»Was für Informationen waren das?«

»Aleksi meint, Nicolai habe mit dem sowjetischen Atomwaffenprogramm zu tun gehabt. Er nimmt an, dass er irgendwann einmal nicht aufgepasst hat und erwischt und schrecklich gefoltert wurde, bis er alles preisgegeben hat, was er über seinen Onkel und die Informationswege wusste. Die Russen hatten Verdacht geschöpft und Nicolai auch schon davor eine Weile beobachtet, aber erst bei seinem Fluchtversuch zugeschlagen.«

»Und Pétur wollten sie sich auch schnappen?«

»Die Russen hatten einen Plan«, sagte Ívan. »Das glaubte Aleksi jedenfalls. Um die Zeit herum, als mein Vater entführt wurde, starb der Mann aus der Kommission plötzlich bei einem Skiurlaub in Österreich. Er wurde in seinem Hotelzimmer aufgefunden, ein Herzinfarkt, und niemand hielt es für nötig, seinen Tod genauer zu untersuchen. Aleksi denkt, dass ihm vielleicht etwas verabreicht wurde.«

»Dass die Russen auch ihn umgebracht haben?«

»Er findet das naheliegend.«

»Weiß er mehr über Pétur? Dieser Aleksi?«

»Nicht viel. Er hält es für wahrscheinlich, dass sie sich auch an ihm gerächt haben und dass es hier in Reykjavík Mittelsmänner gab.«

»Die Russen wollten natürlich herausfinden, welche Informationen da geflossen sind«, sagte Konráð. »Wie lange das ging und ob es Komplizen gab und Derartiges, bevor sie sich ihn vom Hals geschafft haben, deinen Vater.«

»Wahrscheinlich wussten die Behörden hier nichts von alledem«, sagte Ívan.

»Komm, ich bringe dich zum Dezernat«, sagte Konráð. »Du bist ja völlig durch den Wind. Ich bin sicher, dass Hendrik überleben wird und sie sich deine Geschichte anhören werden. Deine Position verstehen werden.«

»Ich war so wütend, als ich zu ihm gegangen bin«, fuhr Ívan fort, als hätte er Konráð nicht gehört.

»Hast du auch Franklín angegriffen?«, fragte Konráð vorsichtig. »Warst du es, der ihn bei Hafravatn einfach so liegen gelassen hat?«

Ívan antwortete ihm nicht.

»Steckte Franklín mit Hendrik unter einer Decke?«, fragte Konráð. »Haben sie zusammengearbeitet, um deinen Vater den Russen auszuliefern?«

»Ich weiß es nicht, aber Hendriks Name taucht in

den Moskauer Dokumenten auf«, sagte Ívan. »Er hatte die Idee mit dem Auto. Wusste, dass mein Vater einen Gebrauchtwagen kaufen wollte. Hendrik hat mit der sowjetischen Botschaft zusammengearbeitet. Er gab sich als Vogelkundler aus und streifte mit Kameras über die ganze Reykjanes-Halbinsel. Hat für die sowjetische Botschaft den Flugverkehr der US-Armee beobachtet. Die Truppenübungen. Die politische Lage. Hat den Widerstand gegen die Besatzung unterstützt. All das.«

Konráð sah Ívan lange an.

»Die Beschreibung könnte genauso gut auf Franklín zutreffen«, sagte er. »Er hat zu der Zeit auch sehr gerne Vögel beobachtet.«

»Ja, das kann gut sein.«

»Hast du Franklín angegriffen?«

»Nein, das habe ich nicht«, sagte Ívan. »Ich habe ihm nichts getan.«

»Bist du sicher?«

»Ja, ich bin sicher! Ich wollte dir schon früher von alldem erzählen, dir von Aleksi erzählen, verstehst du, aber dann habe ich es nicht getan. Ich wusste nicht, was ich mit diesen Informationen anfangen sollte. Saß vor Hendriks Haus und ...«

»Sein Geschäftspartner im Fitnessstudio hat mir erzählt, du hättest dich nach Franklín erkundigt.«

»Ja, ich wollte mir nur Informationen beschaffen, aber ich habe ihm nichts getan. Ich war zutiefst erschüttert, als ich von seinem Tod beim See erfahren habe, aber ich habe ihm nichts angetan. Ich frage mich, ob es zwischen Hendrik und ihm vielleicht zu einem Streit gekommen ist.«

»Hendrik soll ihn so zugerichtet haben?«

»Ich weiß es nicht«, sagte Ívan. »Ich hatte keine Gelegenheit, Hendrik danach zu fragen. Das sollte die Polizei tun. Ihn fragen, ob er Franklín umgebracht hat.«

»Denkst du vielleicht, Franklín wollte nach all den Jahren auspacken? Die Wahrheit sagen?«

»Das kann gut sein.«

»Hatte Pétur irgendwelche Verbindungen zur amerikanischen Botschaft hier in Reykjavík? Kannte er dort jemanden?«

»Das weiß ich nicht. Ich weiß nur, dass er nicht gut auf die Russen zu sprechen war.«

Ívan sah Konráð an.

»Eins ist mir noch eingefallen ... 1982 ist mein Vater mit der Handballnationalmannschaft nach Moskau gereist, er war Co-Trainer. Ich dachte, vielleicht haben Nicolai und er sich bei dieser Reise getroffen und alles geplant. Dort beschlossen, die Kommission zu nutzen, weil Nicolais Onkel bei ihren Treffen dabei war und Informationen weitergeben konnte. Mein Vater hat dann den Mann aus der Kommission getroffen, ihn auf seine Seite gezogen und alles in die Wege geleitet ...«

»Kann sein. Vielleicht haben sie das aber auch schon früher geplant, als dein Vater in Moskau studiert hat. Wahrscheinlich werden wir es nie erfahren.«

»Nein, vermutlich nicht.«

»Und dieser Aleksi? Der nur so zum Spaß nachgeforscht hat? Vertraust du ihm?«, fragte Konráð.

»Ich sehe keinen Grund, es nicht zu tun. Er hat mir natürlich nicht seinen richtigen Namen genannt ...«

»Ach so?«

»Er meinte, angesichts der aktuellen politischen Lage traue er sich das nicht.«

Ívan seufzte.

»Nicolai und sein Onkel haben natürlich Hochverrat begangen und wurden bestraft, aber das genügte nicht, die Rache hat sich bis nach Island erstreckt.«

»Was war Hendriks und Franklíns Motivation? Falls sie daran beteiligt waren?«

»Wahrscheinlich der Traum vom gelobten Land?«

»Das gelobte Land ...«

»Ich ... ich weiß, wie das alles klingt, Spionage und Entführungen, aber, wie soll ich sagen, es ist doch immer noch so«, sagte Ívan. »Wenn du darüber nachdenkst. Machen sie das nicht immer noch, die Russen? Menschen aus anderen Ländern umbringen? Sich mit radioaktiven Substanzen an anderen rächen?«

»Hast du darüber mit ihm gesprochen, mit diesem ... Aleksi?«

»Aleksi versteht nicht, wie seine Landsleute es ertragen, dass diese Verbrecherbanden das Land regieren. Das ganze Vermögen horten und dem eigenen Volk mit Mord und Gefängnis drohen. Die armen Menschen finden sich damit ab, wie Sklaven zu leben, bis auf ein paar wenige mutige Oppositionelle, die es wagen, sich mit den Henkern anzulegen. Er hat versucht, seinen Teil zu tun, aber er meinte auch, dass einzelne Menschen da machtlos sind. Nur die Masse kann Veränderungen fordern, und er versteht nicht, warum die Menschen sich nicht stärker für die Demokratie einsetzen, für das freie Denken. Warum sie sich nicht von diesen Ketten befreien, sondern lieber jahrhundertelang die Hölle über sich ergehen lassen. Generation für Generation. Er hat es klipp und klar gesagt, er verstehe sein eigenes Volk nicht, diese Gleichgültigkeit, diese Drückebergerei.«

Sie schwiegen beide, bis Ívan sich räusperte.

»Vielleicht ist es an der Zeit, die Wäscherei zu verkaufen«, sagte er. »Das habe ich schon öfter überlegt.«

»Aber du konntest dich bisher doch auch nicht davon trennen?«

»Nein. Ich habe damit gewartet.«

»Vielleicht hast du lange genug gewartet.«

»Ja, vielleicht«, sagte Ívan. »Vielleicht habe ich lange genug gewartet.«

Achtundvierzig

Konráð sorgte bei seinen Besuchen oft für eine angenehme Aura, und Eygló hätte nichts dagegen gehabt, wenn er noch etwas länger geblieben wäre. Sie war nicht mehr so abgeneigt wie früher, ihn zu treffen, und je besser sie ihn kennenlernte, desto mehr Zeit wollte sie mit ihm verbringen. Sie betrachtete noch einmal die Weihnachtskarte von dem Arzt Anton J. Heilman und seiner Frau auf ihrem Handy und lächelte still in sich hinein. Konráð hatte ihr das Bild geschickt und sie gebeten, sich zu melden, falls ihr noch etwas dazu einfalle, zu den beiden Eheleuten, dem Jahr 1964 oder den Weihnachtsgrüßen des Arztes. Falls sie eine Idee habe, warum ein guter Freund von Anton die Weihnachtskarte in einem Schließfach aufbewahrt und diese zwei Wörter darauf geschrieben habe: »Das Schloss«.

Eygló vergrößerte das Bild auf dem Handy und sah es sich ganz genau an, ein paar Äste eines Weihnachtsbaums ragten rechts in den Bildausschnitt, im Fenster hing ein Weihnachtsstern, die Regale waren weihnachtlich dekoriert. Sie erkannte Vorhänge, eine Tischlampe und daneben eine dänische Weihnachtsglocke. Konráð hatte ihr erzählt, dass Anton und seine Frau oft mit dem Passagierschiff Gullfoss nach Kopenhagen gefahren waren, manchmal auch mit ihren Söhnen. Anton hatte dänische Wurzeln und den Familiennamen Heilman beibehalten. Seine beiden Söhne trugen einen isländischen Namen und hießen Antonsson, nach ihrem Vater. Eygló fragte sich, warum sie auf dem Bild nicht zu sehen waren. Warum zeigte es nur die Eltern? Hatten die Söhne das Foto gemacht?

Antons Frau war elegant gekleidet, sie trug ein graues Kostüm, eine grüne Seidenbluse und um den Hals eine weiße Perlenkette. Ihre blonden Haare wurden von einem grünen Haarband zusammengehalten und umrahmten ihr freundliches rundes Gesicht. Sie sah aus wie Doris Day, nur ohne das strahlende Lächeln. Der Arzt neben ihr trug einen dunklen Anzug mit einem weißen Einstecktuch, ein weißes Hemd und um den Hals eine Krawatte. Die bürgerliche Tugend in Person.

Eygló zoomte an das Gesicht der Frau heran, bis es das ganze Display ausfüllte. Konráð hatte erzählt, dass ihre Söhne wahrscheinlich ebenfalls zu den Opfern des Vaters gehört hatten.

Hatte die Ehefrau davon gewusst? Hatte die Mutter davon gewusst? Von dem Bild ließen sich darauf keine Rückschlüsse ziehen.

Die Weihnachtskarte hatte nichts mit Eyglós eigenen Kindheitserinnerungen an diese Jahreszeit gemeinsam. Ihr Vater Engilbert konnte die fröhlichen Feierlichkeiten manchmal nicht ertragen und ging in die Stadt, um sich zu betrinken. Ihre Mutter war Arbeiterin und nicht gläubig, aber sie war froh über den kurzen Urlaub. An den Feiertagen schlief sie, so viel sie konnte. Es gab keine Familientreffen. Am Heiligen Abend aßen sie Frikadellen. Noch heute hatte Weihnachten keine besondere Bedeutung für Eygló, sie war immer froh, wenn das ganze Getue wieder vorbei war.

Sie starrte weiter auf das Display und fragte sich, ob die Weihnachtsfeste der Familie Heilman tatsächlich besser gewesen waren als ihre oder ob der Schein vielleicht trog. Ihr Blick blieb auf der Bornholmer Uhr hängen, und sie erinnerte sich an den ersten Besuch mit Konráð im Haus des Arztes, als die Verbrechen von Anton und seinem Sohn in ihr eine derartige Wut auslösten, dass sie die Uhr mit ganzer Wucht umgestoßen hatte, auch wenn sie nicht wusste, warum ausgerechnet die dänische Standuhr Opfer ihres Zorns geworden war. Vielleicht, weil sie wie ein Symbol der Täuschung war. Weil sie Teil der Kulisse war, die das Grauen verschleierte.

Eygló betrachtete die Weihnachtskarte, die Eheleute, die vor der Uhr posierten, das perfekte Reykjavíker Heim, in dem die dänischen Wurzeln in Ehren gehalten wurden. Sie stellte sich vor, wie die beiden kurz nach dem Anlegen der Gullfoss über den Rathausplatz in Kopenhagen spazierten. Wie sie über die Strøget schlenderten. Die Orte besuchten, die alle Isländer kannten. Vielleicht waren sie auch nach Jütland gereist oder nach … Bornholm …

Eygló starrte auf die Weihnachtskarte. Sie warf einen Blick auf ihre Uhr, es war schon ein wenig spät, aber eigentlich müsste Konráð noch wach sein. Sie beschloss, es einfach zu versuchen.

»Wir haben diese Uhr schon einmal gesehen«, sagte sie ohne Einleitung, als Konráð ranging.

»Welche Uhr? Eygló, bist du das?«

»Die Uhr, die zwischen ihnen steht. Auf dem Bild«, sagte sie.

»Die Bornholmer Standuhr«, sagte Konráð. »Ja, was ist mit ihr?«

»Das ist doch dieselbe Uhr, oder?«

»Dieselbe Uhr wie …?«

»Dieselbe Uhr wie im Wohnzimmer, als wir im Haus waren? Das ist doch ein Familienerbstück?«

Am anderen Ende wurde es still.

»Also die Uhr, die du kaputt machen wolltest?«, fragte Konráð.

»Das ist bestimmt dieselbe Uhr«, sagte Eygló. »Ich weiß nicht, was in mich gefahren ist. Ich war so wütend. Wütend auf diese Männer. Auf Gústaf und Anton und … keine Ahnung, ich habe einfach die Kontrolle verloren.«

»Und?«

»Warum steht dieses Gekritzel auf der Karte? Das Schloss.«

»Das ist die große Frage.«

»Das Schloss? Was meint der damit?«

»Es muss irgendeine Bedeutung haben«, gestand Konráð.

»Was, wenn Henning sich aus irgendeinem Grund an diese Uhr erinnern wollte?«, fragte Eygló.

»Ich denke eher, es war nur ein Zufall, dass er die Karte aufbewahrt hat. Sie lag in dem Buch …«

»Wo ist die Uhr jetzt? Wer hat sie? Sie steht nicht mehr im Haus.«

»Ich frage mal Gústafs Anwalt, was er darüber weiß«, sagte Konráð.

»Wir müssen sie finden«, sagte Eygló.

»Ja, vielleicht kommen wir irgendwie an sie ran. Ich werde mich erkundigen.«

»Entschuldige, dass ich so spät anrufe, aber ich

musste mit dir sprechen. Wir müssen diese Uhr finden, Konráð. Wir müssen sie finden.«

Konráð legte das Handy beiseite und wandte sich wieder Ívan zu.

»Dieser Aleksi …?«

»Ja, wie gesagt, das ist nicht sein richtiger Name.«

»Wusste er, was mit deinem Vater passiert ist?«, fragte Konráð.

»Nein, er hat keine russischen Trawler erwähnt«, sagte Ívan. »Er wusste nur von Hendrik, der ihnen geholfen hatte. Aber denkst du nicht auch, dass sie ihn vermutlich über Bord geworfen haben, meinen Vater? Dass sie erfahren haben, was sie wissen wollten, und ihn sich dann vom Hals geschafft haben?«

»Ich weiß es nicht«, sagte Konráð. »Unmöglich zu sagen.«

»Diese verdammten Mistkerle …«

»Ich muss ständig an Franklín denken. Waren er und dein Vater nicht gut befreundet?«

»Sie haben natürlich die Wäscherei zusammen aufgebaut«, sagte Ívan.

»Er muss sich doch verantwortlich gefühlt haben«, sagte Konráð. »Falls er etwas mit Péturs Verschwinden zu tun hatte.«

Ívan zuckte mit den Schultern.

»Er wollte vielleicht die Wahrheit sagen, erzählen, was passiert ist«, fuhr Konráð fort. »Nach all den Jahren hatte Franklín wohl die Schnauze voll und wollte reinen Tisch machen. Er ist nach Island gereist und hat mit Hendrik gesprochen, um ihn zu überreden, mit zur Polizei zu kommen. Hendrik war aber anderer Meinung.

Warum schlafende Hunde wecken? Das würde niemandem was bringen. Aber Franklín hat sich nicht beirren lassen. Er wollte gestehen.«

»Und wurde dann tot bei Hafravatn aufgefunden«, ergänzte Ívan.

Neunundvierzig

Der Mitarbeiter der Pension starrte Leó an und überlegte, ob er ihm ein Zimmer geben sollte oder nicht. Leó wusste, dass er aussah wie ein betrunkener Penner, nachdem er sich in letzter Zeit etwas hatte gehen lassen. Die Jacke war zerrissen und dreckig, seit er einmal auf der Straße hingefallen war und eine Weile dort gelegen hatte, bis er sich wieder orientieren konnte. Er erinnerte sich nur dunkel daran. Außerdem hatte er sich übergeben, unter anderem auf seine Hose. Seine Haare waren dreckig, und der wochenalte Bart stank mittlerweile. Er bemerkte, dass der Mitarbeiter versuchte, sich unauffällig die Nase zuzuhalten.

Er hatte nur ganz kurz zu Hause vorbeigesehen, um saubere Kleidung zu holen. Nachdem er von Kósi gehört hatte, traute er sich nicht, länger in dem Haus zu bleiben. Außerdem war die Polizei hinter ihm her und bewachte es womöglich. Er wagte auch nicht, sein Auto zu bewegen. Für gewöhnlich befeuerte der Alkohol seinen Verfolgungswahn und das Gefühl von Verzweiflung, doch seit gestern hatte er keinen Schluck mehr getrunken. Er hatte ein Taxi gerufen und den Fahrer gebeten, auf ihn zu warten, während er saubere Kleidung und Rasierzeug holte, um sich dann zu der Pension bringen zu lassen. Er musste Silli treffen und wollte sich erst anständig zurechtmachen, um ihm nicht wie ein stinkender Jammerlappen entgegenzutreten.

Der Mitarbeiter ließ schließlich fünf gerade sein und gab Leó das kleinste Zimmer. Leó warf sofort seine gesamte Kleidung in den Müll und stieg unter die Dusche. Er rasierte sich sorgfältig und legte sich ins Bett, versuchte zu schlafen, konnte aber kein Auge zumachen. Er starrte in die Luft und überlegte, wo das nächste Alkoholgeschäft lag. Zwei der staatlichen Läden kamen infrage. In der Pension hatte er keine Bar gesehen, doch während er überlegte, schlief er irgendwann doch ein.

Als Leó wieder aufwachte, war er durstig. Er duschte erneut, zog sich die frischen Sachen an, die er von zu Hause geholt hatte, und setzte sich aufs Bett. Dann schaltete er sein Handy ein. Niemand hatte versucht, ihn zu erreichen. Er dachte eine Weile nach und rief dann Dóra an.

»Dóra, meine Liebe?«, sagte er, als sie ranging. »Wie … wie geht es dir?«

»Bist du das, Leó?«, fragte Dóra. »Wo steckst du? Alle suchen nach dir.«

»Ich weiß, Dóra. Hat Konráð nach mir gefragt?«

»Er war hier, ja. Er wollte alles über das Telefonat wissen, über Alfons. Hat nicht lockergelassen.«

»Und was hast du ihm erzählt?«

»Wo bist du, Leó? Ist alles in Ordnung?«

»Was hast du Konráð erzählt, Dóra?«

»Ich kann das nicht, Leó. Ich habe es versucht, aber …«

»Was hast du Konni erzählt?«

»Ich habe ihm erzählt, dass Alfons mich angerufen und mir eingeredet hat, ich hätte mich geirrt. Dass es nie einen Anruf in der Nacht von Skaftis Verschwinden gegeben hätte. Dass ich mich da an etwas falsch erinnern würde. Und wenn mir noch etwas an dir läge, sollte ich auch nichts anderes behaupten. Alfons meinte, er würde für dich anrufen, Leó. Er meinte, er tue das alles nur für dich.«

»Hast du Konni also die Wahrheit gesagt? Hast du ihm erzählt, dass Alfons mich in der Nacht von Skaftis Verschwinden angerufen hat?«

»Ja. Das habe ich ihm erzählt, Leó. Ich kann nicht Teil dieses Lügengespinsts werden. Das weißt du. Was ist passiert? Was ist in dieser Nacht passiert? Warum hat Alfons dich angerufen?«

»Was hat Konni geglaubt?«

»Konráð?«

»Was dachte er, das passiert ist?«

»Er ... darüber wusste er nichts. Er hat sich nur Sorgen um mich gemacht.«

»Bist du dir da sicher?«

»Ja, das bin ich. Was hast du getan, Leó? Warum führst du dich so auf? Warum ruft mich Alfons deswegen an und bittet mich zu lügen? Was habt ihr in der Nacht gemacht? Warum ist das so eine große Sache?«

»Danke dir, meine liebe Dóra«, sagte Leó. »Irgendwann werde ich dir alles erzählen. Du musst ...«

»War es wegen Skafti?«

»Du musst nicht lügen, meine Liebe. Meinetwegen musst du niemanden anlügen. Wenn Konráð noch einmal fragt, dann sag ihm die Wahrheit. Wir sprechen dann später, Dóra. Wenn alles vorbei ist. Weißt du noch, wie schön wir es zusammen hatten? Du und ich und Erna und Konni, der gute Konni ... erinnerst du dich an unsere Ausflüge ...«

»Wenn was vorbei ist?«

»Das alles«, sagte Leó. »Das alles, meine liebe Dóra.« Er holte Luft, um noch etwas hinzuzufügen, doch dann legte er einfach auf. Kurz darauf ertönte der Klingelton. Leó überprüfte die Nummer, es war die Polizei. Also schaltete er das Handy aus.

Er zog sich fertig an und ging hinunter. Am Empfang saß noch derselbe Mann, der ihn zuvor eingecheckt hatte, und er war sichtlich verwundert über die äußerliche Veränderung. Leó bat ihn, ihm ein Taxi zu rufen, was er sofort tat.

Draußen zündete sich Leó eine Zigarette an und dachte an das Alkoholgeschäft, das nur wenige Straßen entfernt lag. An die vielen Bars auf dem Weg Richtung Innenstadt. Er wollte nichts lieber, als sich einen Drink holen. Der Alkohol hatte ihm immer genügt. Die anderen Substanzen, die seine Onkels ins Land schmuggelten, hatten ihn nie interessiert.

Das Taxi kam, Leó stieg ein und nannte eine Adresse in Garðabær. Er hoffte, dass seine Kreditkarte noch funktionierte, denn er wusste nicht mehr, wann er sie zuletzt benutzt hatte. Dann starrte er hinaus auf den Verkehr und dachte an Silli und die vergangenen Jahre und das, was Alfons über die Fahrt nach Öskjuhlíð an dem Abend von Skaftis Ermordung angedeutet hatte.

Fünfzig

Hendrik wurde im Krankenhaus nicht sonderlich bewacht. Konráð hatte dort angerufen, um die Zimmernummer herauszufinden, und dabei versucht, möglichst besorgt zu klingen. Man sagte ihm die Nummer und teilte ihm mit, dass Hendrik nur kurz auf der Intensivstation gelegen habe. Seine Verletzungen hätten schlimmer ausgesehen, als sie gewesen seien. Die Wunden seien versorgt worden, und wahrscheinlich würde er in zwei oder drei Tagen entlassen werden. Die Frau am Telefon fügte noch hinzu, dass dies vor allem aus Platzgründen geschehe.

Konráð betrat den Krankenhausflur und suchte Hendriks Zimmer. Das Personal hatte alle Hände voll zu tun. Zwei Patienten lagen draußen auf dem Flur, ihre Angehörigen versammelten sich gerade um sie. Ein paar Besucher kamen aus einem der Krankenzimmer, unter ihnen Eyvindur, der mit Hendrik das Fitnessstudio betrieb. Er war in Begleitung zweier Frauen, vermutlich Kolleginnen, nahm Konráð an. Er wollte nicht bemerkt werden, also ging er schnell in das gegenüberliegende Zimmer, in dem drei alte Männer schliefen. Konráð setzte sich auf einen Stuhl neben einem der Betten und tat so, als wäre er ein Besucher, während Eyvindur und die beiden Frauen vorbeigingen. Der alte Mann wachte auf und sah Konráð an, der zu lächeln versuchte.

»Wie geht es dir?«, fragte er.

»Wer bist du?«, fragte der Patient.

Konráð tippte auf die Decke, stand auf und ging wieder auf den Flur hinaus und in Hendriks Zimmer, in dem er alleine lag, verbunden mit allerlei Geräten, die seine Vitalfunktionen überwachten. Eine Kochsalzlösung tropfte aus einem Beutel, der an einem Infusionsständer neben dem Bett hing. Hendrik sah aus dem Fenster und bemerkte erst gar nicht, dass Konráð das Zimmer betrat. Dann schien er plötzlich etwas zu spüren, blickte auf und zuckte ein wenig zusammen, als er Konráð an der Tür stehen sah.

»Wie geht es dir?«, fragte Konráð, genau, wie er vorhin den alten Mann gefragt hatte.

Hendrik schwieg.

»Ich weiß nicht, ob du dich an mich erinnerst«, sagte Konráð. »Wir sind uns einmal bei Eyvindur im Fitnessstudio begegnet.«

Hendrik nickte, als wüsste er Bescheid.

»Der Mann, der dich angegriffen hat, lässt dir ausrichten, wie leid es ihm tut«, fuhr Konráð fort. »Er wollte nicht so weit gehen, aber er war durcheinander und wütend, was ich gut nachvollziehen kann. Der Verlust seines Vaters hat ihn lange Zeit schwer belastet.«

Hendrik antwortete nicht.

Konráð war am Vorabend spät ins Bett gegangen. Er hatte Ívan schließlich überredet, sich der Polizei zu stellen, weil ihm nichts anderes übrig blieb. Seit der Tat ging es Ívan sehr schlecht, denn er machte sich große Sorgen um Hendrik. Er hatte Konráð gebeten, mit zum Dezernat in der Hverfisgata zu kommen. Konráð brachte ihn zum diensthabenden Inspektor, den er noch von seinen Tagen bei der Polizei kannte, und versuchte, Ívans Lage zu schildern. Die umfangreiche Suche nach dem Täter hatte bereits begonnen und wurde sofort eingestellt. Ívan wurde in eine der Gefängniszellen vor Ort gebracht. Konráð blickte ihm hinterher und bat den Inspektor, ein Auge auf ihn zu haben.

Konráð machte einen Schritt auf Hendrik zu. »Ich nehme an, er wird der Polizei dann auch erklären, welche Rolle du bei dem Verschwinden seines Vaters gespielt hast«, sagte er. »Du solltest dich darauf einstellen, dass die Polizei bald hier auftauchen wird, vermutlich im Laufe des Tages. Man wird wohl einige Milderungsgründe zu seinen Gunsten finden, nehme ich an.«

Hendrik schwieg immer noch.

»Gilt das auch für dich?«

Hendrik antwortete nicht.

»Ich nehme an, die Polizei wird auch nach Franklín fragen«, fuhr Konráð fort. »Welche Rolle er bei der ganzen Sache gespielt hat und wie ihr nach Péturs Verschwinden zueinander gestanden habt. Warum er nach Norwegen gezogen ist, um dann vor Kurzem wieder nach Island zurückzukommen. Ob er reinen Tisch machen wollte. Warum er das Leben lassen musste.«

Konráð sah hinaus in den Flur. Sein Blick fiel auf eine Wanduhr im Stationszimmer. Er wusste, dass er nicht mehr viel Zeit mit Hendrik hatte, bevor man sie stören würde. Bevor die Kriminalpolizei das Zimmer stürmen und ihn wegschicken würde. Und Hendrik sagte immer noch kein Wort.

»Na ja, Ívan hat mich jedenfalls gebeten, dir zu sagen,

dass er dich nicht verletzen wollte und es sehr bereut. Er sei ein guter Mensch und eigentlich nicht gewalttätig. Ich hoffe, du ...«

»Wie geht es ihm?«

Endlich brach Hendrik das Schweigen. Mit der Frage hatte Konráð nicht gerechnet.

»Ívan?«

»Wie geht es ihm?«

»Es geht ihm ziemlich beschissen. Jahrelang dachte er, Pétur hätte ihn allein zurückgelassen, und hat sich selbst die Schuld dafür gegeben. Du weißt, wie junge Männer sein können, sie steigern sich in diese Dinge rein und machen sich Vorwürfe. Es geht ihm beschissen.«

Hendrik schloss die Augen und zuckte vor Schmerzen zusammen.

»Weißt du, was aus seinem Vater geworden ist?«, fragte Konráð.

Hendrik schüttelte den Kopf.

»Ich habe nie nachgefragt«, flüsterte er. »Ich habe danach nicht mehr für sie gearbeitet ... für die Botschaft.«

In dem Moment tauchten zwei Männer in der Tür auf. Konráð erkannte einen von ihnen sofort, er war von der Kriminalpolizei. Hinter den beiden standen zwei uniformierte Polizistinnen. Wahrscheinlich war die erste Anhörung von Ívan vorbei, und es hatte Hinweise darauf gegeben, dass Hendrik mit Péturs Entführung und Franklíns Ermordung zu tun gehabt hatte.

»Da seid ihr ja endlich«, sagte Konráð.

Einundfünfzig

»Was willst du hier?«, fragte der Kriminalpolizist, den Konráð kannte, ein alter Hase und einer derjenigen, der sich immer wieder darüber ärgerte, wenn Konráð seine Nase in laufende Ermittlungen steckte, und seinen Unmut auch offen zeigte.

»Ich war nur in der Gegend«, sagte Konráð.

»Ja, na klar. Ich habe schon gehört, dass du uns bei diesem Fall reinquatschen willst und dich wieder in fremde Angelegenheiten einmischst. Am besten gehst du jetzt nach Hause und überlässt uns die Arbeit«, sagte er.

Er schubste Konráð etwas unsanft zur Seite.

»In Ordnung«, sagte Konráð. »Das war nur ein Höflichkeitsbesuch. Kein Grund für Ärger.«

»Ärger?«, fragte der Mann. »Du solltest Marta fragen, was für Ärger sie deinetwegen hat.«

Hendrik sah die Männer abwechselnd an und beobachtete, wie sie Konráð den Weg nach draußen wiesen. Es sah aus, als wollte er protestieren, doch letztendlich hielt er sich zurück.

Konráð wurde vor die Tür gesetzt und fand sich mit den beiden Polizistinnen auf dem Flur wieder. Ähnlich wie die beiden Kriminalpolizisten waren sie eher rundlich gebaut, trugen ihre Haare zu Pferdeschwänzen gebunden und sahen Konráð abschätzig an, so als sollte er sich gefälligst verziehen.

»Und ihr so?«, fragte Konráð und versuchte, ungezwungen zu klingen. Keine der beiden antwortete.

»Seid ihr schon lange bei der Polizei?«

»Du hast den Mann gehört, wenn du jetzt bitte so gut wärst, das Krankenhaus zu verlassen«, sagte eine der beiden nicht gerade freundlich.

»Ach so? Ich soll das Krankenhaus verlassen?«

Die beiden sahen einander an.

»Willst du hier einen Aufstand machen?«, fragte die andere.

»Keinen Aufstand«, sagte Konráð. »Ich frage nur. Wisst ihr, zu meiner Zeit bei der Polizei gab es im ganzen Land nur eine Polizistin. Sie hieß Fjóla.«

Die Anekdote kam nicht gerade gut an.

»Sei bitte so freundlich und verlasse das Gelände«, wiederholte die Polizistin.

Sie wollten offenbar keine Geschichten von den guten alten Zeiten hören, und so verabschiedete Konráð sich und ging Richtung Aufzug. Dort blieb er eine Weile stehen, rief erst Eygló an, die nicht ranging, und versuchte dann noch einmal, Leó zu erreichen, ebenfalls vergeblich. Schließlich erwischte er zumindest Húgó, aber der hatte keine Zeit, mit ihm zu reden.

Konráð wartete lange auf den Aufzug, und als er endlich kam, trottete er in Gedanken versunken zu seinem Auto. In dem Moment rief jemand nach ihm. Es war eine der Polizistinnen.

»Sie wollen, dass du wieder nach oben kommst«, sagte sie.

»Ich?«

»Ich bringe dich hoch«, sagte sie bestimmt. »Folge mir.«

Ihr Tonfall klang genauso unfreundlich wie vorhin, aber irgendetwas war anders. Konráð versuchte, die Situation zu verstehen, während die Frau ihn zum Aufzug und zurück zu Hendrik brachte. Vor dem Zimmer erwartete ihn bereits einer der Kriminalpolizisten.

»Er ist bereit, über den Fall zu sprechen, aber nur mit dir. Das ist seine Bedingung. Ich habe keine Lust, mich querzustellen, aber ich muss dabei sein. Hören wir uns an, was er zu sagen hat, und dann können wir weitersehen.«

»In Ordnung«, sagte Konráð. »Ich bin bereit.«

Der Mann brachte ihn zu Hendrik, der stumm in seinem Bett lag und nicht aufblickte, sondern aus dem Fenster sah, als suche er dort draußen nach einem letzten Hoffnungsschimmer.

»Also gut«, sagte der Polizist, »können wir dann weitermachen? Ist es so besser?«

Hendrik wandte sich ihnen zu, starrte Konráð lange an und nickte dann. Der etwas jüngere Kriminalpolizist ging hinaus auf den Flur, und Konráð schloss hinter ihm die Tür.

»Wir haben eben darüber gesprochen, warum du begonnen hast, Informationen für die sowjetische Botschaft in Reykjavík zu sammeln«, sagte Konráð. »Das war um 1980 herum, nicht wahr?«

Hendrik nickte.

»Warum hast du das getan? Warum hast du mit den Russen zusammengearbeitet?«

Hendrik suchte eine Weile nach den richtigen Worten, auch wenn er mit dieser Frage vermutlich schon lange gerechnet hatte.

»Es war die Armee«, sagte er schließlich. »Die amerikanische Armee. Ich habe sie gehasst. Habe gehasst, dass sie hier war. Mit dem Hass bin ich aufgewachsen. Mit dem Widerstand. Mit der Idee, dass wir etwas gegen die amerikanische Aufrüstung tun mussten. Mit dem Spiel der Supermächte. Ich war auf vielen Treffen der Kommunisten. Auf Demonstrationen gegen die Ankunft von NATO-Schiffen. Bei den Protestmärschen nach Keflavík. Aber das reichte nicht. Eines Tages, nach dem Handballtraining …, damals habe ich viel gespielt und wollte in die Nationalmannschaft, da kam ein Mann zu mir, der Isländisch mit einem starken Akzent sprach und meinte, er arbeite für die sowjetische Botschaft. Sie wussten, wer ich war. Kannten meine Einstellung. Ich war in allen möglichen Verbänden. Der Kommunistenvereinigung, bei den Marxisten, den Leninisten und später auch bei den Jungen Sozialisten. Sie wollten herausfinden, ob ich für die Bewegung nützlich sein könnte. Ich wusste, dass sie schon andere angesprochen hatten. Sie haben ständig versucht, Leute für sich zu gewinnen. Und ich sah keinen Grund, es nicht auszuprobieren. Eigentlich war ich kein eingefleischter Sowjetkommunist, besonders nicht nach allem, was man aus Ungarn und der Tschecheslowakei gehört hatte. Aber wie auch immer, eines Tages hat mich ein Botschaftsangehöriger angesprochen.«

»Also hast du nicht nur aus rein ideologischen Gründen für sie gearbeitet«, sagte Konráð. »Da war noch etwas anderes.«

Hendrik antwortete nicht.

»Geld?«

Hendrik nickte langsam.

»Viel?«

Er antwortete nicht, zuckte nur mit den Schultern, als wäre ohnehin alles im Leben relativ.

Konráð zog einen Stuhl heran und setzte sich. Der Kriminalpolizist lehnte sich gegen die Wand. Plötzlich schien es, als würde Hendrik gerne reinen Tisch machen. Er wich ihren Blicken aus, starrte einfach aus dem Fenster und meinte, er habe damals sofort an Franklín gedacht, seinen Handballfreund, den man immer den Vogel-Franklín genannt hatte, weil er ständig mit Ferngläsern und Kameras nach Vögeln Ausschau hielt. Ob das nicht eine gute Tarnung wäre? Dem Botschaftsangehörigen hatte die Idee gut gefallen, und er besorgte Hendrik eine amerikanische Kamera und ein Fernglas. Hendrik schritt sofort zur Tat. Er machte Fotos von Flugzeughallen, den Truppenübungen am Stützpunkt, Militärflugzeugen auf der Startbahn, den Soldatenwohnungen, Geschäften und Lokalen. Er musste sich keine Sorgen machen, auf dem Gelände wimmelte es nur so von Isländern, meist Bauarbeiter, Maler und Maurer, und an den Toren wurde nur selten nachgefragt. Er bekam sogar einen Job dort, half einen ganzen Sommer lang bei Asphaltierungsarbeiten aus, wodurch er noch besser festhalten konnte, was dort vor sich ging.

Eines Tages fragten seine Kontakte bei der Botschaft, ob er von einem Pétur wisse, der eine Wäscherei namens Pétursborg besitze. Hendrik meinte, er kenne ihn vom Handball. Der sowjetische Botschaftsangehörige, mit dem Hendrik immer Kontakt hatte, für gewöhnlich durch ein Autofenster bei Hafravatn, meinte, er wäre ihm sehr verbunden, wenn er mehr Informationen über Péturs Alltag sammeln könne. Idealerweise mit genauen Uhrzeiten. Er fragte, warum sie das wissen wollten, aber erhielt nur die schwammige Antwort, dass es sich um eine alte Angelegenheit aus Péturs Studienzeit in der Sowjetunion handle. Hendrik solle sich darüber keine Gedanken machen. Doch die Sache sei dringend. Er dürfe keine Zeit verlieren.

»Wusstest du, dass sie ihn außer Landes bringen wollten?«, fragte Konráð.

»Nein, das habe ich nicht gewusst. Die Informationen schienen wichtig zu sein, und an sich kam mir daran nichts verdächtig vor. Bei unserem nächsten Treffen hatte ich Pétur bereits ein wenig beobachtet, vor allem seine Routine in der Wäscherei. Wann er aufmachte. Wann er wieder zumachte.«

Hendrik blickte Konráð an.

»Ich hatte sofort ein schlechtes Gefühl bei der Sache. Dann habe ich Franklín getroffen, der sich mit Pétur unterhalten hatte und wusste, dass er nach einem billigen Gebrauchtwagen für seinen Sohn suchte. Auch das habe ich weitergegeben.«

»Kam die Idee von den Russen? Mit dem Lada und dem Trawler?«

»Das halte ich für wahrscheinlich. Von mir kam sie jedenfalls nicht.«

»Warst du dabei, als sie Pétur abgeholt haben?«

Hendrik antwortete nicht.

»Ívan meinte, du hättest ihm erzählt, dass du nicht dabei warst.«

»Ja.«

»Stimmt das?«

Hendrik verzog das Gesicht.

»Sie meinten, ich müsste es tun«, sagte er. »Ich

müsste mit Pétur sprechen und ihm von einem Auto erzählen, das ich ihm gerne zeigen würde. Das müsste ein Isländer übernehmen. Damals verstand ich es nicht, aber …«

»Und?«

»Ich habe mich erst geweigert«, sagte Hendrik. »Aber sie beteuerten, wie wichtig es sei, also habe ich dann doch eingewilligt. Obwohl ich gesagt habe, dass ich das nicht wollte. Dann meinten sie, er hätte Verbrechen gegen die Partei begangen. Dass Pétur eine Art Mittelsmann sei und sich geweigert habe, mit ihnen zu sprechen. Sie wollten ihn zur Botschaft bringen, um ihn zu befragen. Dann würden sie ihn wieder freilassen. Er sei isländischer Staatsbürger, also seien ihnen die Hände gebunden. Das haben sie jedenfalls gesagt.«

»Und du hast ihnen geglaubt?«

Hendrik nickte.

»Ich musste … ich habe mich bereit erklärt, Pétur das Auto zu zeigen …«

Zweiundfünfzig

Hendrik hatte bei Grandi, im Westen Reykjavíks, auf die Russen gewartet, wo die alte Mülldeponie mittlerweile Lagerhallen gewichen war. Er hatte Pétur angerufen und ihm gesagt, dass er gehört habe, er sei auf der Suche nach einem günstigen Auto für seinen Sohn. Pétur hatte sich interessiert gezeigt, also hatte Hendrik von seinem Bekannten erzählt, der einen Lada habe, den er ihm noch heute nach Feierabend zeigen könne. Soweit Hendrik informiert war, sollte die Operation nicht weiter kompliziert sein. Die Russen würden Pétur zum Auto locken und ihn, wenn es so weit war, ohne viel Aufsehen zu erregen, mitnehmen.

Als die beiden Russen ihn abholten, fragte er nicht, woher sie den Lada hatten. Einer der beiden war sein Kontakt, den er manchmal bei Hafravatn traf und der ganz gut Isländisch konnte. Er meinte, er hätte viel isländisches Radio gehört und es so gelernt. Den anderen hatte er noch nie gesehen, ein großer stämmiger Mann mit einem freundlichen Gesicht und etwas längeren Haaren. Sie waren nicht unvorbereitet gekommen, beide Russen trugen Arbeitswesten und sahen aus wie isländische Handwerker oder Bauarbeiter, die gerade von einem langen Arbeitstag nach Hause kamen. Sogar der gestohlene Lada sah aus, als gehörte er den beiden, die Rückbank war voller Werkzeug und Rohre, und um den Bluff perfekt zu machen, lagen noch ein paar Grundrisse daneben.

Das Reden sollte Hendrik übernehmen. Die Russen würden sich dann kurz darauf zu erkennen geben. Er sollte nicht erklären, wer die beiden wären, wenn er nicht direkt gefragt würde. Wenn alles wie vorgesehen abliefe, würde die Operation zu Ende sein, noch bevor Pétur Verdacht schöpfen könnte.

Der Russe, der Isländisch konnte, fuhr mit dem Lada Richtung Westen zum Industriegebiet auf Seltjarnarnes und parkte außer Sichtweite der Straße. Nicht weit entfernt wartete Pétur bereits auf sie. Hendrik ging auf ihn zu, stellte sich vor, und Pétur sah die beiden Männer bei dem Lada stehen. Er schenkte ihnen keine größere Beachtung, hielt sie für Isländer und begrüßte sie kurz, bevor er den Lada genau unter die Lupe nahm. Hendrik legte sich ins Zeug und schilderte die Vorzüge des Wagens. Öffnete alle Türen. Pétur trat gegen die Reifen und fragte nach dem Baujahr. Hendrik zeigte ihm den Kofferraum. Er war leer, und es überraschte ihn, wie gepflegt er aussah. Als Pétur sich über den Kofferraum beugte, traten die beiden Russen näher, einer von ihnen hatte etwas in der Hand.

»Können die beiden nicht sprechen?«, fragte Pétur und nickte zu ihnen hinüber.

Der Russe, den Hendrik nicht kannte, hielt ein seltsam riechendes Tuch hoch. Er packte Pétur und hielt es ihm ins Gesicht. Pétur wurde völlig überrumpelt und konnte sich kaum wehren. Er schlug um sich und versuchte, sich zu befreien, aber das Mittel auf dem Tuch begann schnell zu wirken, und er sank zu Boden. Der

Russe schob ihn sofort in den Kofferraum und schlug die Tür zu.

Das Ganze hatte nur wenige Sekunden gedauert.

Die beiden Russen sprangen in den Lada und rasten davon. Hendrik ließen sie allein zurück, und bevor er zu Fuß nach Hause ging, als wäre nichts gewesen, vergewisserte er sich noch einmal, dass niemand sie beobachtet hatte.

Das Bild von Pétur mit dem Tuch im Gesicht hatte sich für immer in sein Gehirn eingebrannt, die Verwunderung in seinen Augen, der verwirrte Blick und die Wehrlosigkeit, sein regungsloser Körper im Kofferraum, bevor dieser geschlossen wurde.

Er sah Pétur nie wieder. Nach einer Weile wurde ihm klar, dass man ihn nicht zur sowjetischen Botschaft in die Garðastræti gebracht hatte. Aber auch das nächste Treffen mit dem Russen bei Hafravatn brachte keine Antworten. Der Russe meinte nur, das würde vorerst ihre letzte Begegnung sein. Er werde wieder nach Hause versetzt. Hendrik fragte ihn nach Pétur, erfuhr aber nichts.

Zwei Tage nach Péturs Entführung las er in der Zeitung, dass jemand nach einem Lada suchte, der gestohlen worden war.

Auf Hendriks Erzählung folgte eine lange Stille.

»Kam dir nie in den Sinn, damit zur Polizei zu gehen?«, fragte Konráð.

»Dann hätte ich mich ja zu erkennen geben müssen.«

»Du hättest anonym anrufen können.«

»Nein, daran habe ich nie gedacht. Ich habe versucht, die Sache zu vergessen. Versucht, es vor mir selbst zu rechtfertigen, auf welchem Weg auch immer. Das versuche ich immer noch. Seit das passiert ist, habe ich jeden einzelnen Tag daran gedacht.«

»Und die Russen?«

»Nach diesem Vorfall habe ich nicht mehr für sie gearbeitet«, sagte Hendrik. »Ich habe meine Rolle bei der Sache sofort bereut und konnte mir nicht vorstellen, weiterhin in diese Angelegenheiten involviert zu sein.«

»Weil du an Péturs Ermordung beteiligt warst?«, fragte Konráð.

»Ich wusste nicht, was mit ihm passiert ist.«

»Was denkst du denn, was passiert ist?«

»Ich weiß es wirklich nicht.«

»Bist du sicher?«

Hendrik antwortete ihm nicht.

»Und wir sollen diese Geschichte jetzt glauben?«, fragte Konráð.

»Ihr entscheidet selbst, was ihr glaubt oder nicht«, sagte Hendrik. »Es war natürlich kindisch und dumm von mir, mich überhaupt auf das Ganze einzulassen. Das ist mir schon vor langer Zeit bewusst geworden. Aber es war trotzdem ... es war so einfach und auch irgendwie surreal ...«

»Weil man so etwas in Island nicht erwartet hätte, meinst du?«

»Genau. So etwas war hier kaum vorstellbar. Aber bevor ich richtig verstanden hatte, was da vor sich ging, war es schon vorbei.«

»Und jetzt willst du, dass die Wahrheit ans Licht kommt?«

»Ich kann gut verstehen, warum Ívan so wütend ist«, sagte Hendrik. »An seiner Stelle hätte ich wohl dasselbe getan. Ich war beteiligt. Ich habe Pétur getäuscht und ...«

»Und sie haben ihn umgebracht?«, beendete Konráð den Satz.

»Das weiß ich nicht«, sagte Hendrik, als wäre allein der Gedanke unerträglich.

Für eine Weile sah Konráð den Mann schweigend an.

»Hast du Geld dafür bekommen?«

Hendrik antwortete nicht.

»War es viel? Nur aus Neugier.«

Hendrik wandte den Blick ab. Schwieg.

»Und Franklín?«

»Was ist mit ihm?«, fragte Hendrik.

»Wollte er auspacken, erzählen, was ihr mit Péturs Verschwinden zu tun hattet? Jetzt verstehe ich auch, warum es ausgerechnet bei Hafravatn war. Du hast ihn an einen Ort gebracht, an dem du dich auskennst.«

»Was meinst du?«

»Warum hast du ihn nach so langer Zeit angegriffen?«

»Angegriffen … das habe ich nicht. Franklín?! Ich habe ihm nichts getan. Überhaupt nichts!«

»Aber die Russen?«

»Nein, das ist völliger Unsinn. Sie wären auch nicht nach Hafravatn gefahren, das wäre viel zu offensichtlich gewesen …«

Dreiundfünfzig

Die Kreditkarte funktionierte noch. Leó bezahlte die Taxifahrerin und bat sie, nicht direkt vor dem Haus zu parken. Sie hatte ihn während der Fahrt ständig im Rückspiegel beobachtet, bis er ihren Blick scharf erwiderte. Er wusste nicht, warum sie so neugierig war. Es konnte wohl kaum an seiner Erscheinung liegen. Nachdem er sich in der Pension umgezogen hatte, sah er aus wie aus dem Ei gepellt.

Schließlich schlug er die Autotür unnötig fest zu, worauf die Frau nur mit einem mürrischen Blick reagierte. Dann machte er sich auf den Weg und ging die Straße hinunter. Leó hatte keine Eile. Er kannte die Gegend. Manche Häuser hatten Überwachungskameras. Riesige Einfamilienhäuser irgendwelcher Bonzen, die offenbar viel Geld bei sich zu Hause aufbewahrten, denn jedes einzelne Fenster war alarmgesichert, um Einbrecher abzuschrecken. Es schien zu funktionieren. Leó erinnerte sich nicht daran, während seiner Zeit bei der Polizei jemals von einem Einbruch in diesem Viertel gehört zu haben. Obwohl es dort natürlich viel zu holen gab.

Als er sich dem Anwesen näherte, sah er eine Frau, die mit schnellen Schritten aus dem Haus trat, sich in den Porsche Cayenne setzte, der in der Einfahrt stand, und davonfuhr. Sie trug Trainingskleidung und hatte eine Sporttasche dabei, vermutlich war sie auf dem Weg ins Fitnessstudio. Als sie an ihm vorbeifuhr, drehte Leó sich unwillkürlich weg, auch wenn er nicht genau wusste, warum er das tat. Er hatte gehört, dass sein Cousin eine neue Frau hatte, fünfundzwanzig Jahre jünger als er. Sie hatten mit viel Trara in Italien geheiratet.

Leó ging langsam auf das Haus in dieser verschlafenen Gegend zu und stellte fest, dass die Eingangstür nicht abgeschlossen war. Er betrat den geräumigen Vorraum und blickte in eine moderne Küche am anderen Ende des Flurs, eine gigantische Dunstabzugshaube hing über einer Kücheninsel, ein riesiger Kühlschrank und ein genauso großer Gefrierschrank ergänzten das Ganze. Im Vorraum standen Koffer und Taschen. Jemand hatte gepackt.

Aus dem Wohnzimmer erklang ein Mündungsknall, gefolgt von einem lauten Schrei, und als er um die Ecke ging, sah er den riesigen Fernsehbildschirm, auf dem ein Film lief. Er schaute eine Weile zu, erinnerte sich daran, den Film vor langer Zeit schon einmal gesehen zu haben, auch wenn ihm der Name nicht mehr einfiel.

Ein älterer Herr in einer kurzen beigen Hose und einem rosa Hemd mit tiefem Ausschnitt trat in den Flur. Er bemerkte Leó nicht, ging in die Küche mit den Arbeitsplatten aus weißem Marmor und holte sich eine Flasche Mineralwasser aus dem Kühlschrank, trank einen großen Schluck und griff nach einem Messer, um sich ein paar Scheiben Roastbeef für ein Sandwich abzuschneiden. Er war schon vor vielen Jahren ausgewandert und braun gebrannt vom Leben am Strand, offenbar würde er schon bald dorthin zurückkehren.

Endlich bemerkte er Leó und zuckte zusammen.

»Du?«, fragte er. »Was willst du denn hier?«

Leó warf wieder einen Blick auf den Fernseher. Plötzlich erinnerte er sich an den Titel des Films und wo er ihn schon einmal gesehen hatte. Er war damals im Hafnarbíó gelaufen, dem alten Kino, das lange Zeit eine Militärbaracke gewesen war. *Straw Dogs. Wer Gewalt sät.* Er war mit Konráð zusammen hingegangen.

»Guter Film«, sagte er und zeigte auf den Bildschirm.

»Was willst du hier?«

»Fährst du weg, Silli?«, fragte Leó und starrte noch eine Weile auf den Fernseher, erinnerte sich an den Kinobesuch. Konráð hatte den Film ziemlich gut gefunden und noch lange darüber geredet. Für einen Augenblick schien die Zeit stillzustehen, es fiel ihm schwer, sich von der Erinnerung an den längst vergangenen Kinoausflug zu lösen. Konráðs Freundschaft fehlte ihm.

»Ja, okay«, sagte Leó, löste den Blick vom Bildschirm und betrachtete Silli, seine braun gebrannte Haut, die kurze Hose, seine entspannte Körperhaltung. Er schien in Gedanken bereits zurück in der Sonne zu sein, barfuß in Sandalen.

»Fliegst du heute Nachmittag noch?«, fragte Leó und warf einen Blick auf die Koffer im Vorraum.

»Ja, wir fahren los, sobald Agga aus dem Fitnessstudio zurückkommt.«

»Deine neue Frau?«

»Wie geht es dir, Leó, mein Lieber?«, fragte Silli, der sich mittlerweile auf den unerwarteten Besuch eingestellt hatte. »Ist alles in Ordnung? Kann man dir was zu trinken anbieten? Bier? Was Stärkeres? Magst du ein Sandwich?«

»Kósi war neulich bei mir zu Hause«, sagte Leó, ohne

auf seine Fragen einzugehen. »Ich wusste nichts davon. Habe es von der Polizei erfahren.«

»Aha, und was ist mit Kósi?«

»Hast du in letzter Zeit mal mit ihm gesprochen?«

»Nein, ich habe ihn nicht erreicht.«

»Ich habe ihm früher manchmal mein Haus überlassen«, sagte Leó. »Wenn ich nicht in der Stadt war. Aber diesmal hat er sich selbst reingelassen, ohne mich zu fragen.«

»Das ist nicht in Ordnung von ihm.«

»Nein, ist es nicht. Er wurde ins Dezernat gebracht. Eine Frau hat behauptet, er hätte sie vergewaltigt. In meinem Haus, Silli. Kannst du dir das vorstellen? Er hat sie in meinem Haus vergewaltigt.«

»Vielleicht hat sie einfach gelogen?«

»Er ist dein Sohn. Was denkst du?«

»Das muss ein Missverständnis sein, Leó«, sagte Silli, der immer noch hinter der großen Marmorinsel stand. »Er hat dir das bestimmt erklärt.«

»Ich habe nicht mit ihm gesprochen«, sagte Leó, fand die Fernbedienung und machte den Film aus. »Er hat ihr Tabletten gegeben. Sie betäubt und vergewaltigt.«

»Das behauptet sie. Ich werde mit ihm sprechen. Die Frau redet bestimmt nur Unsinn.«

»Ich glaube ihr«, sagte Leó. »Weil es Kósi ist. Er ist dein Sohn und ein Vergewaltiger.«

»Leó ...«

»IN MEINEM HAUS!«, schrie Leó. »Er hat sie in meinem Haus vergewaltigt! Er hat sie betäubt, zu mir nach Hause gebracht und sie dort vergewaltigt!«

»Hör mir zu, ganz ruhig, ich weiß nichts davon! Ich weiß nicht, wovon du da redest.«

»Gibt es sonst noch was, das ich für euch tun kann, ihr verdammten Widerlinge?«, rief Leó. »Was glaubt ihr überhaupt, wer ich bin?! Ist das der Dank dafür, dass ich ein Leben lang für euch gelogen habe? Glaubt ihr, ihr könnt einfach Frauen betäuben und sie bei mir zu Hause vergewaltigen?!«

»Beruhig dich, Leó, ich weiß nichts davon. Ich schwöre. Ich ... das geht natürlich nicht, ich werde mit Kósi sprechen.«

»Verdammt, ich hab die Schnauze voll von euch.«

»Leó, ich ...«

»Halt's Maul!«, rief Leó und ging auf die Kochinsel zu, die zwischen ihnen stand. »Halt's Maul!«

»Beruhig dich bitte.«

Leó schnaubte.

»Plötzlich hat der arme Junge gestanden«, sagte er mit gesenkter Stimme und strich über die Marmorplatte. »Hat sich zu allem bekannt. Damit hatte ich nicht gerechnet. Hatte gehofft, dass er es nicht tun würde und der Fall ungelöst bleiben würde. Einer dieser traurigen isländischen Vermisstenfälle. Ich hatte bereits seine Entlassung vorbereitet, wollte den Fall so abschließen. Das wollten doch alle, und es wäre eine Art Lösung gewesen, obwohl natürlich ... Aber dann ... der arme Junge ...«

Leó strich wieder über den kalten Marmor.

»Ich war nicht dabei«, sagte er. »Plötzlich hat der Junge angefangen zu reden und den ganzen Mist gestanden. Auf einmal hat er den Mord an Skafti gestanden.«

»Das ist längst Schnee von gestern, Leó. Quäl dich nicht damit. Wir waren dir sehr dankbar. Ich rede mit Kósi.«

»Ich habe deinen Vater getroffen«, sagte Leó. »Er

meinte, ihr hättet mir nicht die ganze Geschichte von dem Abend auf Öskjuhlíð erzählt. Nicht die ganze Wahrheit gesagt. Weißt du, was er damit gemeint hat?«

»Ich ... nein. Was ... Hast du mit ihm gesprochen?«

»Er wollte mir nicht mehr erzählen. Es ging um die Fahrt dahin. Wovon hat Alfons da geredet? Verheimlicht ihr mir was, Silli? Ist es das?«

»Auf keinen Fall. Ich weiß nicht, was er meint. Keine Ahnung.«

»Du lügst«, sagte Leó. »Ich hab genug von diesen Lügen! Verstehst du? Sag mir, was passiert ist, als Skafti starb. Was ist passiert?!«

Silli schüttelte den Kopf.

»In Ordnung«, sagte Leó. »Ich wollte dir nur Bescheid sagen, dass ich jetzt zur Hverfisgata fahre und ihnen erzählen werde, wie das alles abgelaufen ist. Ich werde ihnen von den Lügen erzählen und von dem, was du Alfons und mir in der Nacht gebeichtet hast. Es ist Zeit, dass endlich jemand die Wahrheit sagt. Höchste Zeit, dass jemand die verdammte Wahrheit sagt.«

»Das kannst du nicht tun«, sagte Silli.

»Und ob ich das kann. Was für ein verdammter Unsinn!«

»Das kannst du nicht, Leó.«

»Nenn mir einen guten Grund, der dagegenspricht. Einen guten Grund, Silli.«

Silli stand hinter der Kücheninsel und schwieg.

»Na dann«, sagte Leó. »Gute Reise nach Florida. Ich hoffe, du kommst so weit.«

Er ging zur Tür, und Silli blickte ihm einen Moment hinterher, dann rannte er los und auf ihn zu und packte ihn.

»Du weißt nicht … die Sache ist viel komplizierter, als du denkst. Du hängst da in einem viel größeren Fall mit drin.«

»Größer?«

»Es geht um die Fahrt«, sagte Silli kaum hörbar, und Leó sah, dass er immer noch das Messer aus der Küche in der Hand hielt.

»Die Fahrt? Was ist damit?«

»Ich habe noch einen Zwischenstopp gemacht, bevor wir Skafti eingesammelt haben.«

Leó starrte seinen Cousin an, als hätte er nicht richtig gehört.

»Ihr?«

»Ja, wir …«

Vierundfünfzig

Konráð schien sein Handy ausgemacht zu haben, und Eygló hatte keine Lust, ewig auf seinen Rückruf zu warten. Er hatte ihr irgendwann den Namen von Antons und Gústafs Anwalt genannt, also rief sie ihn an und bat um ein kurzes Treffen. Sie wollte ihm ein paar Fragen zu Gústafs Nachlass stellen. Der Anwalt fragte, ob sie an dem Haus interessiert sei, und es klang so, als hätte er Schwierigkeiten, es loszuwerden. Nachdem die Verbrechen von Anton Heilman und seinem Sohn bekannt geworden waren, hatte er nur wenige Anfragen bekommen. Eygló meinte, sie interessiere sich tatsächlich eher für die Einrichtung.

Der Anwalt hatte eine kleine Ein-Mann-Kanzlei im Múlahverfi und beschäftigte sich vor allem mit Verträgen und erbschaftsrechtlichen Fällen. Er hatte die Kanzlei von seinem Vater übernommen, der wiederum jahrelang Anton Heilmans Anwalt gewesen war. Nur wenige hätten ihn wegen Gústafs Nachlass kontaktiert, meinte er. Das Haus verfalle nach und nach, was vielleicht auch einer der Gründe sei, warum sich niemand dafür interessiere. Er sei schon mit Kunstsammlern dort gewesen, die einen lächerlich niedrigen Preis für die wertvollen Werke geboten hätten, alte isländische Meister rund um die letzte Jahrhundertwende. Er hatte schon darüber nachgedacht, sie als Lohn für die Anwaltstätigkeit selbst zu behalten. Vor allem wäre er aber froh, wenn das Haus mitsamt der Einrichtung so schnell wie möglich verkauft würde, damit er den Fall endlich loswerden könnte.

»Irgendwie habe ich den Fall ja nur geerbt«, sagte er verlegen und seltsam direkt, als wollte er sich dafür entschuldigen, dass Anton und später sein Sohn zu den größten Klienten der Kanzlei gehört hatten. Dumpfes Verkehrsrauschen erklang von der Suðurlandsbraut, und es roch nach den Süßigkeiten, die in demselben Gebäude hergestellt wurden. »Mein Vater hat mir im Prinzip nur diese Kanzlei hinterlassen. Und jede Menge Steuerschulden«, sagte der Anwalt und lächelte, als hätte er seinerzeit eigentlich mehr erwartet.

Eygló zeigte dem Anwalt das Foto von der Weihnachtskarte auf ihrem Handy und erzählte, sie sei aus dem Jahre 1964. Der Mann betrachtete das Bild lange und meinte, sich dunkel an Anton und seine Frau zu erinnern, die beiden seien Freunde der Familie gewesen.

»Was steht da?«, fragte er und neigte das Display, damit es nicht spiegelte. »Das Schloss?«

»So oder so ähnlich«, sagte Eygló.

»Wer hat das geschrieben? Und warum?«

»Ich habe keine Ahnung«, sagte Eygló, weil sie keine Lust hatte, das alles zu erklären.

Der Mann reichte ihr das Handy zurück und erzählte, dass die Heilmans in seiner Kindheit öfter Gäste im Haus seiner Familie gewesen seien und er sie als sehr freundliche Menschen in Erinnerung habe. Sein Vater kannte Anton über die Freimaurerloge. Der Anwalt war schon als junger Mann beigetreten und hatte sich dort auf Anhieb wohlgefühlt.

»Die Söhne waren in meinem Alter, aber ich habe sie nie getroffen«, sagte er. »Erst als sie im Erwachsenenalter geschäftlich zu mir kamen. Und als diese schrecklichen Geschichten über Gústaf und dann auch über seinen Vater und das Mädchen im Tjörnin bekannt wurden, das war alles … ich konnte es gar nicht fassen. Die Fassade war so glatt und unversehrt, alles so höflich und schick, und dann kam die ekelhafte Wahrheit ans Licht.«

»Warst du irgendwann bei ihnen zu Hause?«, fragte Eygló.

»Nein, nie, erst nach Antons Tod. Da haben mich die Brüder für den Nachlass angeheuert. Gústaf bekam das Haus und überließ seinem Bruder das Geld, wenn ich mich recht erinnere.«

»Hattest du den Eindruck, dass sie sich nahestanden, die Brüder?«

»In den Erbschaftsfragen waren sie sich einig«, sagte der Anwalt. »Aber es kam mir nicht so vor, als stünden sie sich besonders nahe. Kanntest du die Familie?«, fragte er dann.

»Nein, und deswegen bin ich auch nicht hier«, sagte Eygló und kam wieder auf das Bild zu sprechen. »Ich wollte fragen, ob du etwas über diese Uhr weißt. Die Bornholmer Standuhr, die auf dem Foto zu sehen ist. Steht sie zum Verkauf?«

»Die Uhr?«

»Ich würde sie mir gerne ansehen, wenn es sie noch gibt«, sagte Eygló.

»Ja, sie wird gerade repariert«, sagte der Anwalt. »Sie ist aus irgendeinem Grund umgefallen und kaputt gegangen, also habe ich sie zu einem Uhrmacher bringen lassen.«

»Oh«, sagte Eygló und ließ sich nicht anmerken, dass sie in der Angelegenheit die Übeltäterin war. »Könnte ich sie mir dort vielleicht ansehen? Denkst du, das wäre möglich?«

»Interessierst du dich so sehr für die Uhr?«, fragte der Anwalt, und der Zuckergeruch aus dem Flur wurde schlagartig stärker.

»Ja, ich würde sie mir gerne ansehen, wenn das geht«, sagte Eygló, als der Anwalt bereits die Kontaktdaten des Uhrmachers heraussuchte.

»Gib gerne Bescheid, wenn sie dir gefällt«, sagte er und wählte die Nummer. »Ich wäre froh, sie loszuwerden.«

Etwa eine halbe Stunde später erreichte Eygló die Werkstatt des Uhrmachers in Kópavogur. Es gab kaum noch Werkstätten wie diese, wo man alte Erbstücke reparieren und warten lassen konnte. Der Betreiber war ein erfahrener Uhrmacher und stand hinter einem großen Glastisch, als Eygló sein Geschäft betrat. Sie erklärte, dass sie wegen einer Bornholmer Standuhr gekommen sei.

»Ah ja, du bist das also«, sagte der Mann und reichte ihr zum Gruß die Hand, der Anwalt hatte ihren Besuch bereits angekündigt. »Sie ist gerade in keinem besonders guten Zustand, wenn ich ganz ehrlich sein soll. Nein, wirklich nicht. Soweit ich weiß, ist sie umgefallen.«

»Ja, das stimmt.«

»Es kostet ein Heidengeld, sie zu reparieren«, sagte der Uhrmacher.

»Ist sie hier in deiner Werkstatt?«

»Ja«, sagte er, »sie ist hier. Ich bin noch nicht dazu gekommen, daran zu arbeiten. Soweit ich erkennen kann, ist das Uhrwerk beschädigt, und das Gehäuse ist natürlich auch zerbrochen.«

Er öffnete eine Tür hinter dem Glastisch und wies Eygló den Weg in die Werkstatt. Dort war ein Lager so groß wie eine Autogarage, wo der Uhrmacher alle möglichen Materialien aufbewahrte, aber vermutlich auch ziemlich viel Krempel.

In einer Ecke stand die Bornholmer Uhr der Familie Heilman, so lädiert, wie Eygló sie hinterlassen hatte, als sie ihre Wut über die schrecklichen Taten von Anton und seinem Sohn an dem unschuldigen Gegenstand ausgelassen hatte.

Die Uhr war etwa zwei Meter hoch. Das Ziffernblatt war weiß, aber an zwei Stellen hatten die beiden Zeiger es gestreift, sodass das Metall unter der Farbe hervorblitzte. Das Glas über dem Ziffernblatt war bei Eyglós Anfall in tausend Stücke zerbrochen. Das grün lackierte Holz mit den weißen Leisten und dem goldenen Rosenmuster war ebenfalls beschädigt. Eine hübsche Tür vor dem Pendel mit einem Sichtfenster aus Glas war aus einer Angel gerutscht und hing lose am Uhrkasten.

»Sie ist vielleicht nicht mehr sonderlich wertvoll«, sagte der Uhrmacher, »aber schön ist sie allemal. Solche Uhren gab es in fast allen feinen Haushalten, wie man früher gesagt hat. Als wir noch zum dänischen Königreich gehört haben. Für viele waren sie später ein Andenken an diese Zeit.«

Die Uhr stand auf einem kleinen Rollbrett, und der Uhrmacher zog sie etwas näher heran, damit Eygló sie besser betrachten konnte.

»Wenn ich richtig informiert bin, bist du sogar an einem Kauf interessiert?«, sagte er.

Sie hörten, dass Kunden das Geschäft betraten, und der Uhrmacher ging nach vorne, um sie zu bedienen.

Eygló betrachtete die Uhr von allen Seiten. Die Rückwand war noch ganz und ebenfalls grün lackiert. Eygló strich mit der Hand darüber und spürte keine Unebenheiten. Ihr fiel auf, dass das Pendel, das eigentlich im Gehäuse für das Uhrwerk hängen sollte, nirgendwo zu sehen war. Sie blickte sich im Lager um. Der Uhrmacher musste es entfernt haben, dachte sie, und entdeckte das Pendel tatsächlich auf einem Kistenstapel.

Sie öffnete das Gehäuse etwas weiter. In der Tür war ein Schlüsselloch, sie konnte also abgeschlossen werden, aber der Schlüssel war nicht zu sehen. Eygló machte die Taschenlampe ihres Handys an und leuchtete ins Innere der Uhr, wo das Uhrwerk mit seinen vielen Zahnrädern und Federn hinter dem Ziffernblatt zu sehen war. Sie leuchtete auch nach unten und sah, dass die Bodenplatte der Uhr etwas schief lag.

Sie beugte sich hinunter und klopfte gegen den Boden, er war lose, und darunter war ein kleiner Hohlraum.

Eygló zog die Platte heraus und entdeckte eine kleine Pralinenschachtel, die mit einem ausgefransten Faden zusammengebunden war.

Sie nahm die Schachtel, strich den Staub vom Deckel und sah ein schönes Bild von einem großen europäischen Schloss, wie aus einem alten Märchen.

Fünfundfünfzig

Hendrik starrte schweigend aus dem Fenster seines Krankenzimmers. Auf Konráðs Fragen zu Franklín reagierte er nicht mehr. Er hatte abgestritten, etwas mit seinem Tod zu tun zu haben, und beließ es dabei. Dem Kriminalpolizisten, der ihre Unterhaltung mitverfolgt hatte, wurde klar, dass aus dem Mann vorerst nicht mehr herauszubekommen war, und er gab Konráð ein Zeichen, mit ihm auf den Flur zu kommen.

Vor der Tür warteten die beiden Polizistinnen, und der Kriminalbeamte betonte noch einmal, dass sie niemanden zu Hendrik lassen dürften, nicht einmal seine nächsten Verwandten, falls sie ihn besuchen wollten. Es fehle zwar noch der Gerichtsbeschluss, aber er sei so gut wie in Untersuchungshaft.

»Du solltest mit Marta sprechen«, sagte Konráð auf dem Weg zum Wartebereich am Ende des Flurs.

»Ich denke, wir haben den Fall bestens im Griff«, sagte der Mann genervt. »Hältst du es für möglich, dass Hendrik Franklín wegen dieser uralten Angelegenheiten umgebracht hat?«

»Ich weiß es nicht, aber ich kann mir vorstellen, warum er es abstreiten würde. Ihr solltet euch sein Auto ansehen und sein Haus und seinen Arbeitsplatz, nach etwas suchen, dass ihn mit Franklín oder Hafravatn in

Verbindung bringt. Am besten so schnell wie möglich. Du hast ja gehört, welche Rolle der See bei der Spionagenummer gespielt hat, von der er erzählt hat.«

»Und dieser Ívan?«

»Ich glaube, er sucht einfach nach Antworten«, sagte Konráð. »Ruf Marta an. Sie kann gut mit so was umgehen.«

Der Mann wirkte verärgert, so als würde er sich an Konráðs Bemerkung stören und sie als fehlendes Vertrauen in seine Fähigkeiten auffassen. Er bedankte sich bei Konráð für die Mühe und fragte beim Abschied, ob er in letzter Zeit von Leó gehört habe.

»Nein«, sagte Konráð.

»Und du weißt nicht, wo er steckt?«

»Keine Ahnung«, sagte Konráð geistesabwesend.

»So ändern sich die Zeiten«, sagte der Mann.

Konráð brauchte einen Augenblick, um den Tonfall zu interpretieren.

»Was meinst du?«, fragte er.

»Warst du nicht dabei, als er das Geständnis erzwungen hat? Und Natan lebenslang bekommen hat?«

»Wovon sprichst du?«

»Na, von dir und Leó. Ihr wart doch unzertrennlich. Habt Sachen von der Militärbasis geschmuggelt. All diese kleinen Gefälligkeiten für Leós Verwandtschaft. Hat er ihnen nicht andauernd aus der Patsche geholfen? Du weißt das doch alles viel besser als ich. Ihr wart schließlich beste Freunde.«

»Na, hör mal …«

»Bis er mit deiner Frau geschlafen hat? Stimmt's? Das hat er doch?«

Konráð starrte den Polizisten an. Sie kannten sich

von früher, waren Kollegen gewesen, und obwohl der Mann ihm manchmal auf die Nerven gegangen war, hatte er noch nie so mit ihm gesprochen.

»Hast du sie nicht mehr alle?«, rief Konráð wütend und schlug nach dem Mann. »Halt's Maul!«

Der Mann wich dem Schlag geschickt aus, und Konráð verlor beinahe das Gleichgewicht, bevor er ihm um den Hals griff und ihn gegen die Wand drückte. Die beiden Polizistinnen bemerkten, was im Gang war, und kamen sofort herbeigeeilt. Sie packten Konráð und brachten ihn dazu loszulassen.

»Du weißt, wie man Leó und dich früher genannt hat«, sagte der Mann und schob ihn verächtlich weg.

»Halt deine Fresse.«

»Baldur und Konni, nach dem Puppentheater.«

»Sei still!«

»Du warst seine Bauchrednerpuppe und hast alles gemacht, was er gesagt hat.«

Konráð schimpfte laut und versuchte, sich von den Polizistinnen loszureißen, während der Mann wegging. Erst als er im Treppenhaus verschwunden war, ließen sie los.

»Reiß dich doch bitte zusammen«, sagte eine der beiden, als sie sich umdrehte und zu Hendriks Zimmer zurückging.

»Lass dich von ihm nicht ärgern«, sagte die andere, die den Kriminalpolizisten offenbar kannte. »Er nervt manchmal ziemlich.«

Ihre Worte brachten nicht viel, Konráð war immer noch stinksauer. Er eilte die Treppe hinunter auf den Parkplatz und sah, dass sein ehemaliger Kollege gerade wegfuhr. Kurz überlegte er, ob er ihm mit dem Jeep folgen sollte, doch dann sah er ein, dass es nichts bringen würde. Die Aussagen des Mannes hatten ihn auf dem falschen Fuß erwischt, und er machte sich Sorgen um seinen Ruf bei der Kriminalpolizei. Er hatte immer wieder mitbekommen, dass seine nicht ganz makellosen Anfangsjahre bei der Polizei für Klatsch und Tratsch sorgten, vor allem bei Jahresfeiern und Geburtstagen, wenn der Alkohol floss. Obwohl längst Gras über all das gewachsen war, er sich verändert hatte und später sehr erfolgreich in seinem Beruf gewesen war, schienen vor allem die Geschichten über ihn und Leó hängen geblieben zu sein. Natürlich hatten sie es in gewisser Hinsicht nicht anders verdient, aber trotzdem war es für Konráð immer wie ein Schlag in die Magengrube, wenn das alles wieder hochkam.

Sechsundfünfzig

Konráð stieg in seinen Jeep, aber anstatt loszufahren, blieb er noch eine Weile sitzen und dachte über Hendriks Aussagen nach und wie glaubwürdig sie wohl waren. Er hatte sehr überzeugend geklungen, bis Konráð nach Franklíns Rolle bei der ganzen Sache gefragt hatte.

»Du meintest, Franklín hätte von der Sache mit dem Auto erzählt«, hatte Konráð gegen Ende ihres Gesprächs gesagt. »Er hat dir erzählt, dass Pétur auf der Suche nach einem günstigen Auto für seinen Sohn war. Wir haben nach Péturs Verschwinden mit Franklín gesprochen, aber er hat nichts von diesem Auto gesagt. Und schon gar nicht, dass er mit dir über sein Interesse an einem Autokauf gesprochen hätte. Deinen Namen hat er nie genannt.«

»Wahrscheinlich kam es ihm nicht wichtig vor«, antwortete Hendrik. »Ich habe ihm natürlich nicht erzählt, dass ich im Auftrag der sowjetischen Botschaft in Reykjavík persönliche Informationen über Pétur gesammelt habe. Wir haben uns ab und zu getroffen und uns manchmal auch über Pétur unterhalten, weil wir ihn ja beide kannten, und da hat er das erwähnt. Ich bin nicht weiter darauf eingegangen und er auch nicht, also gab's dazu auch nicht mehr zu sagen.«

»Franklín war also nicht an der Verschwörung gegen Pétur beteiligt?«

»Nein. Franklín …? Wie kommst du darauf?«

»Er war ein Kommunist wie du und hat dir bei der ganzen Sache geholfen. Dann ist er abgehauen und hat in Norwegen seinen Frieden gefunden, bis er das Schweigen irgendwann nicht mehr ertragen konnte und auspacken wollte. Weil er das Geheimnis nicht mit ins Grab nehmen wollte.«

»Er hatte damit nichts zu tun«, sagte Hendrik.

»Für dich war es unvorstellbar, dass die Wahrheit ans Licht käme, also hast du bei eurem letzten Treffen Nägel mit Köpfen gemacht. Hast ihn ein für alle Mal zum Schweigen gebracht.«

Hendrik hatte nicht geantwortet und Konráð einfach abgewartet. Der Kriminalpolizist, der ebenfalls im Krankenzimmer war, blickte auf seine Armbanduhr. Er schien sich damit abgefunden zu haben, dass Konráð die Befragung durchführte.

»Ich habe erst später von dem Trawler im Hafen von Reykjavík erfahren«, sagte Hendrik schließlich. »Von den Geschäften der Seeleute mit den alten Ladas. Danach war es nicht mehr schwer, eins und eins zusammenzuzählen. Sie haben ihn nicht zur Botschaft gebracht, sondern zum Trawler und sind mit ihm davongefahren. Gott allein weiß, was mit ihm passiert ist. Ich sehe es manchmal vor mir … ganz genau vor mir, wie sie ihn dort draußen auf dem Meer aus seiner Kajüte holen, aufs Deck bringen und …«

»Du scheinst dich deswegen ziemlich schlecht zu fühlen«, sagte Konráð, »aber dann verstehe ich nicht, warum du uns immer noch anlügst. Warum kannst du nicht die Wahrheit sagen? Du wusstest, dass sie ihn nie zur Botschaft bringen wollten. Du wusstest, dass sie von Anfang an etwas anderes vorhatten!«

Hendrik hatte die ganze Zeit aus dem Fenster gestarrt, aber in dem Moment drehte er sich zu Konráð um und sah ihn resigniert an.

»Du hast Pétur wegen des Autos kontaktiert, also hätte er nach der Befragung durch die Russen gewusst, dass du mit ihnen zusammengearbeitet hast«, sagte Konráð. »Dir muss klar gewesen sein, dass er dich danach enttarnen würde, dass er dich aufspüren und allen erzählen würde, dass du ein Kommunistenschwein im Auftrag der sowjetischen Botschaft warst! Aber du wusstest, dass sie ihn nie dorthin bringen würden. Das wusstest du genau.«

Hendrik sah Konráð und den Polizisten abwechselnd an.

»Du wusstest, dass sie ihn ins Ausland bringen wollten, nicht wahr? Dass du ihn nie wiedersehen würdest. Dass der andere Russe, den du nicht kanntest, wahrscheinlich vom Trawler gekommen war, um Pétur zu holen. Und du hattest Angst, dass Franklín eines Tages die Wahrheit sagen würde, weil er dein Komplize war und genau wie du ein schlechtes Gewissen hatte.«

Hendrik antwortete immer noch nicht.

»Hast du Franklín bei seinem letzten Islandbesuch getroffen?«, fragte Konráð.

»Er kam zu mir ins Fitnessstudio«, gestand Hendrik nach langem Überlegen. »Nur kurz.«

»Hat er gedroht, dich auffliegen zu lassen?«

»Darum ging's nicht! Das musst du mir glauben. Franklín wusste nichts darüber. Aber irgendetwas hat ihn beschäftigt, das habe ich gespürt und ihn danach gefragt. Darauf hat er nicht reagiert, und dann war er plötzlich weg. Kurz darauf habe ich erfahren, dass er tot bei Hafravatn aufgefunden wurde.«

Konráð beschloss, Marta anzurufen, und erzählte ihr alles über das Gespräch mit Hendrik. Er wolle ganz ehrlich mit ihr sein, schließlich steckte sie seinetwegen in Schwierigkeiten, und das, obwohl sie ihn immer unterstützt und ihm geholfen hatte, wenn es nötig gewesen war. Sie war seine Freundin, und von denen hatte er nicht mehr viele. Vielleicht brauchte er auch nur jemanden zum Reden. Am Ende des Gesprächs erwähnte er noch die Auseinandersetzung mit dem ehemaligen Kollegen und was er über Leó und Erna gesagt hatte.

»Dieser Vollidiot«, sagte Marta. »Den nimmt keiner ernst«, fügte sie hinzu, um Konráð zu beruhigen.

»Ist das also von meinem Vermächtnis geblieben? Nicht mehr als das? Sind die Leute wirklich so gnadenlos?«

»Ja«, sagte Marta sofort. »Leó und du, ihr seid hier nicht gut angeschrieben. So ist es nun einmal.«

»Na gut«, sagte Konráð. »Wenn es ihnen dann besser geht. Lass uns bald wieder miteinander sprechen.«

Er hatte gerade erst aufgelegt, als sein Handy klingelte. Es war Eygló.

Eygló hatte die Uhrmacherwerkstatt eilig verlassen. Zum Glück war der alte Mann beschäftigt gewesen, als sie an ihm vorbei zum Auto gegangen war. Sie hatte versucht, sich nichts anmerken zu lassen, nur kurz gewunken und sich für die Hilfe bedankt, während er sich über einen Glaskasten mit Armbanduhren beugte. Zwei

Kunden standen bei ihm. Der dritte betrachtete eine Uhr in einem anderen Schaukasten. Der Uhrmacher blickte auf und fragte, wie ihr die Bornholmer Uhr gefalle und ob sie ein Angebot machen wolle. Sie werde darüber nachdenken, hatte sie gesagt und sich verabschiedet.

Sie hatte die Standuhr genauso hinterlassen, wie sie sie vorgefunden hatte. Der falsche Boden war wieder an seinem Platz und die Tür schief in die Angeln gehängt. Dann hatte sie sich mit einem letzten Blick vergewissert, dass es aussah, als hätte sie nichts angerührt.

Sie wusste nicht, warum sie das tat. Wusste nicht, was sie sich dabei dachte. Vermutlich wäre es am besten gewesen, sofort die Polizei zu rufen, denn die Pralinenschachtel, die sie im Boden der Uhr gefunden hatte, war vermutlich ein Beweismittel in einem sechzig Jahre alten Mordfall.

Stattdessen hatte sie die Box aus ihrem Versteck genommen und das verstaubte Bild von Schloss Kronborg auf dem Deckel betrachtet. Um die Box war eine Schnur gebunden. Sie schüttelte sie vorsichtig und hörte, dass sie nicht leer war, steckte sie in ihre Tasche und ging damit hinaus auf den Parkplatz.

Jetzt lag sie neben ihr auf dem Beifahrersitz, und Eygló musste an Konráð denken. Sie wusste, dass es schwer sein würde, die Box zu öffnen, denn der mögliche Inhalt machte ihr Angst.

Bei der nächsten roten Ampel rief sie Konráð an.

»Ich hab das Schloss gefunden«, sagte sie, als er ranging. »Ich hab dein Schloss gefunden.«

Siebenundfünfzig

Eygló erwartete ihn bei sich zu Hause in Fossvogur. Die Pralinenschachtel hatte sie bei ihrer Ankunft auf den Küchentisch gelegt und seitdem nicht wieder angerührt. Sie hatte das Licht über dem Tisch angemacht, sodass das Blech glänzte, aber traute sich kaum, die Box anzusehen. Sie musste die Schnur und den Deckel nicht öffnen, um zu wissen, dass die Schachtel einen Schmerz in sich barg, den kein Kind je erfahren sollte. Schon beim ersten Anblick des Schlosses unter dem falschen Boden der Uhr hatte sie all die Ohnmacht, den Ekel und die Qualen gespürt.

Sie war froh, als sie Konráð vor der Tür hörte, und ging in den Vorraum, um ihn zu empfangen. Sie erzählte ihm sofort von dem Treffen mit dem Anwalt, der sie auf die Uhrmacherwerkstatt hingewiesen hatte, wo sie schließlich auch die Pralinenschachtel gefunden hatte. Sie brachte ihn in die Küche, wo die Box auf dem Tisch lag, und Konráð nahm sie auf und betrachtete das Bild von Schloss Kronborg auf dem Deckel.

»Das hat Gústaf also gemeint«, sagte er. »Als er meinte, die Fotos seien sicher verwahrt.«

»Ja, das muss er gemeint haben«, sagte Eygló.

»Und du hast noch nicht mit der Polizei gesprochen?«, fragte Konráð.

»Ich hab die Schachtel einfach eingesteckt und dich angerufen. Das war irgendwie mein erster Gedanke. Ganz spontan.«

»Ja. Klar. Dann wollen wir sie mal aufmachen, oder?«, sagte Konráð und begann, das Band zu öffnen. Keine leichte Angelegenheit, denn es war kreuz und quer über die Box geschnürt und mit einem engen Knoten befestigt. Konráð schaffte es nicht auf Anhieb, ihn zu öffnen oder die Schnur von der Box zu schieben, also endete es damit, dass Eygló sie mit einem Küchenmesser durchtrennte.

Konráð nahm den Deckel ab, und sie sahen jede Menge Fotos und 16-mm-Filmrollen. Konráð hielt eine der Rollen gegen das Licht. Es waren pornografische Bilder, wahrscheinlich aus dem Ausland.

Dann griff er nach den Fotos, und Eygló wandte sofort den Blick ab, als sie die nackten Kinder darauf sah. Es waren etwa dreißig Bilder, ganz oben die von einem Mädchen namens Nanna, das ertrunken im Stadtteich von Reykjavík gefunden worden war.

»Das ist sie«, sagte Konráð leise. »Das Mädchen aus dem Tjörnin. Nanna. Vier Bilder von ihr mit dem Arzt.«

Er verzog das Gesicht.

Die Bilder bezeugten schwarz auf weiß, dass der Arzt Anton Heilman das Mädchen in seiner Praxis missbraucht und die Tat mit einer Kamera festgehalten hatte. Konráð erkannte, wie einfach es für Seppi gewesen sein musste, den Arzt zwei Jahre nach dem Leichenfund im Tjörnin mit den Fotos zu erpressen. Die Fotos waren am Abend von Seppis Tod wieder zurück in Antons Hände gelangt, und statt sie zu vernichten, hatte der Arzt lediglich beschlossen, sie besser zu verstecken.

»Warum hat er sie aufbewahrt?«, fragte Eygló, obwohl sie wusste, dass es keine Antwort auf diese Frage gab.

»Wir können nicht herausfinden, was er sich dabei gedacht hat«, sagte Konráð. »Offenbar hat Henning die Fotos irgendwann einmal gesehen und wusste, wo sie aufbewahrt wurden. Er wusste von dem Versteck in der Uhr. Anton und er waren befreundet. Genau wie Nikulás und Haraldur. Vielleicht ist ihnen allen beim Anblick der Bilder das Wasser im Mund zusammengelaufen. Wir werden es nie erfahren.«

Konráð sah sich die restlichen Fotos durch. Eygló war froh, es nicht tun zu müssen.

»Und dann sind hier die Buben«, sagte er. »Zwei Jungen auf jeweils einem Bild, nackt in Antons Praxis. Er misst sie gerade. Sie stehen mit dem Rücken an einem Messstab. Und hier sind noch weitere, die er …«

Eygló sah ihn an.

Konráð schleuderte die Bilder von sich. Er griff nach der Pralinenschachtel und schmetterte sie auf den Boden.

»Sie sind noch Kinder«, sagte er und sah Eygló an.

Eygló betrachtete die Fotos, die auf dem Tisch verstreut lagen. Ihr Blick blieb an einem Bild von einem Jungen hängen, der nackt am Messstab stand und in die Kamera des Arztes starrte. Sie sah es lange an, und nach und nach wurde ihr bewusst, dass sie das Gesicht schon einmal gesehen hatte. Auf einem anderen Foto.

»O Gott …«, sagte sie und blickte zu Konráð hinüber.

»Was?«

»Weißt du, wer das ist?«

»Der Junge?«

Eygló starrte wieder auf das Foto. Wühlte dann in dem Haufen und fand ein weiteres Bild von demselben Jungen, das sie schnell wieder hinlegte.

»Ach du meine Güte«, seufzte sie.

»Was?«

»Das muss er sein«, flüsterte Eygló. »Ich habe ein Bild von ihm bei seiner Mutter gesehen, genau in dem Alter.«

Achtundfünfzig

Leó wankte zurück in die Küche und stützte sich an der Kochinsel ab. Er strich über die weiße Marmorplatte, und sie wurde rot von seinem Blut. Er starrte auf die dunkle Spur auf dem Boden, die seine Schritte in die Küche nachzeichnete. Dann entdeckte er eine halb volle Weinflasche auf dem Tisch und trank sie in einem Zug beinahe leer. Die rote Flüssigkeit rann über sein Kinn und tropfte auf das weiße Hemd.

Er blickte zu Silli hinüber, der regungslos auf dem Boden lag. Starrte auf die Blutlache, die sich langsam unter ihm bildete. Ihre Unterhaltung war völlig aus dem Ruder gelaufen. Leó hatte erst nicht verstanden, wovon Silli geredet hatte, als er ihm von der Autofahrt am Abend von Skaftis Tod berichtete. Er meinte, er habe vor der ganzen Sache noch einmal angehalten und jemanden einsteigen lassen.

»Die Sache ist geklärt«, sagte Silli. »Mach dir keine Sorgen.«

»Wie geklärt?«

Leó sah seinen Cousin fragend an und dachte über ihr Geheimnis nach, das sein ganzes Leben geprägt hatte. Welch folgenschwere Entscheidungen er zugunsten eines Mannes getroffen hatte, der ihm nichts bedeutete. Der keine Rolle in seinem Leben spielte. Ihm völlig egal war. Er hatte es für Alfons getan und war Silli seitdem aus dem Weg gegangen, doch jetzt stand der Mann in seinem Marmorschloss vor ihm und wollte das Spiel von vorne beginnen.

Nach dem ganzen Durcheinander der letzten Tage stand Leó etwas neben sich, und er hatte eine Weile gebraucht, um Sillis Andeutungen zu verstehen. Er hatte den Eindruck, dass der Mann schon lange suchtkrank war, und sein Verdacht wurde bestätigt, als Silli ihn bat, kurz zu warten, während er den Kühlschrank öffnete und eine Tüte mit weißem Pulver hervorholte. Mit dem Messer formte er zwei Lines auf dem Marmor und zog sich eine davon mit einem kleinen Plastikröhrchen durch die Nase, die er sich anschließend rieb. Dann bot er Leó die andere Line an. Als der nicht reagierte, nahm er sie selbst. Dann steckte er das Röhrchen wieder in seine Tasche und meinte zu Leó, er solle sich entspannen.

»Das wird alles gut«, sagte er und zog die Nase hoch. »Du musst dir deswegen keine Sorgen machen.«

»Sorgen!«, rief Leó. »Du hast das geklärt! Willst du damit sagen, dass du nicht allein warst, als Skafti in dein Auto gestiegen ist?!«

»Kósi und ich sind die Einzigen, die davon wissen. Sonst niemand, und so wird es auch bleiben. Das kann ich dir versichern. Dabei bleibt es, mein Freund.«

»Kósi? Warum er? Was weiß er?«

»Und mein Vater natürlich.«

»Was?! Was wissen sie?!«

»Ich habe damals noch einmal angehalten und einen Freund abgeholt. Wir wollten nach Nauthólsvík. Dann haben wir Skafti bei Öskjuhlíð gesehen, er wollte auf die Anhöhe, wahrscheinlich auf der Suche nach irgendwelchen Schwuchteln, und wir haben ihn einsteigen lassen.«

»Wer? Du und wer noch?«

Silli rieb sich erneut die Nase, als würde er irgendwelche Fusseln entfernen.

»Spielt keine Rolle«, sagte er und sah zu den Koffern im Vorraum hinüber. »Das ist nicht wichtig für dich.«

»Spielt keine Rolle? Was willst du damit sagen, ihr wart also zu zweit im Auto?«

»Ja.«

»War der Mann dabei, als du die Tat begangen hast?! Als du Skafti angegriffen hast?«

»Er hat sich nichts zuschulden kommen lassen. Hat sogar versucht, mich zurückzuhalten. Ich habe nur ... da war es schon zu spät. Er ist abgehauen. Meinte, er wolle damit nichts zu tun haben. Ist einfach weggerannt.«

»Und Alfons wusste davon? Wusste von diesem Mann?«

»Nein, zu dem Zeitpunkt nicht«, sagte Silli. »Ich habe ihm nichts davon erzählt. Es war nicht wichtig. Er hatte nichts verbrochen, und ich wollte ihn nicht mit reinziehen.«

»Aber inzwischen weiß Kósi davon? Und dein Vater?«

Silli nickte.

»Sie haben es vor Kurzem herausgefunden.«

»Warum ist er nicht sofort zur Polizei gegangen, dieser Mann? Warum hat dieser Freund nicht erzählt, was passiert ist?«

»Er wusste, dass er mit in der Sache drinhing, auch wenn er ... Er war derjenige, der Skafti dazu überredet hatte, ins Auto zu steigen. Darum habe ich ihn gebeten … aber das spielt keine Rolle. Er war derjenige, der ihn ins Auto gelockt hat. Skafti wäre nie eingestiegen, wenn er von mir gewusst hätte. Er hat ihm Bier angeboten und auf ihn eingeredet. Bier war zu der Zeit verboten, aber mein Vater hatte genug Schmuggelware. Ich habe nichts gesagt und nur aufgepasst, dass Skafti mich nicht sieht, bevor er richtig im Auto sitzt, und …«

»Und dann bist du auf ihn losgegangen?«

»Vergiss es, Leó. Vergiss die ganze Sache. Ich hätte dir nichts erzählen sollen. Ich will mir deshalb keine Gedanken mehr machen. Ich fliege jetzt nach Florida und lass das alles hinter mir. Das solltest du auch tun. Komm einfach mit. Komm mit uns mit. Wir fahren los, sobald Agga kommt. Lass uns von hier verschwinden.«

»Du meintest, er hätte versucht, dich zu küssen. War das gelogen?«

»Er hat es nur in dem Lokal versucht …«

»Du bist so ein mieser Idiot«, fauchte Leó und schlug mit der flachen Hand auf den weißen Marmor. Ein verdammter, mieser … Findest du nicht, dass es langsam genug ist? Reicht es nicht langsam mit dem verdammten Gelaber?!«

»Ja, deshalb will ich weg von hier, Leó. Ich hab genug davon. Ich denke nicht, dass ich je zurückkehren werde.«

»Du gehst nirgendwo hin«, sagte Leó.

»Sobald Agga kommt. Dann bin ich weg.«

»Du bleibst hier, Silli. Wir fahren zur Polizei und erzählen, was mit Skafti war. Es reicht. Es ist vorbei.«

»Hast du schon mit meinem Vater gesprochen?«

»Alfons hat damit nichts zu tun«, sagte Leó. »Er hat

nichts mehr zu sagen. Ich hätte mich nie von ihm mit hineinziehen lassen dürfen. Niemals. Ich weiß nicht, was ich mir dabei gedacht habe.«

Er holte sein Handy hervor.

»Wen rufst du an?«, fragte Silli.

»Ich ruf jetzt die Polizei«, sagte Leó.

»Das wirst du nicht, Leó. Du wirst jetzt nicht die Polizei rufen.«

»Warum meintest du, der Fall wäre komplizierter?«

»Komplizierter?«

»Du meintest, der Fall wäre viel komplizierter. So, wie ich das sehe, ist er endlich klar. Endlich kommt raus, was passiert ist. Du musst der Polizei den Namen von diesem Mann geben, der bei dir war, als ...«

»Gib mir das Handy, Leó.«

»Warum weiß Kósi von ihm ...?«

Im Augenwinkel sah Leó, wie Silli auf ihn losging. Er hatte immer noch das Messer in der Hand, und Leó spürte es an seinem Hals. Er versuchte, sich zu wehren. Das Handy fiel zu Boden, und als Silli gerade zustechen wollte, griff Leó nach der Klinge und schnitt sich dabei. Silli hielt das Messer weiterhin fest und holte erneut aus, traf aber nur seinen eigenen Arm. Dann stach er ein weiteres Mal zu, und Leó spürte einen starken Schmerz in der Brust. Im selben Moment gelang es ihm, Silli aus dem Gleichgewicht zu bringen, und sie rangen auf dem Boden weiter, bis Leó das Messer in seinen Händen umdrehen konnte. Sillis Griff lockerte sich, und er blieb regungslos auf dem Rücken liegen, starrte mit halb geöffneten Augen in die Luft. Das Messer steckte in seiner Brust.

»Wer war mit dir im Auto, Silli?«, flüsterte Leó und rang nach Luft. »Wer war bei dir?«

»Hilf mir, Leó!«, stöhnte Silli.

»Wer war bei dir? Sag es mir, dann hole ich Hilfe.«

Silli bewegte die Lippen, aber Leó verstand ihn nicht. Also hielt er sein Ohr an Sillis Mund und lauschte seinen letzten Atemzügen, bevor er das Bewusstsein verlor, lauschte seinen letzten Worten über den Mann im Auto.

Leó trank die Flasche aus und warf sie von sich, sodass sie auf dem Boden zerschellte. Er blickte verächtlich zu Silli in seiner Blutlache hinüber. Besah sich seine eigenen Wunden und versuchte, die Blutung zu stoppen. Er stützte sich am Kühlschrank ab, doch dann gaben seine Beine nach, und er sank zu Boden. Sein Handy lag nicht weit von ihm entfernt, und er konnte es mit einem Fuß heranziehen. Leó spürte, dass er kaum noch Kraft hatte. Doch diesmal rief er nicht die Polizei.

Konráð ging nach dem ersten Klingeln ran.

»Du ... du wirst nicht glauben ...«

Leó stöhnte laut, als eine erneute Welle des Schmerzes durch seine Brust schoss.

»Leó?! Wo bist du?«

»Ich bin bei Silli. Ich weiß, was sie ...«

Wieder spürte er diesen stechenden Schmerz, und das Handy rutschte ihm aus der Hand, während er beobachtete, wie Kósi durch die Eingangstür trat.

»Ich weiß, was sie getan haben ...«

Neunundfünfzig

Konráð rief Leós Namen ins Telefon, erhielt aber keine Antwort. Er erklärte Eygló, die immer noch an dem Tisch stand, auf dem die Fotos lagen, dass er sich später wieder melden würde, während er bereits Sillis Adresse raussuchte. Schon kurz darauf war er auf dem Weg nach Garðabær.

Er hatte den Anruf nicht beendet, doch die Stimmen, die er hörte, konnte er nicht genau zuordnen. Jemand fing an zu schreien, Beschimpfungen waren zu hören, aber er konnte nicht sagen, ob es Leós Stimme war oder die einer anderen Person.

Dann wurde es wieder still, und Konráð hörte, dass jemand nach dem Handy griff.

»Hallo?«, sagte er. »Leó? Bist du das? Leó? Antworte mir! Bist du das?!«

Im selben Moment wurde der Anruf beendet. Konráð versuchte sofort, die Nummer erneut zu erreichen, vergeblich. Er fuhr schneller und überlegte, die Polizei zu Sillis Haus zu schicken, wusste aber nicht, was er für einen Grund nennen sollte. Er fragte sich, was Leó bei seinem Cousin zu suchen hatte und was es mit diesem wirren Anruf auf sich hatte …, ob er vielleicht in Gefahr war.

Auf dem Weg nach Garðabær versuchte er immer wieder zurückzurufen, aber niemand ging ran.

Leó beobachtete, wie Kósi durch die Tür kam und seinen Vater auf dem Boden liegen sah, braun gebrannt in einem Hawaiihemd, mitten in einer Blutlache. Für eine Weile stand er wie angewurzelt da, als traute er seinen eigenen Augen nicht. Dann sah er die Blutspur zur Küche und Leó, der auf dem Boden saß und mit dem Rücken am Kühlschrank lehnte.

»Was ist passiert?«, fragte er.

Leó antwortete nicht.

»Hast du das getan?«, flüsterte Kósi.

Er trat näher und baute sich vor Leó auf.

»Hast du ihm das angetan?«, fragte er wieder. »Warst das du?«

»Ist er ...?«, stöhnte Leó.

»Was ist hier passiert?«, fragte Kósi dann lauter. »Was zur Hölle war hier los?«

Leó spürte, wie seine Kräfte ihn verließen.

»Antworte mir, Mann!«, rief Kósi. »Was geht hier vor?!«

»Ruf ... einen Krankenwagen«, sagte Leó. »Bitte ruf Hilfe.«

Kósi fragte Leó noch einmal, was eigentlich los sei, bevor er ihm das Handy aus der Hand riss.

»Hast du mit jemandem telefoniert?«, fragte er, hielt das Handy ans Ohr und hörte einen Mann verzweifelt Leós Namen rufen.

Er schaltete das Handy aus und ließ es auf den Boden fallen.

»Was ist passiert?«, fragte er und beugte sich zu Leó hinunter.

»Ihr habt ihn umgebracht, nicht wahr?«, stöhnte Leó. »Ihr habt ihn umgebracht ...«

Kósi blickte zu der Stelle hinüber, wo sein Vater auf dem Boden lag.

»Was hat er dir erzählt?«

Leó lächelte schwach, dann fielen seine Augen zu.

»... er hat gesagt, dass du es warst ...«

Sechzig

Eygló betrachtete die Fotos, die überall verstreut lagen, sammelte sie nach und nach auf und legte sie zurück in die Box. Dann schloss sie den Deckel und knotete das Band wieder fest. Die Stille im Haus war ohrenbetäubend, jetzt, wo die Bilder zurück in ihrer Box waren und Konráð sie allein gelassen hatte. Eygló wusste, dass sie so schnell wie möglich zu Lovísa fahren musste, sonst würde die Stille sie erdrücken.

Also zog sie sich eine Jacke an, stieg ins Auto und fuhr zu Skaftis Mutter. Sie hatte versucht, die Fotos nicht anzuschauen, als sie aus der Box gefallen waren, und auch, als sie alle wieder zurückgelegt hatte. Solche Bilder wollte sie nicht in ihrem Kopf haben. Den Schmerz, den sie in sich trugen. Für sie gab es kein schlimmeres Verbrechen als den Missbrauch von schutzlosen Kindern.

Sie parkte vor dem Haus und blieb noch eine Weile im Auto sitzen. Redete sich noch einmal ein, dass sie das Richtige tat. In einer Lage wie dieser war sie noch nie gewesen. Der Fall würde zweifellos hohe Wellen schlagen, und sie wollte nicht, dass Lovísa es aus anderen Quellen erfuhr.

Lovísa wunderte sich über den Besuch. Sie hatte nicht mit Eygló gerechnet und sah sie prüfend an, als sie fragte, ob sie reinkommen dürfe. Sie müsse mit ihr reden.

»Bitte schön«, sagte Lovísa. »Was gibt es Dringendes?«

»Ich will mit dir über etwas sprechen, das Konráð und ich herausgefunden haben«, sagte Eygló.

»Konráð und du?«, fragte Lovísa und führte sie ins Wohnzimmer, wo Eyglós Blick sofort wieder auf das eingerahmte Bild im Regal fiel, auf dem der elfjährige Skafti zu sehen war. Sie ging hin, nahm es in die Hand und betrachtete es genauer.

»Ich habe keine guten Nachrichten, und ich weiß nicht, wie ich es anders sagen soll als direkt heraus.«

»Wovon redest du?«, fragte Lovísa. »Keine guten Nachrichten? Wie viel schlimmer kann es noch werden?«

»Wer war euer Hausarzt? Als Skafti ein Kind war?«, fragte Eygló zögerlich.

»Unser Hausarzt?«

»Zu wem bist du mit ihm für Untersuchungen und dergleichen gegangen? Wenn er krank war?«

Lovísa überlegte.

»Warum fragst du das?«

Eygló warf einen Blick ins Wohnzimmer, auf die Frau im Blumenkleid, die sie mit strahlenden Augen ansah, ganz ohne Wunden. Neben ihr stand wieder der Mann, der ihr immer noch den Rücken zukehrte, sodass sie sein Gesicht nicht erkennen konnte. Seine Erscheinung begann langsam zu verblassen.

»Wer war euer Arzt?«, fragte Eygló wieder.

»Ich … wir hatten nicht nur einen, soweit ich mich erinnere. Da war Theódór, unser Hausarzt, und davor waren wir bei … ist es der, nach dem du fragst?«

»Bei wem wart ihr davor?«

»Anton Heilman. Geht es um ihn?«

»Ist bei ihm irgendetwas vorgefallen?«, fragte Eygló.

»Vorgefallen? Nein, nicht, dass ich mich erinnere.«

»Und mit Skafti?«

»Mit Skafti? Nein.«

»Du weißt, dass Anton der Mord an einem Mädchen vorgeworfen wird, das im Tjörnin gefunden wurde. Die Geschichte ging vor ein paar Jahren durch die Medien«, sagte Eygló vorsichtig.

»Natürlich. Das habe ich mitbekommen. Und sein Sohn war um nichts besser.«

»Das stimmt«, sagte Eygló. »Er war genauso schlimm.«

»Aber warum …?«

Eygló hielt immer noch das Bild von Skafti in der Hand, und Lovísa warf einen Blick darauf und dann wieder auf Eygló und verstand plötzlich, was der Grund für den unterwarteten Besuch sein könnte.

»Warum bist du hier?«, fragte sie, und die Angst in ihrer Stimme war nicht zu überhören.

»Hast du nie darüber nachgedacht, dass der Arzt Skafti vielleicht etwas angetan hat?«

Lovísa schüttelte den Kopf.

»Hat er … hat er meinem Skafti etwas getan?«, fragte sie zögerlich.

»Konráð wollte zusätzliche Beweise suchen, die Anton mit dem Tod des Mädchens in Verbindung bringen. Er wusste von Fotos, die der Arzt gemacht hatte, und nach einiger Suche haben wir die Fotos schließlich gefunden, er hatte sie bei sich zu Hause versteckt. Sie zeugen von seinem Kindesmissbrauch, auch das Mädchen im Tjörnin ist darauf zu sehen, sie hat also definitiv zu seinen Opfern gehört. Und dann gab es noch weitere Bilder von anderen Kindern, auf denen unterschiedlich viel zu erkennen war.«

Lovísa sah Eygló zögerlich an.

»Und Skafti?«, fragte sie.

»Skafti ist auf zwei der Bilder zu sehen«, sagte Eygló. »Auf dem einen scheint Anton ihn gerade zu messen, Skafti ist nackt, mehr ist nicht zu sehen. Auf dem anderen ... Ich wollte, dass du es erfährst, bevor ... das wird natürlich durch die Medien gehen.«

»Was ist mit dem anderen Bild?«

»Es zeigt den Arzt beim Missbrauch.«

Lovísa griff nach Eyglós Hand, wie um sich an ihr abzustützen. Eygló nahm sie in den Arm, während die Frau in Tränen ausbrach und leise schluchzte.

»Er war oft so wütend und unberechenbar«, flüsterte sie. Ich habe mich manchmal gefragt, warum Skafti so wütend werden konnte ...«

Eygló hielt Lovísa ganz fest, und als sie wieder ins Wohnzimmer hinüberblickte, war es leer.

Einundsechzig

Als Konráð bei Sillis Haus in Garðabær ankam, stürmte Kósi gerade aus der offenen Tür. Er hatte Konráðs Wagen gehört und beschlossen, sich aus dem Staub zu machen. Sie sahen sich kurz in die Augen, bevor Kósi in sein Auto sprang und wegfuhr. Als Konráð ausstieg, war er bereits hinter der Ecke verschwunden.

»Was zur Hölle hat er jetzt schon wieder verbrochen?«, murmelte Konráð.

Er ging ins Haus, und sofort war ihm klar, warum Kósi so schnell geflohen war. Silli lag zusammengekrümmt in seinem eigenen Blut auf dem Boden, und Leó lehnte am Kühlschrank in der Küche, wahrscheinlich war er bewusstlos. Konráð rief sofort einen Krankenwagen und versuchte, Sillis Puls zu finden. Er meinte, einen schwachen Herzschlag zu spüren, also eilte er weiter zu Leó. Sein Hemd war in Blut getränkt und der Kopf in einer eigentümlichen Haltung zur Brust geneigt.

Konráð richtete ihn auf und suchte auch bei ihm nach dem Pulsschlag. Er stützte seinen Kopf, während er ihn auf den Boden legte, und versuchte gleichzeitig, die Blutung zu stoppen. Er faltete ein Küchentuch und presste es gegen die Wunde.

Leó öffnete die Augen und sah Konráð an. Er sagte

etwas, das Konráð nicht verstand, also hielt er das Ohr ganz nahe an sein Gesicht.

»Ich … ich wollte dir nie wehtun, Konni«, stöhnte Leó. »Ich wollte nie …«

»Sie sind auf dem Weg«, sagte Konráð. »Bleib ruhig, Leó. Der Krankenwagen ist auf dem Weg. Hat Kósi das getan?«

»Silli.«

»Warum, Leó? Was ist geschehen?«

»Konráð …«

»Ja.«

»Wir … Ich wünschte, wir hätten bessere Freunde sein können.«

»Ich weiß.«

»Entschuldige, Konráð.«

»Es gibt nichts zu entschuldigen.«

Leó stöhnte vor Schmerzen.

»Ich bin … froh, dass es vorbei ist …, jetzt kann ich es dir endlich sagen …, es ist mir nie aus dem Kopf gegangen, was ich ihm angetan habe. Jeden einzelnen Tag habe ich daran gedacht. Nur um … nur für … diese Männer … Ich habe versucht, es dir zu erzählen, Konráð, ich war immer wieder kurz davor, aber … erinnerst du dich an den Zeltausflug, wie gerne hätte ich es dir erzählt …«

»Was erzählt, Leó?«

»Dass es Silli war, der Skafti umgebracht hat … Silli hat es getan, und ich habe es gewusst. Ich habe es gewusst, Konráð, ich habe es die ganze Zeit gewusst.«

»Ganz ruhig, mein Freund …«

»Er war nicht allein. Da war noch ein Mann. Das wusste ich nicht.«

»Wer war bei ihm?«

»Der von Hafravatn …«

»Hafravatn?«

»Franklín … der bei Hafravatn gefunden wurde … Er war mit Silli im Auto, als es passiert ist, aber er wollte damit nichts zu tun haben. Er wollte Silli überreden …, wollte Silli überreden, zur Polizei zu gehen …«

Konráð hörte den Krankenwagen vor dem Haus. Die Tür ging auf, und Schritte näherten sich.

»Schnell!«, rief er.

Leó packte ihn und zog ihn mit letzter Kraft näher, um ihm etwas zuzuflüstern. Konráð bat ihn, ruhig liegen zu bleiben.

»Schon gut, Leó. Wir reden weiter, wenn du dich erholt hast.«

»Sie haben ihn umgebracht … sie haben Franklín umgebracht …«

»Sie?«

»Kósi …«

Mit dem Wort erschlaffte Leós Körper, und Konráð wollte ihm noch sagen, er sollte sich keine Sorgen machen und auf keinen Fall anstrengen, der Krankenwagen wäre bereits da, aber er wusste, dass es zu spät war. Er betrachtete Leó, während der Tod ihn holte und eine Ruhe sich über sein Gesicht legte, die Konráð schon lange nicht mehr gesehen hatte.

Zweiundsechzig

Stadtauswärts war nicht viel Verkehr, und er war bereits an der Litla Kaffistofan vorbeigefahren und jetzt auf dem Weg die Hochebene hinauf. Seine schwache Hand ließ er wie gewöhnlich auf dem Lenkrad ruhen, und schon bald sah er die Lichter von Hveragerði und den fernen Schimmer von Selfoss, während er die Serpentinen hinunter und geradeaus weiterfuhr.

Kósi hatte wie sein Vater einen Flug in die USA nehmen wollen, sich aber nicht am Flughafen Keflavík blicken lassen.

Silli war bewusstlos in die Notaufnahme der Uniklinik gebracht worden. Sein Zustand war ernst. Die Ärzte konnten nicht sagen, ob er seine Verletzungen überleben würde.

Leó wurde in die Leichenhalle an der Eiríksgata gebracht.

Konráð hatte immer noch sein Blut auf der Kleidung, als er weiter Richtung Osten fuhr und ihre gemeinsame Zeit Revue passieren ließ. Wie ihre Freundschaft an Gier und Dummheit zerbrochen war und was er gerne anders gemacht hätte. Er atmete tief durch, sagte den Satz vor sich hin, der ihm immer noch nicht aus dem Kopf ging: Sigríður Sigurðardóttir aus Siglufjörður sitzt seit sieben Tagen in ihrer Wohnung fest ... Sigríður Sigurðardóttir aus Siglufjörður sitzt seit sieben Tagen in ihrer Wohnung fest …

Als er Richtung Grímsnes abbog, klingelte sein Handy. Es war Marta.

»Ich habe das von Leó gehört«, sagte sie.

»Ja, er ist tot«, sagte Konráð.

»Ich habe erfahren, dass du bei ihm warst. Bei diesem Silli zu Hause.«

»Leó hat mich angerufen. Er hatte genug von der Lügerei, und das hat er auch seinen Verwandten deutlich gemacht. Er wusste, dass es sein Cousin Silli gewesen war, der Skafti umgebracht und die Leiche versteckt hatte. Alfons hat ihn dazu gezwungen, das Geheimnis jahrelang für sich zu behalten.«

»Er hat mehr getan, als nur zu schweigen.«

»Ja.«

»Er hat es einem unschuldigen Mann angehängt.«

»So kam der Stein ins Rollen. Und hat Leó am Ende eingeholt. Nach der ganzen Sache war er kaum einen Tag glücklich. Als ihm bewusst wurde, was genau passiert war und welche Rolle er dabei gespielt hatte.«

»Leó war immer schon ein Idiot.«

»Ja, vielleicht. Aber er war einmal mein Freund.«

»Franklín ist also nicht nach Island gekommen, um uns die Wahrheit über Pétur zu sagen?«

»Nein, er ist gekommen, um die Wahrheit über den Mord an Skafti zu sagen. Wahrscheinlich wusste er gar nicht, was bei Péturs Verschwinden genau passiert war. Aber über Skafti wusste er alles, und er wollte es nicht länger für sich behalten.«

»Sie suchen nach diesem Kristján Óskar. Wie wird er noch mal genannt?«

»Kósi.«

»Weißt du, wo er steckt?«

Konráð antwortete nicht.

»Konráð? Wo bist du? Fährst du gerade?«

Er schwieg weiter.

»Konráð, wohin fährst du?!«

»Ich melde mich später, Marta.«

Konráð legte auf und sah, dass Marta sofort versuchte, ihn noch einmal zu erreichen, also schaltete er das Handy aus und legte es auf den Beifahrersitz.

Er meinte, sich noch an den Weg zum Sommerhaus zu erinnern. Sonst fiel ihm kein Ort ein, an dem Kósi sich verstecken könnte, um seine nächsten Schritte zu planen. Er bog in die Zufahrt ein, über die er vor Kurzem noch zu dem Treffen mit Alfons gefahren war, und wusste, dass er richtiglag, als er das offene Tor sah und Kósis Wagen, der hinter dem Sommerhaus halb in einem Busch stand.

Konráð schaltete das Handy wieder ein und schickte eine kurze Nachricht, bevor er den Motor und die Lichter des Jeeps ausmachte, ihn ausrollen ließ und in einiger Entfernung vom Haus hielt. Er blieb im Auto sitzen und dachte darüber nach, wie Skaftis Verschwinden ihn vor vielen Jahrzehnten hier zu dieser Lichtung geführt hatte, dachte über die Geheimnisse nach, die Familientragödie, die Vertuschung und die falschen Anschuldigungen im ehemaligen Gefängnis von Síðumúli.

Er stieg aus, schloss vorsichtig die Tür hinter sich und ging zum Kofferraum. Beim Ersatzreifen fand er den Kreuzschlüssel und nahm ihn mit zum Haus.

Er konnte nirgendwo Licht sehen und griff vorsichtig nach dem Türknopf. Es war abgeschlossen.

»Kristján!«, rief er. »Bist du da?«

Er erhielt keine Antwort.

»Die Polizei ist auf dem Weg, Kristján!«, rief er. »Wir wissen, was du Franklín angetan hast. Wir wissen, warum du es getan hast.« Die Bewegung im Auto, das in den Büschen hinter dem Haus stand, sah er nicht. Sah nicht, dass der Fahrer sich aufrichtete und lauschte.

Die Tür ließ sich nur schwer öffnen, aber schließlich gelang es Kristján, auszusteigen und sich durch die Büsche zum Haus vorzuarbeiten.

Konráð sah Kósi erst, als er um die Ecke kam, wo er stehen blieb und abwechselnd auf ihn und den Kreuzschlüssel in seiner Hand starrte.

»Was hast du damit vor?«, fragte Kósi und wirkte beinahe schlaftrunken.

»Warst du im Auto?«

»Hast du was Bestimmtes damit vor?«, fragte Kósi.

Konráð warf einen Blick auf den Kreuzschlüssel in seiner Hand.

»Was ist mit Franklín passiert?«, fragte er.

»Franklín ...?«

»Was ist passiert?«

Kósi schüttelte den Kopf.

»Was ist damals passiert, Kósi?«

»Sie waren Kindheitsfreunde, mein Vater und er. Ich wollte nur, dass er die Klappe hält. Was er über meinen Vater erzählt hat, war ... es war eine verdammte Lüge, und so hab ich ihm das auch gesagt, aber er wollte nicht auf mich hören, also habe ich ihn geschubst, und er ist mit dem Kopf gegen den Tisch geprallt und hat sich nicht mehr bewegt.«

»War Silli dabei? War dein Vater dabei?«

»Ja, er hat mich gebeten, ihn zu fahren, weil er selbst schon zu viel getrunken hatte. Franklín hat angefangen, von der Öskjuhlíð zu reden und diesem Skafti, dass er deswegen zur Polizei gehen wolle, zur Polizei gehen müsse, für sich und so weiter … Bist du allein?«

»Wusstest du das nicht, von deinem Vater und Skafti?«

»Nein. Mein Vater meinte, es sei eine Lüge. Franklín sei ein Lügner. Er hat das über meinen Vater behauptet, aber es war alles gelogen!«

»Und glaubst du das immer noch?«, fragte Konráð.

Kósi trat näher, nahm den Blick nicht von dem Kreuzschlüssel. Er ging langsam die Treppe zur Tür hinauf, wo Konráð auf der Veranda stand.

»Bist du allein gekommen?«, fragte er wieder.

»Warum hat Silli dann nicht die Polizei gerufen, als Franklín gestorben ist?«, fragte Konráð. »Wenn es nur ein Unfall war? Wenn er einfach nur gegen den Tisch geprallt ist?«

»Es war ein Unfall. Es war nur ein Unfall.«

»Bist du sicher?«

»Ja, das bin ich.«

»Ich glaube, du konntest es nicht ertragen, die Wahrheit über deinen Vater zu hören«, sagte Konráð. »Du hast ihn angegriffen. Wolltest ihn zum Schweigen bringen. Damit könnt ihr in eurer Familie nur schwer umgehen, mit der Wahrheit.«

Als plötzlich Autoscheinwerfer auf der Zufahrtsstraße auftauchten, war Konráð für einen Augenblick unkonzentriert, und Kósi nutzte die Gelegenheit, um ihm die Waffe aus den Händen zu reißen und ihn damit zu attackieren. Der Kreuzschlüssel traf seine Schulter, und er wurde gegen die Hauswand gedrückt. Kósi holte erneut zum Schlag aus, und Konráð versuchte, sich zu wehren, doch der Schlüssel traf seinen Arm, und er spürte einen stechenden Schmerz.

Er riss sich zusammen und ging auf Kósi los, sie wälzten sich im Kampf die Treppe hinunter, direkt in das Scheinwerferlicht des Autos. Die Tür ging auf, und heraus stieg Alfons.

»Kristján!«, rief er.

Kósi brachte Konráð zu Fall, er hatte seinen Großvater nicht gesehen, erst als er erneut zum Schlag ausholte, bemerkte er Alfons.

»Schluss damit!«, rief Alfons. »Leg die Waffe weg!«

Kósi hielt den Kreuzschlüssel hoch und starrte in die Scheinwerfer. Starrte auf seinen Großvater, der neben dem Auto stand. Seine Hornbrille, die das Licht reflektierte.

»Leg die Waffe weg, Kristján«, befahl Alfons. »Es ist vorbei.«

In der Ferne erklang eine Sirene. Es war die Polizei von Selfoss, die Konráð gerufen hatte, als er Kósis Auto vor dem Haus bemerkte.

»Dein Vater ist tot, mein Junge. Silli ist vor einer Stunde gestorben. Lass ihn gehen«, sagte Alfons. Er trat auf Kósi zu und streckte seine Hand aus. »Gib mir die Waffe. Es ist vorbei …«

Dreiundsechzig

Konráð hatte alte Fotos von sich und Leó gefunden, aus einer Zeit, als zwischen ihnen noch alles gut gewesen war. Die meisten Fotos waren aus den Siebzigerjahren, von Partys oder Campingausflügen in irgendwelche versteckten Waldlichtungen, auf manchen waren auch Dóra und Erna zu sehen. Vermutlich gab es ähnliche Bilder in Tausenden Fotoalben der Menschen ihrer Generation, die in einem modernen Island aufgewachsen waren. Fotos voller Freundschaft und Freude, Wein und Lieder und der Sonne, die in langen Sommernächten nie unterging. Konráð hatte sie ewig nicht hervorgeholt, und viele der Fotos waren schlecht gealtert und verblasst, fast als würden die Menschen darauf nach und nach verschwinden.

Auf einem der Bilder lachte Leó in die Kamera, und Konráð dachte darüber nach, was sein Freund getan hatte. Leó war auf seine Art mit der Sache umgegangen und danach nie wieder derselbe gewesen.

In der Küche klingelte sein Handy, und er stand auf, um nachzusehen, wer es war. Vielleicht Eygló. Sie hatten vorhin miteinander gesprochen, und Eygló meinte, sie würde sich bald noch einmal melden. Sie hatten die Fotos aus der Pralinenschachtel zur Polizei gebracht, wo sie als Beweisstücke in Seppis Mordfall betrachtet wurden.

Er griff nach dem Handy und sah, dass es Ívan war. Seit seinem Einbruch bei Hendrik hatten sie ein paarmal miteinander gesprochen. Er meinte, in der Wäscherei sei wieder der Alltag eingekehrt. Das Geschäft laufe gut, die vielen Medienberichte über Hendrik und Péturs Schicksal hätten ihm eher geholfen als geschadet.

Die russische Botschaft hatte in kurzem Abstand zwei Pressemitteilungen zu dem Fall veröffentlicht, in denen klargestellt wurde, dass es keine Anhaltspunkte dafür gebe, dass die Russen mit Péturs Verschwinden oder dem Tod eines isländischen Beamten in Österreich zu tun hätten. Die US-Botschaft behauptete, keine Aussagen über Spionagetätigkeiten in den Achtzigerjahren machen zu können. Auf seine wichtigsten Fragen hatte Ívan aber Antworten bekommen. Er wusste jetzt, dass sein Vater gegen seinen Willen entführt worden war und ihn nicht im Stich gelassen hatte.

Hendrik wurde aus dem Krankhaus entlassen, ihn erwartete eine Anklage wegen der Mittäterschaft bei Péturs Entführung. Er hatte alles gestanden und den Behörden nach bestem Wissen geschildert, was passiert war.

»Er wird wahrscheinlich der Einzige sein, der zur Verantwortung gezogen wird«, sagte Ívan.

»Vergiss nicht, dass du in Untersuchungshaft warst und eine Anzeige wegen Körperverletzung am Hals hast«, sagte Konráð. Aufgrund der Umstände war die Untersuchungshaft nicht verlängert worden.

»Ja, ich ... das war ein Fehler, ich hätte nie so bei ihm einbrechen sollen.«

»In den Augen der Russen war Nicolai natürlich ein gefährlicher Verbrecher«, sagte Konráð. »Er wusste um das Risiko. Und dein Vater auch.«

Sie schwiegen.

»Spionage?«, sagte Ívan, als versuchte er immer noch, die Geschichte seines Vaters zu verstehen.

»Dein Vater dachte, er sei im Recht. Vermutlich wollte er dich aus der Sache raushalten, dachte vielleicht, es würde schnell vorbei sein, und hatte womöglich vor, dir später davon zu erzählen, wer weiß. Ich habe gehört, dass du die Wäscherei verkaufen willst.«

»Ja«, sagte Ívan. »Es gibt schon zwei Interessenten. Ich brauche eine Veränderung. Es ist Zeit. Vielleicht hätte ich das schon vor langer Zeit tun sollen.«

Sie unterhielten sich noch eine Weile, und nachdem sie sich verabschiedet hatten, blätterte Konráð wieder in den Erinnerungen, die immer verschwommener wurden, je weiter er in die Vergangenheit zurückging. Bei einem schönen Bild von Erna hielt er inne. Er wusste noch, wann er das Foto gemacht hatte. Sie waren zu zweit losgefahren, im späten Frühling, wenn die Berge blau leuchteten. Hatten am Abend ihr Zelt aufgeschlagen, und Erna war ein paar Schritte zur Seite getreten und hatte den Sonnenuntergang betrachtet, der ihre Augen zum Leuchten brachte. Er war zu ihr gegangen, hatte den Arm um sie gelegt und ihr etwas zugeflüstert, über die langen Frühlingsnächte. Die langen, klaren Frühlingsnächte …

Die Community für alle, die Bücher lieben

Das Gefühl, wenn man ein Buch in einer einzigen Nacht verschlingt – teile es mit der Community

In der Lesejury kannst du

- ★ Bücher lesen und rezensieren, die noch nicht erschienen sind
- ★ Gemeinsam mit anderen buchbegeisterten Menschen in Leserunden diskutieren
- ★ Autoren persönlich kennenlernen
- ★ An exklusiven Gewinnspielen und Aktionen teilnehmen
- ★ Bonuspunkte sammeln und diese gegen tolle Prämien eintauschen

Jetzt kostenlos registrieren: www.lesejury.de

Folge uns auf Instagram & Facebook:
www.instagram.com/lesejury
www.facebook.com/lesejury

Örfirisey
Höfn
Vesturgata
HARPA
Hafnarstræti
Austurstræti
Kaplaskólsvegur
Hringbraut
PARLAMENT
Tjörnin
UNIKLINIK
Hringbraut
Suðurgata
Ægisíða
NORDISCHES
HAUS
Inlands-
flughafen